千秋寂寞心

古典诗词感发

龙平 著

中国纺织出版社

内 容 提 要

本书以小品文的形式呈现，凡五十篇。一篇之中，大多分为两个部分：一则解释主诗，一则论述诗法。约而言之，一为诗词之大义，一为诗词之鉴赏，一为诗词写作之要点。可供广大诗词爱好者研习、使用。

图书在版编目（CIP）数据

千秋寂寞心 古典诗词感发 / 龙平著. -- 北京 ：中国纺织出版社，2016.5 （2024.1重印）

ISBN 978-7-5180-2479-7

Ⅰ.①千… Ⅱ.①龙… Ⅲ.① 小品文-作品集-中国-当代 Ⅳ.①I267.3

中国版本图书馆CIP数据核字（2016）第060646号

策划编辑：李　猛　　责任编辑：李　猛
特约编辑：李　娟　　责任印制：储志伟

中国纺织出版社出版发行
地址：北京市朝阳区百子湾东里A407号楼　邮政编码：100124
销售电话：010—67004422　传真：010—87155801
http: //www. c-textilep. com
E-mail: faxing @ c-textilep. com
中国纺织出版社天猫旗舰店
官方微博http://weibo.com/2119887771
北京兰星球彩色印刷有限公司印刷　各地新华书店经销
2016年5月第1版　2024年1月第3次印刷
开本：880×1230　1/32　印张：8.5
字数：181千字　定价：39.80元

凡购本书，如有缺页、倒页、脱页，由本社图书营销中心调换

献给母亲

古人投壶图

唐·杜牧《山行》诗意图

唐·孟郊《登科后》诗意图

唐·杜审言《夏日过郑七山斋》诗意图

唐人诗意图

童子斗蟋蟀

承天夜游

东坡玩砚图

推荐序

有一次书法课后，我的学生鸿羽拿一本打印的小册子给我看，我当天晚上就看完了。就这样认识了他的朋友龙平。虽然到现在还没见过面，但似乎已是久违的故知。

这样的感觉确实久违了。无论对于中文诗话的书写传统来说，还是对于我个人生命的阅读感怀来说，都是久别重逢的感觉。一个未曾谋面的陌生人带来一些自幼就熟悉但又久已不觉的生命感受，正如在龙平的诗话书写中，每每能由外语文学的名字唤起熟悉的中国诗心。

这样的写作是旧的，又是新的，因为它是正在生长中的。在旧典和新文之间，用生命去感受和化育，岂不正是任何时代、任何地方的诗人共同的事业？岂不正是出于这个原因，任何时代、任何地方的文化生成，总是诗人走在最前列？以及，无论哲学、宗教、艺术、科学还是政治，在其最精微、最富于创造性的部分，总是有一颗诗的灵魂，无论他们写不写“诗”、是不是“诗人”。

在这个意义上，“诗学”绝不仅仅是“文学”“美学”或“文艺学”，而且是人类的基本学问、原初学问、普遍学问。为什么读诗之余要写诗话？写诗之外要有诗学？远不是“帮读者提高鉴赏能力”或“抒发一下自己的读后感”所能涵括。此外还能有什么？相信读者在龙平的这本书中可以找到很多。

乙未之夏于古典书院精舍

同济大学人文学院教授

柯小刚（无竟寓）

自 序

一

诗词之衰，无如今日。文言亦然。世之从事于斯者或众，而以之名世者则罕。余素好辞章，每遥念古人，思及今势，未尝不为之扼腕叹息。癸巳初秋，来行沪上，任教云间，得教人诗词。越一年，偶然搜检讲义，已满一箧。遂发心誊写，而以文言述之。如此近一载，篇什既多，集为一部，约在二百四十页间，名之曰：《古典诗词感发》。此其缘起也。

二

向以为今日之要，尤须读诗文。何以见得？今之教育，不缺科学知识，不缺人文知识，而在于缺乏心灵教育。一则不能给予学子美感上之教育，使其对于自然，对于人生，皆能有美感上之领略；一则不能注重心灵上之交感，使其不能在直观上、先验上实现心灵之解放。一般人之心灵，虽不闭塞，仿佛亦能向外开放，实则他们对于天人之际，并不能有真正之体验，亦不能将眼前之自然，与其所受文化两相映照。唯古典诗文，可以有如此效力。尝试言之。

春日，在大道边走过。举头四望，看见杨柳初发，于是想起“昔我往矣，杨柳依依”；桃花盛开，桃叶轻抽，则咏出“桃之夭夭，灼灼其华”；夏日，从湖边过，莲花正红，绿萍满目，因而有“接天莲叶无穷碧，映日荷花别样红”；秋季，夕日垂地，夕云飞度，不期然念出“浮云游子意，落日故人情”；至于冬天，万物萧瑟，露水寒，羁旅在外，遥念亲人，于是有“想得家中夜深坐，还应说着远行人”。凡此种种，当身处其中之时，因那时之景，那时之事，及乎那时之心境，一切得以圆满融汇。人生之况味，自然之趣味，遂厥然透出。而心灵上之建设，亦因之得以完成。是以古典诗文之教育，正需吾人以奋然之态度行之。

三

在文学研究上，常有如此一种情形：前一时代之贤哲，认定了某种观念；这一时代之人或贤哲，亦认定了该种观念；后一时代之贤哲，亦认定了该种观念。一代一代人之认定，使得它牢不可破。每一个人，在学习之时，都会接触该种观念，并在思考和研究中，自觉或不自觉受其影响，不断强化其力量。例如，对诗经之认识（以为其无一不美，每一篇都至高无上，后之人皆不可企及），对古体诗之认识（浑然天成，纯如天籁），对五代词之认识（古意漫然，蕴藉无双），先代后代之比较（先秦必胜于汉魏，汉魏必胜于六朝，唐必胜于宋），众口一词，陈陈相因，有似犬应蛙鸣。泯灭差异，趋于划一，正是其弊。此类情形，弥漫于许多领域，无论是知识上，抑或行为上，乃是厚古薄今，及保守主义之根源和标志。

四

今之作诗者，余平生所见，亦颇有之。以为其弊有三：一则造语用韵，过于质野。既不能工于辞令，又无复诗词音乐、形象之美，其诗味亦薄。二则意思浮浅，作诗之时，了无深情微意，而只是信手写之，随心而成，其物外之音自淡。三则观其遣词造境，大多循于旧轨，如动辄用“香奁”“珠帘”之类，夫今时今地，何得可以求此等物象？然假使以今时物，今时语，又鄙野不忍卒读。以上三者，今之人鲜有不堕于一端者。初学者常拼凑，日久者常堆砌，往往如此。故为今之事，尤应有普识性之教育，使就学者能裒集佳作，日加讽诵，以至久而自化，沁入心脾，然后扫除旧庑，做一番革新之工作，如此始能免于质野习旧之弊。

五

余昔年以平水韵作诗填词，久之，以为今日之人，宜以今韵为据，若一依旧韵，如何可以彰今日之情。自后随其年长，所学益多，所攻愈坚，始知用旧韵者，殊为胜法，而知提倡新韵之人，适不知诗词之道也。何也？新韵之属，其最大问题，即在翦没入声，而只论平仄；然吾国诗词之美，正在入声字之运用，此在词学一科中，尤为重要。而今之为诗词者知之鲜矣。

龙平

2015年7月

目录

第一卷 诗之大义

第二卷 诗之赏鉴

第三卷 诗之修辞

第四卷 诗之体类

第五卷 诗与人生

第一卷

诗之大义

诗心

早春呈水部张十八员外二首（其一）

（唐）韩愈

天街小雨润如酥，草色遥看近却无。
最是一年春好处，绝胜烟柳满皇都。

一

天气微寒，窗外枝条垂下，绿芽轻抽，已是春起时候。此时独坐，不觉静默。万千生机，都来身前。蚯蚓在地，蠢蠢欲出；黄鸟入鸣，斜斜似坠。有时春雨渐发，春雷乍闻，丝毫不觉烦闷，唯觉有无限欢喜。而最美好者，即少游所谓“楼外残阳红满，春入柳条将半”，其间意味，正自使人有烟波江上、迷离不清之感。恍恍惚惚，若有若无，半醒半醉，寒暖交复，非在春季，何能有之耶？

昌黎一生好作奇僻文字。其《与冯宿论文书》曰：

> 仆为文久，每自测意中以为好，则人必为恶矣。小称意，人亦小怪之；大称意，即人必大怪之也。时时应事作俗下文字，下笔令人惭。及示人，则人以为好矣。小惭者亦蒙谓之小好，大惭者即必以为大好矣。

又《答李翊书》自述其为文之道曰：

> 其观于人也，笑之则以为喜，誉之则以为忧，以其犹有人之说者存也。

而柳宗元《读韩愈所著毛颖传后题》亦曰：

> 自吾居夷，不与中州人通书。有南来者，时言韩愈为《毛颖传》，不能举其辞，而独大笑以为怪，而吾久不克见。

是非独时人，即其自身，亦以其文为怪。然今之怪，适为后世之常；而今之常，则往往灭于时间之流也。且怪则怪矣，若能有所树立，则尤胜于不怪而无以立者。故陶明濬《诗说杂记》曰：

> 旁门小法，虽非诗之正轨，然作者直抒胸臆，自立面目，亦正有所不得已。孟子曰："五谷者种之美者也，苟为不熟，不如荑稗。"

以是而观之，则宋明诸家，如黄山谷、陈后山、永嘉四灵与钟惺、谭元春之属，历来论诗者，虽多有诟病非议，然究其实，亦自有独立而不可磨灭之处，不当一概抹杀也。

昌黎为文如此，而作诗亦如此。其诗虽于思想、情感上几无创见，然结构、炼字上，则烁乎可追老杜。其次则是以文为诗，此点尤为宋人所取法。此类诗篇，如《山石》《石鼓》之什，皆为唐人中特立之作也。

然情之所发，有时常有不能自已，亦不待自已者。此时则一切手法，皆弃而不复想及，而只是纯然发出，任心写去。而此等著作，于文学史中，又多为万古传诵者，如昌黎之《寄十四郎文》、东坡之《江城子》（十年生死两茫茫）、袁枚之《祭妹文》等。《早春呈张水部》一篇，亦是如此。

首句"天街小雨润如酥"，"天街"，御街也，宽而广也；"小雨"，非大雨也，若大雨，则不暇观察，亦殊无美感也；"润如酥"，极入微，极形象，正见其细滑而湿软也。当初春之时，小雨溶溶，此时打一把伞，漫步大街之上，则亦极美矣。秦少游《浣溪沙》词有曰“无边丝雨细如愁”，正自有此情态。

次句“草色遥看近却无”，接上句而写，言雨草交染之景也。雨中草色，只是浅浅淡淡一抹影子，远观则有，近看则无，此颇与王维诗“青霭近看无”相类。此句向来为千古佳句，即因其写出一种朦胧而不能细察之情味，而此种情味，又最是动人心怀，况周颐所谓“烟水迷离之致”也。

三四句“最是一年春好处，绝胜烟柳满皇都”，以对比之法，升而总言之也。三句提振总言，直说一二句所述景，殆是一年中最好之时。末句则转而说三、四月间，烟柳满目，则无甚可观，反不如早春之时，若有若无，轻淡可爱矣。诚所谓扬彼之短，益见此之长也。

绝句如小令，律诗如长调，即在绝句、小令，大多直起直落，一下写毕，不需如律诗、长调般要铺陈、敷衍也，是以最见诗家才情。

二

然则昌黎何以能作此等文字？首要即在其有诗心。

吾人之心，往往具实，看花只是花，看雨只是雨，一切所得，唯其本身而已。此花此雨，于其而言，并无情绪及感应上之影响。心思较细腻者，虽亦能有感有发，而毕竟只着落在情志上。而有另一般人，则看花不仅是花，看雨不仅是雨，而似乎与此一世界其他事物，与其自性中某些种子，皆有着默契和共振，而可以通过直觉，通过发现美感，来时时唤起其最深处之颤动。当此一颤动，升起于心顶时，则“表里俱澄澈”，则“万象为宾客”，是以其人之生活，乃经其所美化后之生活，其人之心，亦是经其诗化后之心。此即是诗家之心，推而扩之，亦可说是艺术家之心。

诗家最要在诗心。一有诗心，则所见所闻，所感所知，无一不可造为诗境，无一不可咏诸篇章。如黄子久曰:

> 偶遇枯槎顽石,勺水疏林,都能以深情冷眼,求其幽意所在。

又说:

> 终日只在荒山乱石，丛木深筱中坐，意态忽忽，人不测其为何。又往泖中通海处看急流轰浪，虽风雨骤至，水怪悲诧而不顾。

《世说新语》言语篇曰:

> 简文入华林园，顾谓左右曰：“会心处不必在远，翳然林水，便自有濠、濮间想也，觉鸟兽禽鱼自来亲人。”

乔治·吉辛《四季随笔》夏季卷说:

> 心灵是我们周边世界的创造者。即使我们站在一起，共同看草地上的一棵树，也不会是一样的。你眼中的事物，也不会在我的心中泛起涟漪。

此皆言文艺家流，必以诗心为其观物、创作之先务，而此物尤须蕴之在兹，不可一时稍离。且因各人诗心之不同，而造成其所看见和理解的世界，都全不一样。这些事物与获得，都只属于你自己，而非涉及他者。

无诗心即无创造。这诗心，虽与人在书本上之学习颇有关系，而本质却不一样，甚或还有一些矛盾。与自然之直接接触，才是陶养诗心最重要之法。乔治·吉辛《四季随笔》春日卷里说:

> 每当紫罗兰让位于玫瑰时，我总会产生一种恐惧，害怕自己在得到上天的恩赐时没有充分珍惜。我有好多个小时都埋头于书中，而本来是可以散步于牧场的。我的收获是相当的吗？我怀着疑虑、缺乏自信地倾听着，看心里能

如何辩护。

又朱熹《出山道中口占》曰：

川原红绿一时新,暮雨朝晴更可人。

书册埋头无了日,不如抛却去寻春。

陆象山闻朱子此诗，喜曰：“元晦至此，有觉矣。可喜也。”虽有他意，而就求诗索理本义，自当以此为尚也。观朱子此诗，何尝有道学家气味，故尝自言曰：“予少好佳山水异甚。”而韩元吉《武夷精舍序》更曰：

吾友朱元晦居于五夫里，去武夷一舍，而近若其后圃，暇则游焉。与其门生弟子挟书而诵，取古诗三百篇及楚人之辞，哦而歌之，萧洒啸咏，留必数日，盖山中之乐，悉为元晦之私也，予每愧焉。

然则如何有诗心?

其一，在能对生活涵而超之。此之云“涵而超之”，乃是说人于其生命，非和光同尘，全然置身其间，亦非离群索居，逃于世事不及之处。唯能涵之，故活水得涌来，取之而不竭；唯能超之，故能不为所拘，而以诗化待之。

其二，在能转化苦乐。此接第一点而来，凡生活必有不如意者，然我乃能将此境遇，予以美化，则痛苦之感，渐自转而为愉悦，为堪忍受。此非特为诗家之法门，亦当是吾辈处事之方也。儒佛两家，于此道极为得力。余尝读陶渊明《与子俨等疏》，极爱其中一段：

少学琴书，偶爱闲静，开卷有得，便欣然忘食。见树木交荫，时鸟变声，亦复欢然有喜。常言五六月中，北窗下卧，遇凉风暂至，自谓是羲皇上人。

夏日天气蒸热，人所不堪忍，而渊明乃能于其中寻求乐处，则其生活顿然诗意而具有美感。此即诗家之心也。

其三，在学习之时，须善能引发。人不可能不受人影响，若无影响，则绝无启发。无启发，则其内蕴之天机无以引发也。谢榛《四溟诗话》曰：

诗有天机,待时而发,触物而成,虽幽寻苦索,不易得也。如戴石屏“春水渡傍渡,夕阳山外山”，属对精确，工非一朝，所谓“尽日觅不得，有时还自。”

即言诗人对于创作，往往源乎师法自然，而令外物能触发我之天机，则有时不自觉而出好句也。

说“真”

四时田园杂兴

（宋）范成大

昼出耘田夜绩麻，村庄儿女各当家。
童孙未解供耕织，也傍桑阴学种瓜。

一

余记少时，常在外家住。其一村之人，皆为同族。村外有河，河边遍植树，树外农田甚多。夏秋之季，孩童五六人，相与游泳河中。泳后则偷摘田间作物，如玉米、土豆及蚕豆诸属，取落叶枯木燃火，烧烤食之。其后读鲁迅《社戏》一篇，言及晚上河边偷煮罗汉豆事，固知此等事古今皆有也。

范成大《四时田园杂兴》，分春日、晚春、夏日、秋日与冬日五组，凡六十篇。范氏晚年隐居家乡石湖，即以此为号。尤擅诗，与杨诚斋、陆放翁、尤袤合称南宋“中兴四大诗人”；亦擅词，余颇爱其《霜天晓角·晚晴风歇》一阕。《四时田园杂兴》是其诗之代表作，亦是吾国田园诗中之名篇。历来诗人，写田园生活者颇多，而真写农家生活者则甚少；纵然写之，亦只是远远看着，安然描来，仿佛彼即是彼，我即是我，两者约不相关。只有极少数诗家，能深入其间，体农人之思，味农人之事，甚或其本身亦是其间一分子。如陶渊明，如杜甫等。而范氏此组诗，体物极入微，叙事极深细，自是难得。

此诗乃夏日之第七首，起句“昼出耘田夜绩麻”，非必分日夜，只是以此来说农人劳作之苦也。“耘田”，殆除草也。夏日草盛，若不及时芟除，则稼苗不长也。“绩麻”，捺麻也，将以织布也。二句“村庄儿女各当家”，接上句而来，“儿”接“耘田”，“女”接“绩麻”。三四句则另起一人物而说矣。言童子虽不知耕作、织布之事，而亦能在桑树阴下学着种瓜。此节读来意趣盎然，令人想起辛弃疾《清平乐·村居》中的句子：“大儿锄豆溪东，中儿正织鸡笼。最喜小儿亡赖，溪头卧剥莲蓬。”此真所谓天机清妙者矣。

二

本篇题目乃“说‘真’”，今加以解析矣。向来诗家，皆极重此。曾敏行《独醒杂志》卷四记载：

> 汪彦章为豫章幕官。一日，会徐师川于南楼，问师川曰：“作诗法门当如何入？”师川答曰：“即此席间杯柈果蔬，使令以至，目力所及，皆诗也。君但以意翦裁之，驰骤约束，触类而长，皆当如人意。切不可闭门合目，作镌空妄实之想也。”彦章颔之。逾月复见师川曰：“自受

教后，准此程度，一字亦道不得。”师川喜曰：“君此后当能诗矣。”

可知求真之难也。夫初学诗者，常纵意而写，但求其能合辙押韵，而不管其辞意符于实际否。近见许多作诗者，或诗意颠倒，不知所云，或虽写今日之情，今日之事，而词语中时有“油壁”“帷帘”“银钩”之类，殊为可笑。若令如汪彦章般字字从眼前出，语语自胸中来，不作镂空之想，则倍感艰难，真是“一字亦道不得”也。

欲求诗之“真”，则约有两端。一则须取物有源。象非意无以生，意非象无以出。故作诗之时，必现在眼前、心上，有一境界；于境界中，又复有许多物象，然后随之有所拣择也。读人之诗，解人之意，亦当如此。据说王荆公某日闲时翻阅举子行卷，至某广东秀才之诗时，中有两句“明月当空叫，黄犬卧花心”，不觉哑然失笑，遂改为“明月当空照，黄犬卧花荫”。其后罢相，偶然游至潮州，夜中与一老农谈，始知“明月”乃当地一种鸟儿，而“黄犬”则为当地一种虫子，立时便感愧疚。故取物有源，其象乃真；造境为真，其言乃合。所以诗家者流，必使其有所生活，有所经历，然后方可以“为有源头活水来”也。

其次则须造语有实。此“实”字，有两种义。一则必求合于诗境，而不可以任意也。近年时兴之古风，颇得世人追捧，每闻讽诵，然若细看词意，却是莫名其妙，支离破碎。盖其运用词语，都不能合成一完整之诗境也。二则其用语应“不隔”。如王静安《人间词话》云：

词忌用替代字。美成《解语花》之“桂华流瓦”，境界极妙，惜以“桂华”二字代月耳。梦窗以下，则用代字更多。其所以然者，非意不足，则语不妙也。盖意足则不暇代，语妙则不必代。

静安所说，虽非绝对，而实有一定之理。故王夫之《薑斋诗话》之附录《夕堂永日绪论外编》曰：

有代字法，诗赋用之。如月曰“望舒”，星曰“玉绳”之类，或以点染生色，其佳者正尔含情。然汉人及李、杜、高、岑犹不屑也。施之景物，已落第二义，况字本活而以死句代之乎？有胸有人者，不应染指。

是亦说用代字者，佳者虽佳，而毕竟不是写景最上之法，况代字常会形成死句。亚里士多德曾言：“最明晰的风格是由普通语言形成的。”而叔本华亦道：“朴素自然乃天才之最大标志。”故“真”非特为作诗之要，亦实为一切文艺之本矣。

又静安于《人间词话·未刊稿》中复曰：

词人之忠实，不独对人事宜然，即对一草一木，亦须有忠实之意；否则所谓游词也。

所谓“游词”者，即非经深入之体察，非能触及于事物，而只是信手而写者。此何以应酬之作，每多陈调；歌谀之篇，常为空洞也。以与上所载汪彦章事参看，岂不明乎？

善同作者

邯郸冬至夜思家

（唐）白居易

邯郸驿里逢冬至，抱膝灯前影伴身。
想得家中夜深坐，还应说着远行人。

一

忆昔在校时，某年寒假，为事耽搁，不得归家。除夕夜，直至深夜，方才归来。过学校教职工区时，忽然四周鞭炮齐鸣，而远处烟花绽放，则已零点矣。陡然观此，不禁落泪，只觉无限思亲之情，汹涌而来。于是就近寻一草地坐下，拿出手机，打给父母，话才出口，已带哭腔。今世之人，有种种通信工具，交通又甚为便利，故相互之情感，有时不免于淡薄，于古人所述之情，恐已渐失认同矣。古人离别，有时便是天各一方，甚或至死不复相见，故于此等情事，实体会最深而咏唱最多也。吾辈读其诗作，若能先有切身之体会，自然最佳，即使无之，亦应有所想望，使能尽力赏析之也。

乐天此诗，写于贞元二十年，时年三十有三矣。唐时制度，冬至为官员节假之日，而乐天家在洛阳，自不能归家省亲也。首二句“邯郸驿里逢冬至,抱膝灯前影伴身”，直叙述。情衷所致，自是不须假以雕饰，但直说而已。一句点明时间“冬至”及地点“邯郸驿里”，“驿”是古时官员临时居住之所，亦有传送文件之用。次句用语极准确，且正见出其联想之自然性也。余先前读李白《春夜洛城闻笛》，于“散入春风满洛城”一句，倍言其“散”“满”二字之精妙，及其用语之连续性也。而用语之有连续性，即在其有自然之联想也。此句即是如此，“抱膝”于灯前，然后方能觉其唯有“影”以伴吾身也。由某件事物引起另一件事物，由某个动作引起下个动作，或由某种状态引起另一种状态，而其间之过渡，须自然而合理也。如李白《送友人》有句“浮云游子意，落日故人情”，白云漂浮，故联想至游子之羁旅；落日徐徐，故联想至送别之依依，皆极自然合理也。

末二句“想得家中夜深坐，还应说着远行人”，历来为人传诵。寒夜独坐，唯青灯一缕，相伴身旁；此时此际，家中亦是夜深人坐，想来还当说着我这远行之人矣。明是自已思亲，而反说家人之思已，可谓巧思也。王维《九月九日忆山东兄弟》末二句“遥知兄弟登高处，遍插茱萸少一人”，与此相类，而论情致之深，王作殊不如白作之动人也。全诗主旨，实是一“思”字，然其情绪虽浓，感怀虽深，终是绝口不提吾之“思”也。司空图《二十四品》曰：“不着一字，尽得风流。”不直接用到主题词，而又无处不予说到；又或顾左右而言他，而意在言中，人皆知之；或以物喻人，以景托情，而人情尽出矣。如林和靖《山园小梅》，全篇无一字说到“梅”字，而句句皆有“梅”意也。“想得”“还应”，分明虚想，而吾辈乃信其为必然也。

二

前人作诗，而后人赏之。诗人本有一诗境，而赏者又复另有一诗境，故赏诗之事，不啻为再创造也。然两个诗境，固以相合为最上之境界也。此在诗人言之，则当将其所见所闻，所思所感，完美写出，用语造境，皆须能达；而在赏者言之，则当以诗作所予之意境，遇合于心，其所为之境，须不离诗作本来之境太远，甚至有失其实也。是以能赏诗者，全在能同于作者也。

同于作者，途有两端。一者身代，一者回观也。所谓身代者，即吾在生活当中，有所经历，有所体验，故而读某人某诗，能感同身受，切然于心；又或某时曾读某诗，一去经年，忽有相似之经历，于是反而重读之，澈然而有会也。张表臣《珊瑚钩诗话》云：

> 东坡称陶靖节诗云：“‘平畴交远风，良苗亦怀新。’非古之耦耕植杖者，不能识此语之妙也。”仆居中陶，稼穑是力。秋夏之交，稍旱得雨，雨余徐步，清风猎猎，禾黍竞秀，濯尘埃而泛新绿，乃悟渊明之句善体物也。

盖读人之诗，纵有所解，亦不过平面思想上之事，而唯其曾有所体验者，始能于诗作有立体、透明之理解也。

记得某天早晨，路过园边，熹光斜斜照过来，铺在整个园子上，于是油然想起来那几句诗：

> 青青园中葵，朝露待日晞。
>
> 阳春布德泽，万物生光辉。

许久以前，余已然读过此诗。然直至此时，方才于其意境、气象、节奏乃至字句，皆有某种难以言喻而又极为新鲜之细节性体认，而深觉其真是优美到无以复加也。有时，偶然遇见某物，遂将自家脑海中所深藏之某种意境、某句诗词，触发出来，浮于心头，久而不散，而此种意境、诗句，亦因此被赋予悠远而又深长之情味，引起吾辈最深最永之感动也。

而所谓回观者，即吾虽不能至于作者当时之境，亦不能于生活中予以验证，然犹可以有所受想，使诗之意境，得尽可能呈现于吾之心灵也。如《宋史》有记宗炳卧游之事曰：

> 炳好山水，爱远游。有疾还江陵，叹曰："老疾俱至，名山恐难遍睹，唯当澄怀观道，卧以游之。"凡所游履，皆图之于室，谓人曰："抚琴动操，欲令众山皆响"。

又明人何良俊于《四友斋丛说》中亦曰：

> 今老目昏花，已不能加临池之功，故法书皆已弃去，独画尚存十之六七。正恐筋力衰惫，不能遍历名山，日悬一幅于堂中，择溪山深邃之处，神往其间，亦宗少文卧游之意也。

而况周颐《蕙风词话》曰：

> 取前人名句意境绝佳者，将此意境缔构于吾想望中。

然后澄思渺虑，以吾身入乎其中而涵泳玩索之。

况氏之说，尤为得当，而堪为吾说之所宗法也。“将此意境缔构于吾想望中”，正是于吾心镜中，依诗什之所言，而营造一完整之意境，然后入乎其间，涵咏沉潜，久而久之，非但可以深切于作者诗意，亦可以大有益于吾作诗、赏诗之素养也。故此法之施行，盖不可不重也。

诗之语

山居秋暝

（唐）王维

空山新雨后，天气晚来秋。
明月松间照，清泉石上流。
竹喧归浣女，莲动下渔舟。
随意春芳歇，王孙自可留。

一

余昔读钱穆《师友杂忆》一书，言其抗战期间，流离至滇，旋转陆良山中。寂寞无事，感于世变，恐神州陆沉，文化断绝，遂著《国史大纲》。早起读书，下午写作，傍晚饭后，即循山路散步约一小时，山中风景绝佳，故虽在国难之中，犹能振奋人志气也。于时颇为想慕，念念不忘。其后某年暑假，偶然得居处山中月余，乃知有不同者。起先一旬，殊感新鲜，随目所见，无不为美。迨二旬之后，则烦闷渐生，不欲久住矣。余亦好静之人，然而乃如此，以是知世之能久居于山野者，诚为难也。梭罗自称天然为野客，然而隐居瓦尔登湖仅两载，即返康科德城，余者可知矣。然山间真乐，所谓“是中有深趣”者，岂非正在能沉潜往复，与物俱游哉？固不待久居始得见之也。

摩诘此诗，读来纯是诗味，即不知其所言，亦知为天然好语也。尤要者，尽在一“洁”字上，物象洁，意境洁，气味亦洁，而一切殆根植于作者心灵之洁也，况蕙风所谓“能澄澈人心”者，岂非如此耶？

诗题“山居秋暝”，“暝”者黄昏之气也，李白《菩萨蛮·平林漠漠烟如织》有“暝色入高楼”句，秋晚时节，最见人间景致，何况山中？首联“空山新雨后，天气晚来秋”，徐徐引出。秋夕寒凉季，山雨微霁，万物一新，天气初“暝”，此时此刻，都无人烟俗迹，天地为之一空。摩诘好用“空”字，如《汉江临泛》之“波澜动远空”，《鹿柴》之“空山不见人”，及《鸟鸣涧》之“月静春山空”，皆是也。盖秋雨歇后，草木多露，不易行走，且森林繁茂，遮蔽人类活动，而天色将暮，尤难见出人迹，故曰“空”也。此联任心而发，随笔而写，不见凿痕，而又以“晚来秋”三字锁住，正是起句中上乘写法也。

颔联“明月松间照，清泉石上流”，接上写山间物态也。暮色渐深，青烟漫大地，万物俱消没；俄而素月流空，照在亭亭松上，山间小泉，曲流于山石中，淙淙作响，在月光散映下，如白练，如天汉，如繁霜。此二句写景，使人如见其境，王静安所称“不隔”之妙者，正在其间也。写景之句，要在不隔，即能传达如画，使作者所见诗境，得充分展现于读者心镜也。至于言情之作，固不必全然如此矣。前贤解诗者，谓此二句有高洁之操，超然之志，固是也，然即作天然写景语看，殆亦无不可，因此景本已令人生出无穷美感，而不须顾及其他也。

颈联“竹喧归浣女，莲动下渔舟”，转笔写到人物去。不知谁家浣衣女，三三两两归来，衣衫行处，引得竹林喧动；河水沦涟下，渔舟轻移，牵得莲叶摇动，两边相分。上联写物无人，到此乃写到人来，因山中若绝然无人，则虽甚美，而终觉少索情味，唯人唯和，始得一完整之桃源胜境矣。此联颇具巧思，盖女在林中，舟在莲外，本为之掩没不见，直到竹喧莲动，才得发觉。其间情态，似如王昌龄《采莲曲》“乱入池中看不见，闻歌始觉有人来”句所云也。

尾联“随意春芳歇，王孙自可留”，加以总结，以成一完整之诗作也。吾国诗词，其同于文章者，即在皆有叙事，自结构而论，孰先孰后，孰重孰轻，往往明确清晰，井然成序，故而大多有一完整性矣。如两叠之词，上阕写景，下阕言情；四韵之诗，起句以放，其后铺衍，至末句作收。虽运用万方，不拘一端，然除却特例，允为通常之理矣。屈原《楚辞·招隐士》曰：“王孙兮归来，山中兮不可久留！”，今则不同，是反用典故本义矣。桃源既在，自当留居，何必返回朝廷，忍受倾轧之苦？此正见摩诘本志也，是以决意隐居终南，若非遭逢安史，迫不得已，固是终身不出矣。惜乎！

二

上文言摩诘此诗，纯是诗语，今且稍稍发覆，为略述诗语也。余自少至今，于今人诗作，亦颇有所观，盖百人之中，难见一人为真诗人；百篇之中，难得一篇为真诗歌。真诗人者，今且不论。而其所以不得称真正诗歌者，则在其非是诗家之语，非有诗家之味也。平仄相合，韵律相协，只是诗之形具，安见得便可遽称为诗耶？至于老干之体，江西之遗，更自为下下之品，如将朽之木，中空质虚，无盐之水，寡而乏味，若视之为诗，则诗立死矣。是作诗之道，本幽隐难言，苟非天然才情之士，陶其性灵，体乎山水，兼取唐以前佳作，相与玩赏，都不可得之矣。而向来所见，或流于俗滑，一篇之中，满是陈词滥调，或主于学力，一律之内，直是书抄典册。对于前者，作者犹知惭然自咎；而对于后者，作者乃矜然自喜，以为妙手佳笔，每举以示人，则真是痴人面前说不得梦也。

盖亦有可言者，约而论之，则诗家之语，一在诗之语言，二在诗之节奏，三在诗之气味，若有其他，则吾今时犹不知也，且待博雅君子全之也。

所谓诗之语言，即是吾国诗歌，自有其特定之语言系统，具体而言之，则在所有文字中，只得有部分文字，可以用于诗中也。如孟浩然《宿业师山房待丁大不至》曰：

松月生夜凉，风泉满清听。

樵人归尽欲，烟鸟栖初定。

再看辛弃疾《洞仙歌·开南溪初成赋》词曰：

十里涨春波，一棹归来，只做个、五湖范蠡。是则是、一般弄扁舟，争知道、他家有个西子。

只略一参看，即知辛作中“只做个”“是则是”“争知道”之类，皆非诗中之语也。

又关汉卿《双调·大德歌·春》曰：

一春鱼雁无消息，则见双燕斗衔泥。

及无名氏《中吕·朝天子·志感》曰：

不读书有权，不识字有钱，不晓事倒有人夸荐。老天只恁忒心偏，贤和愚无分辨。

此二作之“则”“恁忒”，于诗歌中，皆不可用。何哉？其非诗中语言也。

所谓诗之节奏，即诗较之词曲散文，别有其特有之节奏也。此种节奏，一在诵读之节奏，乃关于句读者，一在内容之节奏，乃关于诗意者。诵读之节奏，如王力《诗词格律》所言：

律句的节奏，是以每两个音节（两个字）作为一个节奏单位的。如果是三字句、五字句和七字句，则最后一个字单独成为一个节奏单位。

而朱光潜《诗论》亦曰：

粗略地说，四言诗每句含两顿，五言诗每句表面似仅含两顿半而实在有三顿，七言诗每句表面似仅含三顿半而实在有四顿，因为最后一字都特别拖长，凑成一顿。

二公之言，皆说明诗有其独特之节奏，举例而言之，如刘禹锡《晚泊牛渚》首二句曰：

芦苇晚风起，秋江鳞甲生。

按照节奏，则诵读时应为“芦苇-晚风-起，秋江-鳞甲-生”，此诗之节奏也。若是词曲，则自是不同，如秦观《满庭芳·山抹微云》下阕曰：

销魂，当此际，香囊暗解，罗带轻分。谩赢得青楼，薄幸名存。

其中，“谩赢得青楼，薄幸名存”二句，诵读之时，当作“谩-赢得-青楼，薄幸-名存”才可。

至于内容之节奏，一在诗之结构上之节奏，二在诗之语义上之节奏。结构上之节奏，如倒装、成分残缺之类皆是。如杜甫《秋兴八首》末篇曰：

香稻啄余鹦鹉粒，碧梧栖老凤凰枝。

此二句为倒装，原结构应是“鹦鹉啄余香稻粒，凤凰栖老碧梧枝”也。

又如老杜《春日怀李白》颈联曰：

渭北春天树，江东日暮云。

此二句中，依文章之结构，则其成分殊不完整也。

而语义上之结构，即是诗歌当中，每一句之意思，应处于完整之状态，可以单独取出。即使是流水对，其上下两句，亦各自具有一定之独立性。如王维《辋川闲居赠裴秀才迪》曰：

渡头余落日，墟里上孤烟。

一句一意，各自独立。而词曲之属，多为不同，如毛泽东《浪淘沙》曰：

萧瑟秋风今又是，换了人间。

自上句而言，诗中绝无此种写法，又如纳兰性德《摊破浣溪沙》曰：

人到情多情转薄，而今真个悔多情。

细味其句，即知此等言语，固是词中特有，非诗歌可具也。

上所言之语言、节奏，尚可解之，至于气味，则真如佛陀之说法，闻者或有知之，然不可以言语道出矣。要之，较之词曲文章，诗之独特处，乃在其气韵，及乎其含蓄也。余尝读吴梅《词学通论》一书，其论词曲之别曰：

作词之难，在上不似诗，下不类曲。不淄不磷，立于二者之间。要须辨其气韵，大抵空疏者作词易近于曲，博雅者填词不离乎诗。浅者深之，高者下之，处于才不才之间，斯词之三味矣。

又曰：

至于南北曲，与词格不甚相远，而欲求别于曲，亦较诗为难。但曲之长处，在雅俗互陈，又熟谙元人方言，不必以藻缋为能也。词则曲中俗字如你、我、这厢、那厢之类，固不可用。即衬贴字，如虽则是、却原来等，亦当舍去。而最难之处在于上三下四对句。如史邦卿《春雨》词云："临断岸、新绿生时，是落红、带愁流处"，此词中妙语也。汤临川《还魂》云："他还有念老夫诗句？男儿：俺则有学母氏画眉娇女，又没乱里春情难遣，蓦忽地怀人幽怨"，亦曲中佳处，然不可入词。由是类推，可以隅反，不仅在词藻之雅俗而已。

推而论之，则知诗之气味，较之词曲，更为典雅贞正也。而词曲中所谓"却原来""那边厢"诸语辞，更是为诗所推却也。

又词曲散文之属，因可用衬字贴字，故而于表达之时，往往可以酣畅言之，将之说尽，而于诗一道，限于节奏、语言、气味，往往情意在衷，言说不尽，而愈加含蓄有味也。此如摩诘《山中送别》诗曰：

山中相送罢，日暮掩柴扉。
春草明年绿，王孙归不归。

四句二十字，而意思丰富，情味悠长，真如梅圣俞所言"含不尽之意于言外"者也。

闲说宁静

宿建德江

（唐）孟浩然

移舟泊烟渚，日暮客愁新。
野旷天低树，江清月近人。

一

李白曾有《赠孟浩然》一诗：

吾爱孟夫子，风流天下闻。
红颜弃轩冕，白首卧松云。
醉月频中圣，迷花不事君。
高山安可仰，徒此揖清芬。

读此诗，可以想见孟浩然为人矣。孟氏生于襄阳，故世称“孟襄阳”。前半生隐居襄阳之鹿门山，《夜归鹿门》是此时之代表作。至四十岁时，方游京师，有“微云淡河汉，疏雨滴梧桐”之句，而文人无病呻吟之弊发，乃赋“不才明主弃”句，徒惹玄宗不乐，未予授官。于是归乡，自此不复出仕，一意隐居，故世又称“孟山人”。

太白赠诗，正叙其山人之生活也。“松云”“月”“花”“清芬”之辞，皆以赞颂浩然，亦适以述己怀也。然而其二子果乐于此？则李之《大鹏》《北上》之篇，孟之《望洞庭》《当阳上张丞相》之作，又何以解乎？明人屠隆既不得用，归而隐居青浦，作《娑罗馆清言》，取其书而观之，则尽皆清静无为、抱朴守虚之言，然究其实意，是亦失意之后，不得不尔，其心未尝不有所想望，以求合抱之材，得施用于天下也。故于吾国读书人之隐居者，皆当作如是观，不可全为其诗文之淡泊所惑也。只是太白天人再世，固不以不遇为怨恚，而浩然体性纯粹，淡然自足，虽未有仕，而其心终亦可以安之矣。

此诗首二句“移舟泊烟渚，日暮客愁新”，先叙明时间、地点，直是浅浅写来，淡淡勾出。日暮时候，客将歇息，于是将已行一夜之舟，停驻于晚烟弥漫之沙渚头；此时此刻，乡关何处，不由悲从中来，幽愁暗生。

此二句是触景而生情，约用“比兴”手法，为诗词中寻常之事；然选景颇见其用心，如“烟渚”“日暮”，二景极能引人情思也。昔卫玠过江，见江上烟波迷蒙，不禁想起洛阳故地，慨然叹曰：“对此茫茫，百端交集，苟未免有情,亦复谁能遣此”，是烟中、暮下，皆能惹人矣。“新”字好，言其又生也。

末二句“野旷天低树，江清月近人”，寻常套路，于上句“日暮客愁新”之后，必接以情感叙述，以承“客愁”二字，而此诗乃不为此技。譬犹上人传法，不为说尽，才一透露，便即收口不言，而些子消息，已然彻达于心矣。故接下而言，则继续写景矣。人在舟中看，远处原野空旷，天际昏暝，仿佛垂下树梢间来；眼前江水澄清，明月团团，越发靠近客子身前。此二句，从意境上看，有一种无法言说之美感，余强名之曰“空暝”。此空暝，非但是意境上事，亦是“低”“近”二字所致。某年夏季，余在乡间住，一日傍晚，自外头归，于时天地稍稍昏暗，偶然举头，便看见天幕低垂，彼时情境，与孟浩然“野旷天低树”句，全然一致，但觉如空蝉微微鸣于树巅一般也。“月近人”，是写景亦是言情。月之为物，于中国人、中国诗中，皆有特殊之意味，而常与思亲怀乡有关；故月既近人，则人之思情，自然迸发矣。然而作者又不复言，只是淡淡点出，韫而不发，只留许多余味予读者矣。

二

余欲说“宁静”久矣，今日且稍言之。

宁静，宁静，何等引人之物，历来贤士，尽皆求之。陈继儒《小窗幽记》言曰：

> 宠辱不惊，看庭前花开花落；去留无意，望天空云卷云舒。

而王摩诘《终南别业》诗曰：

> 行到水穷处，坐看云起时。

而古罗马哲学家马可·奥勒留则于其杰作《沉思录》中曰：

> 一个人退到任何一个地方都不如退入自己的心灵更为宁静和更少苦恼，特别是当他在心里有这种思想的时候，通过考虑它们，他马上进入了完全的宁静。

古罗马政治家塞涅卡在《论心灵的宁静》中则说道：

> 希腊人将这种心灵的持久稳定状态，叫作“灵魂的完美状态”；我则将之称作“宁静”。我们所要寻求的，即在心灵是如何能够沿着一条不变的道路前行，心灵如何能够对自己满意，如何能够愉悦地看待其境况，而不受任何干扰。这便是宁静。

纵观中外贤哲，则知其对于宁静之看法，皆与心灵之状态有关。然则究何以为宁静？余一言以蔽之，曰：意识下之有序。囿于篇幅，只作一浅论。夫常人之心，常处于“未得患得，既得患失”之境遇下，而不能处于有序之中；若能有序，则其心便不复浮躁、杂乱，而可以依循着此一秩序，作有序之工作：只此一点，便远过于常人。然后尚不够，还需以意识来控制之。常人之行，习于旧轨，其大部分时间，大部分行为，多是无意识的。孟子尝言：“行之而不著，习焉而不察，终身由之而不知其道”者，即指此种人。故须使人尽可能处于清醒之状态下，然后方可以避免此种麻木，而过一种真正存在之生活。有序即幸福，尽己即伟大，此是宁静之道矣。

宁静之道，其用为大。唐君毅《人生之体验》中有言：

在宁静中，你的人格之各部交互渗融，凝而为一，以表现于你自己心灵之镜中，而你的心灵之镜光，能自相映射。

又《沉思录》第四卷曰：

一个人退到任何一个地方都不如退入自己的心灵更为宁静和更少苦恼，特别是当他在心里有这种思想的时候，通过考虑它们，他马上进入了完全的宁静。

而我永远记得梭罗在《瓦尔登湖》里所说：

我坐在阳光下的门前，从日出坐到正午，坐在松树，山核桃树和黄栌树中间，在没有打扰的寂寞与宁静之中，凝神沉思。这样做不是从我的生命中减去了时间，而是在我通常的时间里增添了许多，还超产了许多。我明白了东方人的所谓沉思以及抛开工作的意思了。我并没有完成什么值得纪念的工作，我也没有像鸣禽一般地歌唱，我只静静地微笑，笑我自己幸福无涯。

于作诗上，谢榛《四溟诗话》则曰：

凡作诗,静室隐几,冥搜邈然,不期诗思遽生,妙句萌心,且含毫咀味,两事兼举，以就兴之缓急也。

宁静难求，然则在何种情形下可以得之？一则须有闲暇。人一为俗事牵扯，了无闲暇，则绝不可能获得宁静。宋代无门禅师有偈语曰：

春有百花秋有月，夏有凉风冬有雪。

若无闲事挂心头，便是人间好时节。

其次则是寡欲。寡欲，非是无欲。人有诸般欲望，故需转依于几处甚至一处欲望上，使能专一，唯有如此，方能觉宁静之来。孟子曰："养心莫善于寡欲"。余向爱弘一法师临终偈，其语曰：

君子之交，其淡如水。

执象而求，咫尺千里。

问余何适，廓尔忘言。

华枝春满，天心月圆。

真真是宁静之极致，而无假于他物也。

其三则是居宁静之地，临宁静之境。人之宁静，常依赖于周围环境，而并非只是一己之事。若身处闹市，耳闻喧声，而能使身心宁静者，殆极为少见。故身处宁静之地，观宁静之景，如山林、湖畔，如流水、花光，凡少俗声俗人者皆可。如国木田独步《武藏野》中有言：

午后赴树林深处久坐，四顾，倾听，凝视，静默。

袁宏道《西湖》篇亦曰：

午刻入昭庆，茶毕，即棹小舟入湖。山色如娥，花光如颊，温风如酒，波纹如绫；才一举头，已不觉目酣神醉，此时欲下一语描写不得，大约如东阿王梦中初遇洛神时也。

又柳宗元《小石潭记》曰：

潭中鱼可百许头，皆若空游无所依。日光下彻，影布石上，佁然不动；俶尔远逝，往来翕忽。似与游者相乐。

此数段文字，皆余平生最爱之语，闲时读之，不觉神醉心怡，大约似宗少文"卧游"之趣，可知宁静之境，竟能澄静人心绪至此矣。

于诗词而论，宁静亦极为重要。今不需赘言。而在此宁静之间，又复有动静之异。所谓动者，即写景有人生也。虽描物绘景，而其中犹能有无限心情，灌注于景物之上矣。如杜甫《春望》诗：

感时花溅泪，恨别鸟惊心。

虽写花写鸟，而唯"泪""心"才为其诗之主旨所在矣。

而所谓静者，即写景中无有人生也。此为纯粹之写景，客观之写景。有时亦或有情志在，而主体毕竟在景物一边，非为情志之载体矣。如王维《观猎》：

草枯鹰眼疾，雪尽马蹄轻。

及其《秋夜独坐》诗：

雨中山果落，灯下草虫鸣。

是其写景便是写景，盖以自然之物为其所咏之主体，而无须掺杂甚或附属于人事情感之所发也。此种诗篇，与《诗经》《楚辞》《古诗十九首》之属，截然不同，实将吾国文学之境界，大大加以开拓了。而王静安所谓"无我之境"者，殆为此种诗法而言矣。

理性与直觉

晓出净慈寺送林子方

（宋）杨万里

毕竟西湖六月中，风光不与四时同。
接天莲叶无穷碧，映日荷花别样红。

一

去年国庆前日，余往西湖一游。当时颇少游人，水光山色，绿柳长堤，皆能纵目入怀，略无遮掩。行至断桥，桥下池中，荷叶密密而立，晚阳斜照，虽亦有一番景致，而与杨诚斋所写“接天莲叶无穷碧，映日荷花别样红”之景，相去何啻千里。今年七月中，因事往杭州，遂寻机走西湖。复至断桥，则绿荷满天，遮水不尽，红萼照目，与日争辉。始知诚斋所言，殆为实写，而较之自然，亦正使人有不足之感，是写生果为难矣。苏子瞻曰：“求能系风捕影于心者，殆千万人不一遇也。”揆之情实，自是不虚也。

据《荆溪集序》所载，诚斋尝自言曰：

> 予之诗，始学江西诸君子，既又学后山五字律，既又学半山老人七字绝句，晚乃学绝句于唐人。

又曰：

> 戊戌三朝，时节赐告，少公事，是日即作诗，忽若有寤，于是辞谢唐人及王、陈、江西诸君子，皆不敢学，而后欣如也。试令儿辈操笔，予口占数首，则浏浏焉无复前日之轧轧矣。自此，每过午，吏散庭空，即携一便面，步后园，登古城，采撷杞菊，攀翻花竹，万象毕来献予诗材，盖麾之不去，前者未雠，而后者已迫，涣然未觉作诗之难也。

集其诗而观之，则上述所引文字，盖已透露消息矣。“口占数首，浏浏焉无复前日之轧轧”，则易于出口，速于成诗可知；“采撷杞菊，攀翻花竹”，则所写之对象，大多在咏物一道，而于人生殊少体悟矣；“前者未雠，而后者已迫，涣然未觉作诗之难”，则其浅于思想，短于力量，乏于深情，而赖于应机，敏于灵性者，亦昭然在兹矣。然其诗心之新鲜活泼，及乎描物之栩栩，固亦可称名家而无愧焉。

诗题“晓出净慈寺送林子方”，净慈寺，在西湖南岸，去苏堤不远，寺内之“南屏晚钟”，为西湖十景之一。首二句“毕竟西湖六月中，风光不与四时同”，起句便作议论，正宋人本色也。朝日出寺，与友为别，乍见满湖荷花，光盈天地，现出其惊人美态，以诗心遇合之，于是心中摇荡，如袁中郎看西湖而“不觉目酣神醉，虽欲下一语不得”，脱口而出，不加洗饰也。此亦合于口占，而先写感受，后描胜景之法，与寻常思路，自是不同。“毕竟”，犹确实也，此必事后寻思，合之传闻，心感恍然也。

末二句“接天莲叶无穷碧，映日荷花别样红”，上二句作评发感，此二句即对“不与四时同”之“风光”，做一具体之描绘矣。莲叶深深碧，遍植湖中，与天相接，仿佛无穷无尽；荷花艳艳红，亭亭立水，与日映照，自有别种丰华。此二句之好，一在色彩之冲击，一“碧”字，一“红”字，于色彩上显出一种鲜明、清晰，更趋于“极端”，是以漫天图景，分明现出眼目之内也；二在具有一明亮感，“荷”“日”“碧”“红”诸字，皆能在视觉上造成一明亮之意境，由来写景名篇，常有此力，如曹植《公宴》篇曰“秋兰被长坂，朱华冒绿池”，即是如此；三在能取物象之特质，凡作诗，眼前所见，有许多物象，故择景尤为重要。择景之时，又须能捉取所选物象之特质，以表现出所写诗境之神韵也。体察万物，拣择众象，捕觑象性，此诗家之能事也。而碧叶连天，红花曜日，斯眼前好景最具神味之处也。“别样”，乃言与朝日不同，此不同，或为粉润，或为丰美，或为可爱，皆是也。

二

理性与直觉之事，为人类文化史上一极重要之问题，前贤论述者极多，本非余今日所能插言，然因其颇涉及文艺之道，故不揣浅陋，稍为说及之焉。

所谓理性者，即相信一切知识、观念，皆自吾理性之思维、实践而来，而非出于感官之体察也。盖人之感官，如眼耳鼻舌之属，其所感知，往往有误。而唯有经过践行，经过吾人之思维、判断之后，才能认识到事物之真理。如叔本华于《作为意志和表象的世界》中曰：

> 在我们所有一切表象中的主要区别即直观表象和抽象表象的区别。后者只构成表象的一个类，即概念。而概念在地球上只为人类所专有。这使人异于动物的能力，达到概念的能力，自来就被称为理性。

而所谓直觉者，即认为事物之真理，不可能通过一般之推理、判断而得，因作为真实之存在，本超越于经验之上，故唯有以纯粹之直觉，始可得之。而纯粹直觉，亦即“智”，固不依赖于经验、理性而可独立存在也。如柏格森于《创造进化论》中曰:

> 这里所说的直觉，是指脱离了利害关系的，具有自我意识的本能。它能在对象上反思自身，并且能无限扩大对象的范围。

又熊十力《新唯识论》开篇即曰：

> 今造此论，为欲悟诸究玄学者，令知一切物的本体，非是离自心外在境界，及非知识所行境界，唯是反求实证相应故。是实证相应者，名之为智，不同世间依慧立故。云何分别智、慧？智义云者，自性觉故，本无依故。慧义云者，分别事物故，经验起故。

而理性与直觉之意义，及此二者间之关系，复历来议论纷纷，争执不休。主于理性者，如笛卡尔《第一哲学沉思录》“第二个沉思”部分曰：

> 既然事情现在我已经认识了，真正来说，我们只是通过在我们心里的理智功能，而不是通过想象，也不是通过感官来领会物体，而且我们不是由于看见了它，或者我们摸到了它才认识它，而只是由于我们用思维领会它，那么显然我认识了没有什么对我来说比我的精神更容易认识的东西了。

而吾国大贤朱子则于《大学章句》中曰：

> 所谓致知在格物者，言欲致吾之知，在即物而穷其理也。盖人心之灵，莫不有知，而天下之物，莫不有理。惟于理有未穷，故其知有未尽也。是以《大学》始教，必使学者即凡天下之物，莫不因其已知之理而益穷之，以求至乎其极。至于用力之久，一旦豁然贯通，则众物之表裏精粗无不到，吾心之全体大用无不明矣。此谓物格，此谓知之至也。

皆以为认识事物之最重要方式，乃在吾理性之思索与判断也。此即“通过在我们心里的理智功能”“莫不因其已知之理而益穷之”。而主于直觉者，如印度哲人沙吉难陀之《瑜伽经》曰：

> 真正的知见是知觉者、知觉的能力与被知觉者三者完全通透。知觉者能像通过无疵的宝石来直观对象。真确的知识是能直观对象。同时思维有所转化，净化了记忆，使对象能在无思维的状态下呈现。此与言辞的推理截然不同。

又爱默生在《论自立》一文中曰：

尽管每个人都非常熟悉心灵的声音，但是我们认为摩西、柏拉图和弥尔顿最大的功绩就在于他们对书本和传统的蔑视，他们只说自己想到的东西。当心灵的微光从内部闪过，人应该学会发现和观察它，而不是去发现和观察诗人和圣贤的天空里的光彩。

此二者争论之焦点，在于真理之本身，究竟为何物；而真理之获得，又主要通过何种方法取得。其争论之实质，乃是于人而言，所用力之方向，究为向外的，抑或是向内的。是以主于直觉者，多为在心灵上大有突破之流派，如佛教、爱默生、梭罗，及如象山、阳明诸人；而主于理性者，则多为在实在上有收获者，如笛卡尔、休谟、洛克，及如理学家中之伊川、朱子、薛瑄等人。某年夏日，余读熊十力《十力语要》，深为陶醉，其第一卷有曰：

凡学问家之创见，其初皆由傥然神悟而得。但神悟之境，若有天启，其来既无端，其去亦无踪。瞥而灵思自动，事物之通则，宇宙之幽奥，恍若冥会。然此境不可把捉，稍纵即逝。必本此灵感，继续努力，甄验事物，精以析之，而观其会通。方令初所傥悟，得以阐发，得以证实，而成创见，且推衍为系统之知识。

是人自身本有无与伦比之直觉，可使其在刹那之间，洞见到真理之存在。既而捕捉之，深掘之，终而汇总之，统合之，而得一系统。此种议论，乃是言先由纯粹直觉而神悟之，后由理性而解析之也。人于幽深之地，漫然独处，忽然契入，厥有神会，此颇近于神秘主义，然而确是文艺、哲学、宗教及乎他种学问之普遍情形也。

又作为科学家爱因斯坦尝曰：

心灵有时能超越知识，虽然无法证明这种超越是如何完成的。所有的伟大发现，都经历了这种超越。

此亦可为一证。盖真理之存在，往往以一烁然之念头而呈现，此物稍纵即逝，难以把握，故尤赖于心灵之神契也。有天才者，虽在青年，亦可有为，如叔本华于28岁时，即已作《作为意志与表象之世界》；而无天才者，虽一生读书，孜孜不倦，亦不可能有上等成就，率繇此也。

推之于诗词以至文艺之道，亦有说焉。

当吾人面对外物之时，往往有极细微之变动。其初，作为观察者之我，与作为被观察者之外物，本融合在一起，而无分别。吾观此景，而生愉悦，则自愉悦；生悲哀，则自悲哀。此即是说，我与外物皆为无意识者，而呈一元之状态。然于刹那之间，越过融合之顶点，于是二者之分别乃生。吾人立时便有理智之作用，而曰："此愉悦是何物？何以如此？"而曰："此悲哀是何物？而又何以至此？"此即是说，作为观察者之我，一变而为有意识者，吾与外物，转而呈二元之状态。一元之状态，即直觉之呈现也；二元之状态，即理性之呈现也。凡作诗词者，必经此二途。唯直觉之存在，方有诗境之展现，而唯有理性之介入，始有创作之具备也。

皎然《诗式》有曰：

> 夫境象不一，虚实难明，有可睹而不可取，景也；可闻而不可见，风也；虽系乎我形，而妙用无体，心也；义贯众象，而无定质，色也。

又钟嵘《诗品》亦曰：

> 康乐每对惠连辄得佳语。尝在永嘉西堂，思诗竟日不就，寤寐间忽见惠连，即成"池塘生春草"。故常云："此语有神助，非我语也。"

揆之于诗，如陈子昂《登幽州台歌》曰：

前不见古人，后不见来者。

念天地之悠悠，独怆然而涕下。

独登高台，远望天际，为茫茫之气所笼，此时则一元也。至如“念天地之悠悠”，则理性之力，方起作用，乃生出时间飞逝，万物俱消，而前代之明君贤臣，今则已无，吾人之志，不可遂矣。

又刘方平《月夜》诗曰：

更深月色半人家，北斗阑干南斗斜。

今夜偏知春气暖，虫声新透绿窗纱。

夜漏已深，明月西垂，流光半照，斗星横斜，虫声透窗，此时犹是一元，观察者与被观察者相融，而第三句之“偏知”二字，则将理性引入，成二元矣。故一元之时，唯是事物本身，如颜色、位置、状态，而二元之时，则此事物之原因、性质、优劣诸般，皆自观察者心中显现矣。

兹取况周颐《蕙风词话》卷一所载两条，以为佐证焉。其一曰：

> 人静帘垂。灯昏香直。窗外芙蓉残叶，飒飒作秋声，与砌鼎相和答。据梧暝坐，湛怀息机。每一念起，辄设理想排遣之。乃至万缘俱寂，吾心忽莹然开朗如满月，肌骨清凉，不知斯世何世也。斯时若有无端哀怨，枨触于万不得已，即而察之，一切境象全失，唯有小窗虚幌、笔床砚匣，一一在吾目前。

其二曰：

> 吾苍茫独立于寂寞无人之区，忽有匪夷所思之一念，自沉冥杳霭中来。吾于是乎有词。洎吾词成，则于顷者之一念若相属若不相属也。

观此二条，则蕙风正自为知词者明矣。作诗填词之难，尤在吾与外物之合一，而得身心之一体化也。然诚如蕙风所云“三十年前，或月一至焉。今不可复得矣”，以是知此境之为难得矣。冥心且不易获，况行走于酬酢之间，而日以饮食相励者哉？故今世果少文焉。

纯粹之观照

鸟鸣涧

（唐）王维

人闲桂花落，夜静春山空。
月出惊山鸟，时鸣春涧中。

一

某年二月，拘于人事，久不得闲日。又在闹市之中，整日闻于车马人声，污尘浊气。某夜，在窗前坐，看王右丞诗集，于时明月在天，凉风入牖，偶然翻至《鸟鸣涧》一篇，想其桂落山空、月出鸟啼之景，一时心怀畅然，如在其境。默然久之，但觉半月以来所染风尘，都为之一洗。今时都市之人，平常已绝少有山水之乐，纵然出行，亦往往处于假期，则不是观景，而是看人矣。若能于夜深人静，或夕日西颓之时，捧古人山水之什一卷，漫然读之，想其胜境，追怀其情，则大致可以得自然趣味之一二，而厥然自喧扰浮躁中，超拔出来，使此心此身，可以陶然有乐矣。

本诗首句“人闲桂花落”，着眼点在一“闲”字上。无论古今，有闲之人，皆最是为人所羡慕，此尤在今日为难。首先在于须淡泊寡欲，毋过求于利禄，今日之人，又有几人可以如此？况王维亦有辋川别业，是犹须有相当之钱财以得过活，此又使天下热爱山水之士，卷舌而吞声矣。至于家人之系，职事之责，更复使人增累，是以有闲诚难也哉。唯其“闲”，所以始有其下之场景。“桂花”，于春秋二季坠落，此正当春日，山气最佳之时也。深山之中，寂然无声，唯有幽人一位，以闲静之心，观照四际；桂子自开复自落，都无人看见，在静谧之中，一片花瓣忽然坠落在吾衣襟之上，一时恍然。“落”字既实又虚，僧志南有诗：“闲花落地听无声”，花落确是无声，然若在寂静之境，怀寂静之心，便可以对周遭事物，有极其敏感之体察，而知觉到平常所不能知觉之境界矣。

次句“夜静春山空”，一“静”字，点出当时之景矣。“夜”，则知其时辰矣。夜已深长，百物俱息，愈发觉其静谧；一带春山，仿佛了无生命，而顿然空空一片矣。“空”字绝佳，是双关之语。盖不仅春山因生物之眠而若空荡，而尤在观察者心灵之空澄也。“空”字是佛家常语，斯正知摩诘之精于佛理也。

末二句“月出惊山鸟，时鸣春涧中”，实接上句“静”“空”二字而来。天上阴云点缀，明月出入其间；鸟儿深眠正好，而月一出即为之一惊，为之一鸣，陡然扑腾至空；呢喃细语，合于山涧小溪，愈见山林之寂。用一“时”字，则月出月没，而鸟惊鸟鸣之景如见矣。此二句是用以动写静之法也。历来山水诗中甚多，如王藉“蝉噪林逾静，鸟鸣山更幽”之句；其详情具在李华《春行寄兴》一篇中，兹不赘言。而就全篇而观之，则此二句实是生机毕现，天趣盎然者也。本诗虽主写静，而所为人称道者，尤在末两句，固是衬托之妙用，而其表现生命之色彩一节，更当予以注意也。

二

吾国文人，与自然、人生之联系，向来紧密。早期文学，一以人生为主，而自然为之附庸；殆至中古，而自然渐渐特出，独为主体，与人生分庭抗礼。而文人于此自然、人生之事，更皆以观察者之身份存在也。或谓诗家于其人生，往往注重切身，凡悲愁怨苦，欢喜愉悦，皆从其自身遭遇发出，即如老杜《石壕吏》《新安吏》与韦庄《秦妇吟》之类，亦皆与诗人自己息息相关，故何得言其为观察者耶？即以自然而论，亦多是情景交融甚或以景写情者，又如何称其为观察者？尝试浅言之。诗人之所以为诗人，即在其能超越于所遭之遇、所见之景，而表现为全能之视角也。吾身满布疮痍，而吾能超然出之，以冷静之眼，来细细观察此具身体之痕迹，然后漠然写之；吾人有情也，或悲或喜，或怒或爱，而吾能超然出之，以冷静之心，来深深体察此人之情绪状态，然后淡然发之；眼前有浑然之景，而吾能超然出之，以冷静之心，来汇合此景之境界，然后栩栩然描之。陶弘景《答谢中书书》曰：

> 山川之美，古来共谈。高峰入云，清流见底。两岸石壁，五色交辉。青林翠竹，四时俱备。晓雾将歇，猿鸟乱鸣；夕日欲颓，沉鳞竞跃，实是欲界之仙都。

又如梭罗《瓦尔登湖》所言：

> 我时常看到一个诗人，在欣赏了一片田园风景中的最珍贵部分之后，就扬长而去，那些固执的农夫还以为他拿走的仅只是几枚野苹果。诗人却把他的田园押上了韵脚，而且多少年之后，农夫还不知道这回事。

分明一观察者之心态与笔法也。

而观察之人，又必具纯粹之观照也。所谓纯粹之观照，即凝神注目于某事物，心与所观之物，所照之境，所察之事，契合无间，而又能与外界漠然绝不相关也。如吾默然独坐，注神于流水之上，则此水于吾，只是其本身之存在与状态，而丝毫不涉及其他；吾心为之所笼罩，而使吾须全神贯注，始得彻底赏玩之，体察之，而油然在心中成一胜境。于是一切外物，尽皆忘去，如不曾闻之矣。唐君毅《人生之体验》初编有如此一段话，其曰：

宁静使你充实，孤独使你无限，凝视使你在最平凡的事物中，认识最深远的意义。

在凝视之始，你的心灵与外境间，渐渐起了朦胧的轻雾。

世界带着面纱，向迢迢的天边退走。

你也似乎随着世界退走，忘掉了你的立脚之地。

忽然轻雾散开，日光映照下的万物，对于你分外的亲密。

一片花影，将引起你眼泪不能表出的深思。

一颗沙粒，将启示你以永远的天国。

心灵在其所凝视之事物中，它可以流注他全部的灵海之潮汐。

如果在任何平凡的事物中，它都可认识出最深远的意义。

君毅此段文字，如诗一般优美，而其所揭示之理，亦在纯粹观照之事也。

又《世说新语》言语篇曰：

王司州至吴兴印渚中看。叹曰："非唯使人情开涤，亦觉日月清朗。"

而同篇有顾恺之事曰：

顾长康从会稽还，人问山川之美。顾云："千岩竞秀，万壑争流，草木蒙笼其上，若云兴霞蔚。"

于诗词之中，则此纯粹观照，比比皆是，而为诗家所必备。兹仅取二例，如高骈《山亭夏日》诗曰：

绿树阴浓夏日长，楼台倒影入池塘。
水晶帘动微风起，满架蔷薇一院香。

又司空图诗《独望》：

绿树连村暗，黄花入麦稀。
远陂春草绿，犹有水禽飞。

而此纯粹之观照，在结束之后，欲写之为诗篇，又须经过一定时间之冷静，此为创作之法窍，若无此节，则不可成诗也。如徐复观在《中国文学精神》中所言：

诗乃在某种事物发生之后的适当时间中所产生的。所谓“适当时间”，是指不能距离得太近，太近则因热度的燃烧而做不出诗来；也不能距离得太远，太远则因完全冷却而失掉做诗的动力。当然，这里是暂时不把创作前的想像力的因素加到里面去。不远不近的适当时间距离的感情，是不太热不太冷的温的感情，这正是创作诗的基盘感情。因为此时可把太热的感情，加以意识地或不意识地反省，在反省中把握住自己的感情，条理着自己的感情。诗便是在感情的把握、条理中创造出来的。

其同书又继而言曰：

稍稍后退到适当的时间距离而发生反省作用时，理智之光常从感情中冒了出来，给感情以照察，于是在激情以外的因素也照察了出来。

又华兹华斯有一至理之言曰：

诗起于经过在沉静中回味得来的情绪。

合二子之言而观之，更能见其情味，而益知观照与回味之关系及次第矣。

王维有《山中与裴秀才迪书》一篇，最能说明纯粹之观照，及夫冷静之回味，今摘之在此，以作其证：

> 北涉玄灞，清月映郭。夜登华子冈，辋水沦涟，与月上下。寒山远火，明灭林外。深巷寒犬，吠声如豹。村墟夜舂，复与疏钟相间。此时独坐，僮仆静默，多思曩昔，携手赋诗，步仄径，临清流也。

身心之自然化

独坐敬亭山

（唐）李白

众鸟高飞尽，孤云独去闲。
相看两不厌，只有敬亭山。

一

余以前读书时，所在学院，有一后园，占地不广，而景致绝佳。两旁有建筑遮掩，故颇有幽深之趣。草木繁茂，啼鸟间出。园中有小池两湾，池上有桥，桥侧有亭，亭边有柳，一切景物，相配甚宜。池中有鱼略多，个头皆不大，然游动之时，较之大鱼，尤姗姗可爱。余极爱之，有暇即去，一去则久坐，往往至暮方归。

某日中午，抱书往看之，于时俗声人迹，都不可闻。远远望见潭中鱼儿游动，及至桥头，则倏尔不见，尽皆隐没。静坐数分钟，而鱼儿纷纷出来，任情酣畅，一时之间，生机盎然，天地俱生色。

余由是乃知山水之乐，不在一时体验，而在长久之汇合。一开始，万物与你互相隔绝，满存戒心，等到一定时候，当其觉得你已融入，视你为其中不可分离之一分子，方才向你呈现出那无比美妙，满蕴天趣之境。此时，始可以知自然矣。

太白此诗，亦是如此。题目中“独坐”二字，偏得其妙。全篇所写，专为传此二字之神。如余上文所言，唯其独坐，久而久之，方有可能接触到自然真正之面目。首二句“众鸟高飞尽，孤云独去闲”，一鸟一云，物象简单而洁净，又用对比之法，恐有寄寓在也。

“众鸟”，言其喧嚷也。世间未有众多而不嘈杂者，更何况还是喧鸣之鸟乎？“高”，有空间感，觉其广大也。“尽”字初步透出孤独，言繁华散尽，所在阑珊也。次句“孤云独去闲”，“孤”者言其只一片而已，正自有特立之态也。“独”者与上之“众鸟”作对比，见出不同气象。“闲”字正有高逸之气，较之众鸟喧躁之态，相去何啻千里？啼鸟成群飞走，了无痕迹，而白云一片，亦悠然飘去，不复回返，从此天地之间，只余我一能动之物矣。此句极见孤独寂寞，可知诗人心情，当自不佳也。

末二句“相看两不厌，只有敬亭山”，托出主旨“独坐”真义也。“相看”，则唯此二物，相为映照，而些许知己之感，亦淡然写出矣。“不厌”，言其有初心也。不仅热爱自然，亦不仅有同病相怜之契，更是有不厌不倦之初心，此甚难矣。“只有”，决词也，益增知己之情，而己身亦不自觉融进此造化之境也。

此二句，由来解者，以为太白怀才不遇，故于山水中寻求寄托与安慰，而此诗之主调乃为“孤独”一词；然余谓三四两句，实由上之凄凉寂寞，转而为欢喜愉悦也。众鸟飞尽，然其本喧闹，去而吾不觉可惜；白云闲去，然其易游移，去而吾不甚可惜；唯此敬亭一山，穆然谧然，且坚贞不移，是以吾与之一见而为倾盖，相与深望，久而不觉其厌矣。

二

本诗末二句，久为人传诵。而余以为此实是身心自然化之表现，故稍为揭出之。

身心之自然化，即人在自然之中，相处甚久，于不经意间，身与物化，仿佛从天地有生以来，即已存在，而与万物同游也。此理以言之，颇近于神秘主义，然却是实际存在之事，非空说也。其所表现之状态，今以四端述之。

其一则心灵之恒定。人心平常游移不定，乍遇山水自然，心为之一澄，然此只是短暂之态，不几时即群虑俱萌，而心灵不复得恒定矣。卢梭《一个孤独的散步者的梦》第五卷曰：

> 我心目中的幸福，绝不是转瞬即逝的瞬间，而是一种平平常常的持久的状态，它本身没有任何令人激动的地方，但它持续的时间愈长，就愈令人陶醉，从而最终使人达到完美的幸福的境地。

在接下来又说：

> 如果世间真有这么一种状态：心灵十分充实和宁静，既不怀恋过去也不奢望将来，放任光阴的流逝而紧紧掌握现在，不论它持续的长短都不留下前后连续的痕迹，无匮乏之感也无享受之感，不快乐也不忧伤，既无所求又无所惧，而只感受到自己的存在，单单这一感受就足以充实我们整个的心灵；只要这种状态继续存在，处于这种状态的

人就可以说自己得到了幸福——不是残缺的、贫乏的和相对的幸福，而是圆满的、充实的、使心灵无空虚欠缺之感的幸福。

常人之心，游移不定，难为持久。譬犹草上之露，天寒则润，一朝白日微出，即化为蒸汽，不复再见。又如平水之沙，潜沉在底，自外视之，只觉无比澄清，忽然水波摇动，则泥沙俱出，布满其中，顿时混浊一片，此所以吾人之为可悲也。虽如此，然若能于一定之时间内，使心灵保持充实与宁静，而不思及他物，只是凝注于某种事物之上，则亦可以达至恒定之境界也。所谓“其余则日月至焉而已”，即是如此。

其二则是物我合一。当进入此种状态后，你与事物的差别便会消失，从而变得似乎与它们是同一种存在：它们于是视你为同伴，为可亲之人，而你也仿佛如婴儿一般，沐浴于母亲之光华当中，不假于他求。如《庄子·齐物论》中那段人所共知之文字：

> 昔者庄周梦为胡蝶，栩栩然胡蝶也，自喻适志与，不知周也。俄然觉，则蘧蘧然周也。不知周之梦为胡蝶与？胡蝶之梦为周与？周与胡蝶，则必有分矣。此之谓物化。

又如谢榛《四溟诗话》曰：

> 夫万景七情，合於登眺。若面前列群镜，无应不真，忧喜无两色，偏正惟一心；偏则得其半，正则得其全。镜犹心，光犹神也。思入杳冥，则无我无物，诗之造玄矣哉！

又如元好问《颍亭留别》诗：

> 寒波澹澹起，白鸟悠悠下。

其三则是不复有语言、举止。当此之时，人只是融化于其间，而懒于想及言语之类，亦不能想及言语之类。才一涉足语言思想，念及人事物情，则顿时从此种状态中，打散下来，而不再能进入。如陶渊明《饮酒》诗曰：

山气日夕佳，飞鸟相与还。

此中有真意，欲辨已忘言。

又如卢梭在《一个孤独的散步者的梦》第五卷所云：

进入这种境界的人要有发自内心的感触，另外还需要有周围的事物的谐和。内心不能绝对静止，也不能过分激动；内心的活动必须缓慢而均匀，既不时而过快，也不时而间歇。

然则此身心之自然化，究竟如何得之？其术众多，此如庄子所说“天下多得一察焉以自好”，盖自一孔中而出，即可得之也。今仅举四端以言之。

一是善养初心。人之初生，其心纯然，于一切事物，皆觉其新鲜，而不生厌倦，此之谓初心。等到年岁渐长，闻见极多，习气日盛，奔走追逐，无有宁日，则人之心灵，于事物易生厌倦，而不能日以新进矣。有初心者，虽见百面，居百年，亦不厌不倦，而时时觉其新鲜可爱。于身边之人，如妻子、朋友，于周边环境，如草木烟霞，乃至天空日月，都复如此矣。李贽有《童心说》一篇，正自说明此理，今择其一段以识之：

夫童心者，绝假纯真，最初一念之本心也。若失却童心，便失却真心；失去真心，便失却真人。人而非真，全不复有初矣。

孟子曰“大人者，不失其赤子之心者也”，赤子之心，即是李贽所言之童心。实则童子之心，本无知也；而此之童心，则是有知；既有知，故与童子自是截然不同，似是而非也。然此复是世间最难具备之事，是养之在素日也。此又难言。如灰尘之入肌骨，日以相覆，愈积愈多，虽有澡雪，而不胜其染污也。

二是当下之忘机。吾辈生于世间，不能不有种种思虑，使缠绕其心。然若处于山水、自然之间，便当抛却一切思虑，而不以念之。如此，或有进入身心自然化之可能，而使其身心，得一洗尽矣。如《列子》中即载有一事曰：

> 海上之人有好鸥鸟者，每旦之海上，从鸥鸟游，鸥鸟之至者百住而不止。其父曰：吾闻鸥鸟皆从汝游，汝取来，吾玩之。明日之海上，鸥鸟舞而不下也。

其心无机，方能与物俱化，得其相亲。而一朝有机，则万物与你，立时分离而无关，你自是你，彼自是彼，再不能进入也。

又如李白《下终南山过斛斯山人宿置酒》诗曰：

> 长歌吟松风，曲尽河星稀。
> 我醉君复乐，陶然共忘机。

陶然忘机，不仅于人，即于自然，亦是必须之事，不可缺乏也。

三是应注重于体验，而不为错误之观念所覆盖。师于造化，则其所得信息，皆具体而正确，此所以学于自然之为贵也。而常人则在其认识自然之前，先已在脑中填塞许多观念：此些观念，又多有错舛；存而行之，蒙蔽其心，使不能真正认识自然，故都不能与自然有真正契合之处，亦不复能有与之俱化之时矣。如叔本华《论教育》中所言：

> 对于事物的具体观察先于对事物的一般概念，进而便是狭隘的局部概念总要先于广泛的概念。就是让他们自己去观察，或最少应该用同样的方法去进行检验，这样才能使儿童有自己的思想，即使形成的不多，但也是有根据

的，是正确的。

其《作为意志与表现的世界》亦有言：

理解力的最初、最简单和始终存在的表现就是对现实世界的直观；这种直观始终是从效果中看到导致效果的原因。

都认为对于世界、自然之直观认识，应先于从书本上所得观念之灌输也。而此种直观之认识，即是体验之成立，唯有对自然之真切体验，才能具备直观而有准备之认识矣。

而程颢《秋日偶成》中一首亦曰：

万物静观皆自得，四时佳兴与人同。

四是应多处于静谧之境。处喧嚣之闹市，而能时达于身心之自然化者，吾向未见之也。余记《唐才子传》曾载孟郊在溧阳时，城郊有投金濑，草木繁盛，荫翳其上，寻常少人留驻，故孟郊常自朝至晚，往濑边坐，久而不去。诸如此等，皆吾国文艺史上常见之事，可知居静谧之境，何其重要也。余以前读德富芦花散文，于其《自然与人生》中，曾得一篇，以为颇得此理，文曰：

某年二月，由小田原游汤本，谒早云寺。此时，夕阳落于函岭，一鸦掠空，群山苍苍，暮色溟溟。寺内无人。唯有梅花两三株，状如飞雪，立于黄昏之中。徘徊良久，仰望天空，古钟楼上，夕月一弯，淡若清梦。

论灵感

灵感之事，微妙难言，故历来学者，多不予论之。纵有说者，或语焉而不详，或言之而不尽，或绘而不析，或察而不著，观其所言，多有不惬意处。余虽浅陋，然自少至长，即于此事多所注意，颇有会心，以为已得其一缕之要焉。

心灵之微光，烁然划过天际，在心中勾起涟漪。涟漪源出心海，而腾越于空际，为微光所映照，泛出某种神秘而剔透之色彩。此之微光，即是灵感之所在；涟漪，即吾人激于灵感，印合于当下，因而有怀；泛出之色彩，即有怀之后，循着灵感之所趋，而加以推衍、深化，以形成一完整之作品。学者一生所重，即在此地矣。

余昔时读伍尔芙日记，中有一篇，颇涉及灵感之事，兹摘其一段，录之在下曰：

> 今天下午我终于设想出一部新小说的新表现手法。……即结构松散，可以包容一切，同时，更接近主题，却又能保持形式和节奏的不变。……我想这一次一定迥然不同，不要搭框架，也看不见一块砖，一切都要朦胧模糊，只有内心真实的激情。……但我预见到两周前歪打正着的小说形式具有远大前程。我已看见了一线曙光。

天上群星，忽为某种力量所牵引，齐齐向某一方向袭来。此时，有凡夫在此道路上，迎而拒之。假使为幸运之人，则可以在刹那之间，触碰到星体，从而得以知其轨迹。此一场景，即为灵感之过程。观乎伍尔芙所写，可知灵感一事，似乎全然只是随机，而并非确定，故而有“歪打正着”之说。平日之训练，寻常之所积，自是题中之义（前述“在此道路上，迎而拒之”，即是此理），然揆之前史，则某人读书数纪，无所自得，而某人为学十载，即迭出创见，虽亦禀赋之异所致，而此或得或不得、或遇或不遇之运命，亦未始无之也。

人之于世，实为悲哀。或为躯体感官所限，或存物我不一之别，或怀彼此嫌猜之心。以此而行之，虽欲不为庸常之士，不为麻木之人，不可得也。唯有解放心灵，无有自画，无有分别，无有敌意，将此洁净不已之心，迎合于世界，迎合于自然，此时，万物自四面八方前来，而吾皆能欣然受之，无有滞碍。故欲求灵感在兹，偶得取用，则须有洁净心灵，及洁净生活。久而久之，吾之身心，即能获得解放，从而自无数限制、蒙蔽中，超脱出来。

而灵感之类型，复又有以下数点，今为一一言之焉。

一则因缘。此是灵感中最常见者。所谓因缘，即之前因某事件，已在吾心植下种子，其后经一定年月，在某一机缘之引导下，厥然萌发，产生灵感。如陈寅恪《柳如是别传》开篇有言曰：

> 昔岁旅居昆明，偶购得常熟白茆港钱氏故园中红豆一粒，因有笺释钱柳因缘诗之意，迄今二十年，始克属草。

此言寅恪曾于昆明购得钱牧斋故园中红豆事，盖为《别传》之一机缘也。其后又曰：

> 寅恪少时家居江宁头条弄。……一日寅恪偶在外家检读藏书，获睹钱遵王曾所注牧斋诗集，大好之，遂匆匆读诵一过，然实未能详绎也。

此则言寅恪少时偶读牧斋诗集，深为好之，殆《别传》之因子也。无此因，无此缘，则后之著书论事，皆无从起也。

二则模糊之自觉。出于自觉，然而又颇为模糊，不能至于清晰之境；既非毫无察觉，又非明了透彻。所谓模糊之自觉，禀赋上佳者，其于此一世界，及其所从事之学问，常有一种隐隐约约之预感。此一预感，或于对象有之，或于创作有之，或于其自家有之。于对象有之者，如阳光从屋子缝隙中透射下来，而在画家眼中，却见出某种特殊之意味；于创作有之者，上文所言伍尔芙事，即是一证；而于自家有之者，如苏轼作《江城子·密州出猎》一词后，自觉其已寻到一种新文体，故在《与鲜于子骏书》中写道：

近却颇作小词，虽无柳七郎风味，亦自是一家。

又曾国藩于其家书中尝言曰：

惟古文各体诗，自觉有进境，将来此事当有成就，恨当世无韩愈王安石一流人与我相质证尔。

于自身有模糊之自觉者，对于自己在这世界之使命，以及对于所事学问应做之工作，如风格之革新，思想之推进，价值之构建，诸如此类，皆能有不同寻常之自觉，且其亦能深刻意识到此种自觉。然此自觉，却又隐约朦胧，如在纱窗之外，难以把住，于是只得循着一极不确定之道路，而不断予以实验、推衍。至于此实验之结果，在他而言，则全然不能知晓矣。

三则启示，亦可以说是隐喻。于此世间，有一等人，殊为幸运。此类人，常能在万象纷杂中，得到某些启示。如牛顿爵士在树下坐，苹果落下，恰恰击中脑袋，从而引起思路。凡学问上有所成就者，大多如此。而此些启示，究其实质，本为宇宙秘密在物象上之显现，故是为隐喻。谓之隐喻者，乃一种隐隐约约、似有似无之喻理也。

余昔年有一篇文字，内中记有一事，略曰：

今夜，读书毕，走下楼来。路过庭院间，偶然举头，仰观冥宇。此时明月在空，人声绝迹。忽感震动，身心俱颤，但觉天地悠悠，往来漠漠，都令人怆然泪下。情难自制，不自觉拜服在地。心中升起某种难以言喻之感，仿佛如凡夫见识到神的伟力一般。静默久之，一种新的观念，从这际遇中生发出来。

当时情境，至今思之，犹自心中战栗不已。余自此中，颇得启示，且深为信之，从无怀疑，盖正有特异之遇在焉。

而雨果亦有一诗曰：

有时，万籁俱寂，我心情舒畅，
坐在星空下；星空在头上闪烁清光。
我倾听是否有声音自天而降。
我十分感动，观赏光辉的夜空，
给予人间着永恒的欢乐。
时间的飞逝徒然触动我，以它的翅膀。

雨果此诗，可使人深知启示之要也。“万籁俱寂”“心情舒畅”，言启示前之准备也；“星空在头上闪烁清光”，此句极为重要，人须对宇宙有如此冥然之感，才可能进入某种不可解之意境也；“声音从天而降”“时间的翅膀”，则诗人正面遭逢宇宙之启示也。此等事境，真是美妙无比，非倜傥超卓之士，孰能有之？

四则不生思议。此之不生思议，在某种意义上，实具有先验之特质。自然之景，浑然一片；自然之境，宛然不分。诗人置身其间，为其所震慑，言语不生，思虑不起，议论不行，唯有哑然体之，漫然生感矣。况周颐《蕙风词话》有曰：

据梧暝坐，湛怀息机。每一念起，辄设理想排遣之。乃至万缘俱寂，吾心忽莹然开朗如满月，肌骨清凉，不知斯世何世也。

“湛怀息机”“每一念起，辄设理想排遣之”，寥寥数语，已将其消息透露矣。

又东坡《水调歌头》上片曰：

明月几时有？把酒问青天。不知天上宫阙，今夕是何年。我欲乘风归去，又恐琼楼玉宇，高处不胜寒。起舞弄清影，何似在人间。

词前有小引曰：“丙辰中秋，欢饮达旦，大醉，作此篇，兼怀子由。”而言“我欲乘风归去”“何似在人间”，则正处于不可思议之时也。唯其不可思议，故有时往往有癫狂之举，盖手之舞之，足之蹈之，而不能禁之也。

五则战栗之感。初秋之时，午后，在林间坐，静默，倾听，不期然中，仿佛听到耳边传来某种音声，极细微，极短暂，若有若无，忽起忽断，仿似琴弦震荡一般，生出一股波动来。若你能以宁静之心，处身于自然间，则当能唤起此天籁。而琴弦之震荡，及其震荡后之波动，亦是心灵为自然所勾起之旋律也。梭罗《瓦尔登湖》之《声音》篇中，有此一段文字曰：

> 有时，在星期日，我听到钟声。……在适当距离以外的森林上空，它得到了某种震荡的轻微声浪，好像地平线上的松针是大竖琴上的弦给拨弄了一样。一切声响，在最大可能的距程之外听到时，会产生同样的效果，成为宇宙七弦琴弦的微颤，这就好像极目远望时，最远的山脊，由于横亘在中的大气的缘故，会染上同样的微蓝色彩。

若将此一段描写，赋予其心灵上之体验，则自是可知灵感之来，究竟须在何种情形下生发也。

而张孝祥《念奴娇·洞庭青草》篇，尤有此战栗感之效，其上阕乃曰：

> 洞庭青草，近中秋、更无一点风色。玉鉴琼田三万顷，著我扁舟一叶。素月分辉，明河共影，表里俱澄澈。悠然心会，妙处难与君说。

“素月分辉，明河共影，表里俱澄澈”，此是当时之妙境也；

“悠然心会”，言其心中欢喜，战栗有加，而无以言说也。“表里俱澄澈”一语，是此中眼目矣。

某年深秋，在江边行。于时黄昏渐没，天气漫漫，微有阴色。亭草在目，秋气绵延，秋水暗生。凉风乍来，白茫茫一片，美妙至无法言说。归来，遂作一诗，其首联曰：

落日亭皋下，秋风白水生。

性情说

无题

（唐）李商隐

飒飒东风细雨来，芙蓉塘外有轻雷。
金蟾啮锁烧香入，玉虎牵丝汲井回。
贾氏窥帘韩掾少，宓妃留枕魏王才。
春心莫共花争发，一寸相思一寸灰！

一

情感之事，古来共言。汤义仍《牡丹亭》序曰：“情不知所起，一往而深”，虽亦不谬，未免使人执于一端。吾平生见多少青年，只为斯人斯情，失却本心，为其所牵扯摇动，忽喜忽悲，忽乐忽苦，指麾来去，适同玩偶。或有甚者，一有不惬，即废食忘己，以至乎自残取死。以有识者视之，岂不悲哀之极？余亦有心爱之人，所致之情，更不可谓不深。

然而四年以来，从未有沉溺之举，无有期待，无有固求。每一相见，每一想念，心中皆满蕴温馨，欢喜无限；纵然今日远在沪上，相隔千里，凭栏想望，亦徒空存倩影。而流水之行，落花之去，任其所往，因其所宜，如此而已。时间可以决出一切，其间必有因缘之数存焉。

不独男女情事，即引之于其他，亦莫不如是。余记陈眉公小品中有一篇文字，言白乐天以淡泊心处名利之间，故较之他人，犹能游刃有余。今以此理揆之义山，则痛惜之情，不觉溢出。所谓佳人，何为至此哉！

此一无题诗，结构完整而谨严，正可为作诗范本。首二句兴起，颔联细写事景，颈联二句，运典正说心事，到末联则以抒情结之。律诗之体，大多是此等写法，如《安定城楼》《二月二日》，及老杜《登高》《蜀相》，皆是如此。

首联"飒飒东风细雨来，芙蓉塘外有轻雷"，虽为兴起，而用字使词，暗有玄机。东风初起，细雨微来，其声飒飒，点滴洒落在池塘间；池塘当中，莲叶新发，莲蕊初生；偶然春雷乍响，若重若轻，一闻即收。"细雨"，秦观《浣溪沙·漠漠轻寒上小楼》有句云"无边丝雨细如愁"；"芙蓉塘"，乐府中有语"采莲南塘秋"，男女传情之所也。抬头望去，庭中烟雨蒙蒙，凄迷之极，心中苦闷，都不知应向谁说。此二句颇具暗示性，而其所造意境，又复朦胧难言，确是诗家胜语矣。

颔联"金蟾啮锁烧香入，玉虎牵丝汲井回"，余选此诗，尽为此二句而来。义山一生得力处，大半在此等地。"金蟾"，古时以之装饰锁扃，嵌在香炉间；"烧香入"，即"入烧香"，"入"者放入也；"玉虎"，以玉石所制之虎状辘轳也；"牵丝"，井上绳索，系于辘轳之上。"金蟾""玉虎"，用语唯美之极。"烧香入""汲井回"，词式相倒，句法奇特。此等手段处，正见出义山本色。用语唯美，如“画楼西畔桂堂东”“绿[illegible]遗粉箨，红药绽香苞”“蜡照半笼金翡翠，麝熏微度绣芙蓉”，真数不胜数也；词式相倒，如“永忆江湖归白发，欲回天地入扁舟”“花明柳暗绕天愁，上尽重城更上楼”“并添高阁迥，微注小窗明”，句法得老杜三昧，而劲健沛然，极见力量。竟日无聊，枯坐窗前，唯见香炉锁闭，辘轳绳牵，心中之惆怅，亦可以知矣。

颈联“贾氏窥帘韩掾少，宓妃留枕魏王才”，取典以喻人情之微。“贾氏”句取贾氏与韩寿典故，“宓妃”句取曹植与甄宓典故。“韩掾”，韩指韩寿，掾者属官之称，如《世说》言谢掾、许掾之类；“魏王”，即曹子建，封陈思王，故称。关窍处在“少”“才”二字上。盖一者年轻气好，容止绝佳，二者留枕作赋，才华超世：极写檀郎之好，益见已心之愁也。

末二句“春心莫共花争发，一寸相思一寸灰”，越而进之，相腾相转，结为决绝之语矣。一片怀春之心，至此绝矣闭矣，而今而后，再不复与春花共相燃放，以免寸寸相思，日消一日，渐灭成灰也。末句想象、用语皆极奇特，非深于情者，不能发之。“莫共”二字，是手眼所在，益见其激愤绝望之情也。

二

昔人论诗，有一普遍之看法，即诗以毛诗为最，古诗次之，唐人诗又次之，宋人以下，则无足观矣。要之，吾国诗歌，其整体状貌，总以随时远近，渐次隳坠为趋势也。推而言之，于词一道，亦是如此。唐五代词最佳，北宋继之，南宋已渐失其真，金元以下，则复屋上架屋，了无所观矣。如严羽《沧浪诗话》第一卷曰：

论诗如论禅，汉、魏、晋与盛唐之诗，则第一义也。

> 大历以还之诗，则小乘禅也，已落第二义矣；晚唐之诗，则声闻辟支果也。学汉、魏、晋与盛唐诗者，临济下也。学大历以还之诗者，曹洞下也。

又陈廷焯《白雨斋词话》有曰：

> 北宋词，沿五代之旧，才力较工，古意渐远。晏、欧著名一时，然并无甚强人意处。即以艳体论，亦非高境。

而静安《人间词话》则曰：

> 南宋词人，白石有格而无情，剑南有气而乏韵。其堪与北宋人颉颃者，唯一幼安耳。

数公之言，自有所据，亦可称确论。然而犹有可说者，即在假使粗以时代而论，云今代不如前代，后代又复不如今代，则未免粗暴太过。且今之人，真绝无一人可比古之人，而后之人，又必无一人可媲今之人耶？何厚古薄今至此？以吾而观之，则毛诗之中，屡有乏味之作，魏晋之篇，时闻艳鄙之音，而唐人情深，宋人理盛，皆足为绝世之选，不减毛诗汉魏也。

且文学史即是心灵史。故若出于心灵，能发见其生机者，技术虽不甚高，亦可称真诗；若出于酬酢，徒见其遣词用术之能者，虽美亦实为伪诗，在生机之有无也。存有生机，发露生命之力，此一切文学所以延续之根由也。

故诗歌之事，依其时代而论，则宜以四季视之。四季者何？春日万物复苏，草木渐绿，夏日天气蒸热，木叶沉静，秋季则稼穑丰熟，凉意暗生，至于冬日，则天地为闭，风雪大作矣。拟之于诗，则毛诗楚辞，犹春日也；汉魏六朝，则夏日也；隋唐，犹秋日也；宋明，则冬日也。各有其好，各见其盛。人以其身之为感，则皆爱春日之和，而厌于冬季之寒。实则冬之沃雪，何减于春之百花？夏之清风，何逊于秋之明月耶？如宋人诗家中，王荆公、苏子瞻者，岂不足与汉魏唐人相争先耶？颜延年、沈约之流，又何与盛唐诸公相颉颃耶？是须具体而察之，择机而处之，不可遽言时代之统括也。

然则宋明之诗，许之者不如前代之众，而宋明之诗家，其名声亦多不如前代之盛。盖非其罪也。宋代文明昌盛，文人学士，较之前代，几可车载斗量。若依常理，则前人真不可一观矣。而揆之情实，乃不如是。盖文学之体，历代迭相转移，一时代之人，其情志、精神之所聚，则允为此时代之标志。宋明作诗者多，其诗亦不为无力，然此一世之所至，则一在词，一在戏曲小说，故人之所称道者，固在彼不在此也。

三

文体有四季，时代有四季，即在一时代一文体之内，其各家亦莫不如是。《中庸》曰“曲而致其诚”，人之生也，盖无不同，及其渐长，所积不同，所感不一，则其存之于己、表之于人者，亦各自不同。人但各依其性而不断发挥之，拓展之，则可以渐次趋于成熟圆美。故太白缥缈，随其仙性；少陵沉郁，因其淳心；昌黎行险，原其特思；义山缱绻，发乎唯情：是皆任乎其性，有以出之而已。曲而致之者，非有高下雅俗之别也，其明道者一也。

敢为性情之说。所谓性者，人之根本面目也。一由天造，一由世积。天造者，人在出生之前，先已有整个民族之全部经验，而储藏于其脑内；其出生时之刹那，身体最弱，受外界之影响亦最大。或寒或暖，或晴或阴，或昼或夜，或朝或暮，凡此种种，皆深植于其身心之间。此之谓天造之性。世积者，人自其出生，转为后天，任其因缘际会，及乎种种心念人事，于是渐渐长成为这般样子。或刚或柔，或庄或谑，或直而狂，或偲而狷，或强而气盛，或冶而多情，其所表现于外者，殆各自不同。此之谓世积之性。如孟德之性，强而有力；义山之性，冶而多情；老杜之性，淳而郁；延年之性，丽而典。人性之异，如同木叶，虽似而实不一也。

而所谓情者，人临时意欲之发覆也。性为常本，而情则为作者当下之发挥也。凡人以和常之心，遭遇人事景物，缘其所现，映照于心境之上，为其二性所激，于是有相应之情感意欲出。此作为临时之意欲，是其描景抒情，画人叙事之集中体现。故唯发自心灵之作品，能充分表现其情欲之要者，方可以称为真实作品，方可以允为真诗。而凡和韵、联韵，及应酬代笔之类，若不能表见其性情之趋者，虽有绝好之技术，亦不可谓之真诗。如台阁之体，诚然雅正，而性情之分，则全然无之；六朝艳诗，固然辞美，而性情之分，亦几不可闻。此皆无预于真实，而寡乏于生机也。

如朱熹在《朱子语类》中有曰：

> 所谓天命之与气质，亦相羁同。才有天命，便有气质，不能相离。若阙一，便生物不得。既有天命，须是有此气，方能承当得此理。若无此气，则此理如何顿放！必大录此云："有气质之性，无天命之性，亦做人不得；有天命之性，无气质之性，亦做人不得。"天命之性，本未尝偏。但气质所禀，却有偏处，气有昏明厚薄之不同。

朱子在此所说之"天命之性"与"气质之性"，即是吾上文所说之天造与世积，亦是先天与后天之性。然亦有不同处，如吾将人出生时所形成之性亦视作先天之性，则人先天之性，亦如后天之性般不相雷同矣。

又荣格在《原型与集体无意识》一文中复曰：

> 这种个人无意识有赖于更深的一层，它并非来源于个人经验，并非从后天中获得，而是先天就存在的。……选择“集体”一词是因为这部分无意识不是个别的，而是普遍的。它与个性心理相反，具备了所有地方和所有个人皆有的大体相似的内容和行为方式。换言之，由于它在所有人身上都是相同的，因此它组成了一种超个性的共同心理基础，并且普遍地存在于我们每一个人的身上。

作为个体之人类，其身上潜藏着作为一民族之人类数千年以来之全部信息，这信息在每一人皆为普遍且完整。然自其出生时起，以至长大，所经历之际遇不同，则其所发掘出之信息亦程度不一，而最终所形成之性，固亦不相符合矣。此已有之性，即谓之自性。学习之要，在启发自性；而创作之要，在表彰自性。

又叔本华于《作为意志与表现之世界》一书中，曾如此说道：

> 在某种意义上人们也可以说：意志是认识身体的先验认识，身体是认识意志的后验认识。指向将来的意志决断只是理性对于人们行将欲求的（东西）作考虑，不是本来意义的意志活动。

又接着说：

> 这种作用，如果和意志相违，就叫作痛苦；如果相契合，则叫作适意，快感。双方的程度，分量都是极不相同的。苦乐是意志的直接感受，在意志的显现中，在身体中。

人之思维、言行，至乎一切生活，皆由其一定之意志所推动，而此一定之意志，即是世间一切现象之本质。以此而论之，则对于一切文艺家而言，所谓领略，所谓创作，都是其对于生活本身所产生之意欲之充分表达。而此种表达，又大多以热情或者亦说是激情所驱动。

是以关雎之章，言窈窕淑女，君子一见，求之不得，即辗转反侧，求而得之，即钟鼓乐之；黍离之什，言故国丘墟，周士睹之，悲而难禁，则“悠悠苍天，彼何人哉”；而古诗十九首，则皆羁旅远客，荡子思妇，或哀于久别，或悲于时逝，或苦于重役，或恨于国衰：要皆其人意欲之所致，而有以发之也。

而性情之间，又有其相应之关系。一则性决定着情。如上文所言，性由先天与后天之性综合而成，乃是人最根本之面目。一切心行，俱源出于此物。而人之情，即所谓意欲之表现，则于本质上受其性之制约，或直接或曲折地体现出性之状态。如性偏于柔弱者，虽作壮语，亦含柔思；性偏于刚健者，虽为艳辞，神气亦豪；性趋于中正者，或悲或喜，总不越于平和之域。如范仲淹《御街行》一阕上片曰：

纷纷坠叶飘香砌。夜寂静、寒声碎。真珠帘卷玉楼空，天淡银河垂地。

坠叶飘香，楼空帘卷，而夜静寒生，银汉照地。写愁绪，写细腻之景，而“天淡银河垂地”，则毕竟风雅浩大之性，忽焉而出。故豪俊之士，虽写悲哀之事，而终究不为悲哀，而化之为悲壮。悲而壮丽，则其气象亦大矣。

又辛弃疾《水龙吟·登建康赏心亭》词有曰：

楚天千里清秋，水随天去秋无际。遥岑远目，献愁供恨，玉簪螺髻。落日楼头，断鸿声里，江南游子。把吴钩看了，栏杆拍遍，无人会，登临意。

清秋节下，水随天去。极目远望，唯见重山起伏，落日余晖中，飞鸿号鸣。此时心中哀极，只是把吴钩看了，将栏杆拍遍，乃无人知之也。写凄清之景，凄凉之情，而其用语遣字，则“千里”“无际”，至于意境、气象，更是颇见雄浑之处。盖英雄之气，无为哀情所拘也。

一则情是性于当下之临时呈现。性已有之，而人依其所见所感，通过意欲之作用，而产生或适意或痛苦之情绪。此一意欲，不仅出于当下，且往往显得短暂而易变。前之欢喜，转而为今之悲苦，今之悲苦，又转而为后之欢喜，因其易变，故难以为据，而现出临时之特质来。文艺之事，有性有情，则一人之作，于内容上总体现出每一首之不同；一题之目，许之众人，亦在具体上表出各自之分异。故情之所在，即是常态下之变态也。如熊十力《新唯识论》一书论及体用时有曰：

> 须知，一切物都是本体显现，不要将它作一一物来看。譬如众沤都是大海小小现，不要将沤作一一沤来看。

今于此引之，以说性情之道。性者大海也，情者众沤也。沤出于大海，而呈现出有别于大海之形态。故情根原于性之所趋，而毕竟在状态上有其特定之映照。性为本体，故不可具说，不可显见，唯有通过情之集合而予以求之。

引之于诗，如苏颋《汾上惊秋》末二句曰：

> 心绪逢摇落，秋声不可闻。

其平日间之酝酿，植于性中，到此万里渡汾之时，偶见北风呼啸，白云飘离，则心绪为之摇动，不敢听闻秋声之行。其情之发，固出于其性之存也。

又李义山有《马嵬》诗曰：

> 海外徒闻更九州，他生未卜此生休。
> 空闻虎旅传宵柝，无复鸡人报晓筹。
> 此日六军同驻马，当时七夕笑牵牛。
> 如何四纪为天子，不及卢家有莫愁。

写安史之乱，明皇奔逃至蜀，三军哗变，致使杨妃死于马嵬之事。言九州更徙，言六军驻马，皆是史事，而末句却落到“不及卢家有莫愁”，乃与寻常人家、寻常幸福相比较，岂不格局太小？而颈联对句亦曰“当时七夕笑牵牛”，更说儿女私情。观此一诗，固知义山之性，自是偏于柔媚，而未免乎器小矣。

诗之赏鉴

第二卷

诗外求诗与诗内求诗

泊船瓜洲

（宋）王安石

京口瓜洲一水间，钟山只隔数重山。
春风又绿江南岸，明月何时照我还。

一

叶梦得《石林诗话》云:“王荆公晚年诗律尤精严，造语用字，间不容发。”宋人曾季貍《艇斋诗话》亦曾说:“绝句之妙，唐则杜牧之，本朝则荆公，此二人而已。”观乎此诗，吾知得矣。

“京口”，今镇江也，与荆公所在之瓜洲，相去不过一江而已。此句轻轻引起，略无出奇。钟山，位处金陵，荆公隐居之所在也。一“只”字，将思乡而急于归家之情，微微流出。此句则承上启下，作衔接之用，以开出下文“还”字。

三句“春风又绿江南岸”，历来为人传诵。南宋洪迈《容斋随笔》载：“王荆公绝句‘春风又绿江南岸’，原稿‘绿’作‘到’，圈去，注曰‘不好’，改‘通’字，复圈去，改为‘入’，旋改‘满’，如是凡十许字，始定为‘绿’字。”盖“绿”字在此乃名词作动词，是使动用法。相较他字，“绿”字正自有一番生生化化之意，而在色彩、形象、声音及流动性上，皆可谓入于精妙矣。

末句“明月何时照我还”，“明月”一词，于吾国文学上，实有一番思乡味道。如曹子建《七哀诗》“明月照高楼，流光正徘徊”，李白《闻王昌龄左迁龙标遥有此寄》“我寄愁心与明月，随君直到夜郎西”及《静夜思》“举头望明月，低头思故乡”，沈如筠《闺怨》“愿随孤月影，流照伏波营”，皆咏离别思归之作。余曾谓文学上另有一种语汇系统，其往往含有特定之意味，语在朱庆馀《近试上张水部》一篇。要之，有此“明月”一语，而其情志遂出矣。

余尤爱其《南浦》一篇：

南浦随花去，回舟路已迷。

暗香无觅处，日落画桥西。

水随花去，人傍舟流，流连忘返，不觉遗忘来路。“暗香无觅处”，轻轻点出；“日落画桥西”，一片夕照下胜景。此种闲情，最可见其胸中澹荡之怀，令人不觉想起钱镠“陌上花开，可缓缓归矣”之语。夫安石负绝世之才，抱河清之志，一朝得遇良主，因致力于革新，而屡起屡落，最终饮恨半山，亦可哀矣。由来士大夫之罢官遭贬，大多或颓丧以至乎遁世（如屠隆），或委屈以至乎自怜（如柳子厚），而此诗所在，正见其真能耐闲，亦真愿耐闲矣。《易经》曰“君子藏器于身，待时而动”，合于时则动，不合于时则藏，“无可无不可，莫适莫不适”，诚如孔子所言“不知命，无以为君子”，殆如此而已。

二

有诗内求诗，有诗外求诗。诗内求诗者，善摘前人成句也。如王荆公《北山》诗有：

细数落花因坐久，缓寻芳草得归迟。

此袭王摩诘《从歧王过杨氏别业应教》句“兴阑啼鸟换，坐久落花多”也。

又如晏几道《临江仙》词上阕：

落花人独立，微雨燕双飞。

此则全从五代时翁宏之《春残》诗而来。

又如杜甫《宿江边阁》诗：

薄云岩际宿，孤月浪中翻。

此袭庾子山“白云岩际出，清月波中上”句也。

另更有袭古人诗意者，如秦少游《千秋岁》末句曰：

春去也，飞红万点愁如海。

此则本于李煜《虞美人》词“问君能有几多愁？恰似一江春水向东流”意思也。

谢榛《四溟诗话》曰：

今人作诗，忽立许大意思，束之以句则窘，辞不能达，意不能悉。此乃内出者有限，所谓“辞前意”也。或造句弗就，勿令疲其神思，且阅书醒心，忽然有得，意随笔生，而兴不可遏，入乎神化，殊非思虑所及。或因句得字，句由韵成，出乎天然，句意双美。此正外来者无穷，所谓“辞后意”也。

苟循于此，殊为得之。

而诗外求诗者，则所谓“天分酝酿”（况周颐语）、“任心而发”（袁中郎语）者，此则多术矣。一者善养诗心，且能赏自然。天光澹荡时可赏，愁云阴雨时亦可赏；心旷神怡时可赏，哀苦悲恨时尤可赏。无所不可入心，无所不得相赏。王摩诘《山中与裴秀才迪书》言：

非子天机清妙者，岂敢以此不急之务相邀？

是“天机清妙”，即有赏心、诗心也。张璪所谓“外师造化，中得心源”，殆指此也。如郑协《溪桥晚兴》曰：

一川晚照人闲立，满袖杨花听杜鹃。

斯人闲立，漫看杨花落袖，杜鹃啼耳。心中诚哀苦惨痛，然后眼前一切景，皆可赏之。此种意态，即是诗心之所表矣。

其次则应多历事。一切文学，其本质皆为表现生活。一离生活，则无主而不能成活矣。由来许多诗人，即因遇事太少，致其所思所言，皆不出宫室之间，帷榻之内，如此岂得有大成就耶？老杜若未经安史之乱，则虽亦可为大诗人，而绝不能至于如此伟大之境。蒋捷《虞美人·听雨》一阕，其句末曰：

悲欢离合总无情。一任阶前，点滴到天明。

正因经历甚深，遇合甚广，所以始得有如此感人之言。王静安曰："一切文学，余尤爱以血书者。"人经风霜暴露，以其血泪，作其篇什，必如此乃可有大文字出矣。

第三则宜多读书。韩愈《进学解》曰"口不绝吟于六艺之文，手不停披于百家之编""沉浸醲郁，含英咀华，作为文章，其书满家"，而其《答李翊书》则曰："养其根而俟其实，加其膏而希其光。根之茂者其实遂，膏之沃者其光晔"，皆要人多读书以增其学力也。故朱熹《观书有感》曰：

半亩方塘一鉴开，天光云影共徘徊。

问渠那得清如许，为有源头活水来。

非如此，不足以感自然之美，亦不足以达存心之意也。

复次则须慎避于俗。此则命意、造语也。夫吾国文化，自先秦以下，名作如林，佳篇如海，是以意思、文字之类，都似为前人所写尽矣。然若真作如此想，则动笔之时，先已落于下乘。且其作诗为文，亦往往循于常思，而袭于陈辞也。王荆公《游褒禅山记》叹曰："夫夷以近，则游者众；险以远，则至者少。"悲世人之畏难也。

韩愈《答李翊书》复曰：

当其取于心而注于手也，惟陈言之务去，戛戛乎其难哉！

杜甫亦云：

为人性僻耽佳句，语不惊人死不休。

盖达人贵自得，亦贵自立，故不欲依傍前人，以拾其唾余也。鸠摩罗什曰：“嚼饭与人，非徒失味，乃令呕哕。”是倜傥非常之士，皆以远于俗流为尚也。

生命之色彩

旅夜书怀

（唐）杜甫

细草微风岸，危樯独夜舟。
星垂平野阔，月涌大江流。
名岂文章著，官应老病休。
飘飘何所似，天地一沙鸥。

一

吾国文学，如诗如词之属，绝少有直起叙述情感者，往往先描写景物，然后始涉足于人事、情绪。一者受《诗经》比兴之影响，而要之在人情之发，虽有酝酿，必缘于外物之引触，是故主观之情，常有待于客观之物，然后迎之以出尔。且若律体之作，形为四联，苟不先之以写景，而径为叙述，则何以尽其辞？上者自不论，若中人以下，怕是多失于重复累言矣。

本诗亦复如是。首二联先写景，而微有情志在，末二联即正面言情论事矣。题名“旅夜书怀”，则全篇之所解，乃在一“旅”一“怀”两字矣。羁旅之人，漂泊之客，其心也哀，其怀也深，是以旅人多愁，行子多怨，皆如此矣。首联“细草微风岸，危樯独夜舟”，此二句是就近景而写。清风吹来，细草盈盈欲折；桅杆高耸，夜舟一叶泊江。余之前曾论比兴，言比者比附，与诗之主旨有关，兴者兴起，常与诗之主旨无直接之关系；然虽为兴，亦并非说其与自身所蕴情感，不相关属也。盖人之情绪，一遇物即无所不在，无所不染，故如何可以随意写景而无预于人情耶？故比者喻也，兴者寓也。“细草”小而易折，此言人之微贱而易老也；“危樯”高而“独”，此言人之无伴而凄凉也。

颔联“星垂平野阔，月涌大江流”，极见其力量之大，斯正老杜手腕所在，后之为诗者，固不能及也。原野平阔，天星在空，欲垂于地；大江奔流，明月投心，随波涌动。此二句气象阔远，体物又极细微。“垂”“阔”“涌”，皆见出老杜锤炼之功，一则坚定而难以移动，二则响亮而可以流动，是极难矣。他人炼字，有时可达于稳定，而多不能至于流动，盖锤炼字句，最容易失于僵死，此虽昌黎、义山、东坡之类大诗人，亦常不能免之也。又解释诗意者，固当牵涉于作者之情感，然诗人之心理，有时并非直上直下，而实有曲折之变化，故一篇之中，前后情绪，或有所不同，此则不能直以其主旨解之矣。故此二句之情感，宜称之为旷远，至于是否有反衬吾之凄凉寂寞者，今则存其疑矣。

颈联“名岂文章著，官应老病休”，至此便说到“怀”之一字来。吾之名声，岂非由文章而来？而吾之不得官，又应是衰老多病所致矣。此二句，所谓反言若正。文章有正言若反，亦有反言若正。前者如《论语》孔子称宁武子“愚不可及”之言，后者如《五灯会元》载兜率从悦称张商英“善文章”之语。此之“文章著”，固非老杜所欲；而“老病休”，则更是其反讽，殊有不平之气在。故由此不平，方推出末二句来。

尾联“飘飘何所似，天地一沙鸥”，抒怀之甚矣。先已言颈联中实有不平气，然此不平之气，势不能久存在心，否则己身岂非将气死而不能存活？心有不平则发，抒发之后，复又得回归到现实之境况来，此方才为常态。故言：飘然一客，无所依傍，此种情形，又何所为似？当如天地之间，一独来独往之沙鸥而已。末句即景融情，以景自况，每每使人切感而伤怀。情一发而收，言一出而卷，然无尽之意，曲折之怀，皆在此句也。

二

凡文艺之属，皆当有生命之色彩也。唯蕴具生机之作，始可以感人。此观之前作，如《诗经》尤其国风部分，及《楚辞》《古诗十九首》诸篇，莫不如是。洎乎魏晋以后，渐以文辞、技术相尚，则去生机远矣。间中唯建安、左太冲、刘越石、陶渊明、鲍明远几家，可以有之。二谢已只是时见生机矣。唐人又复振起，多见其生命所在，而至宋以下，即浅而卒乎不可闻矣。夫诗固具有音乐性、形象性，此所以有平仄、音韵、节奏以及意境也。然文人之为此，常注意太过。故或失之于流滑、浮浅，或失之于枯涩、蹇滞，不知诗之伟大，正在其能表现生活，而体现出人生之状态也。人常处于痛苦、矛盾间，而能直面之、正视之，或挣扎，或调和，或无奈，都能有所处理；人常处于安然甚或得意间，而能欣悦之、体察之，或反省，或知止，或咀嚼，皆须有所回味。不一而足，皆能现出生机，现出力量，而得有生命之律动，得见生命之色彩矣。此如李白《行路难》中所言：

长风破浪会有时，直挂云帆济沧海。

有所生活，且以其生活为创作之本，此诗家之要也。《毛诗》之好，在其采集于民间百姓之生活也；《楚辞》之好，源于屈原一生之遭遇，与夫楚国地方之生活状况也；《古诗十九首》之好，在能咏乎旅人穷客、思妇荡子之心也。老杜所以伟大者，即在其将其一生之生活，及其所见之世情，皆形之于诗篇也。后之诗人，于此殊觉淡薄，而其文字倒好。如吾读明人诗，常感于其修辞之好，而惜其不能动人矣。又如读韩愈《山石》之篇，结构、用字，皆极有功夫，然而只是理智，而无生命之色彩闪现也。读上古之诗，每每只是直觉的好，不假于其他也。如《长歌行》曰：

青青园中葵，朝露待日晞。

阳春布德泽，万物生光辉。

于己而言，须使其有生命力之发越，于外物而言，则须能观其生命力之展现也。使自家有生命力，一须有所生活，二须矛盾。有所生活，则其生命最活跃，而有所矛盾，则使其在翻滚辗转间，生发出力量来。此如平水激石，卷起沤浪，而沤浪之中，力量最是强大矣。观照外物之生机，一则可以体自然之力，二则可以返照自身之生机所在。如黄宗羲《宋元学案》载：

程明道窗前茂草覆砌。或劝之芟。明道曰："不可。欲常见造化生意。"又置盆池，畜小鱼数尾，时时观之。或问其故。曰："欲观万物自得意"。

又《伊洛渊源录》曰：

周茂叔窗前之草不除，观天地之生意也。

而生命之色彩，今在吾观之，或可分为以下几类矣。

其一则光明之色彩。人必有矛盾，无矛盾则不成生活，亦不能成真诗矣。然有些诗人，乃能于此颠倒矛盾之间，超拔而起，而见出光明之色彩来。此等诗人，乃有理想、能激越，固是倜傥非常之士也。如孟德《短歌行》曰：

山不厌高，海不厌深。

周公吐哺，天下归心。

又如左太冲《咏史》诗：

振衣千仞岗，濯足万里流。

又太白《梦游天姥吟留别》末句曰：

安能摧眉折腰事权贵，使我不得开心颜。

此数句诗，皆能超脱矛盾之上，而有光明之色彩出来矣。

其二则自在之色彩。生命诚有苦矣，然有一辈诗人，经生活许多之体验，而不为超脱之想，只是得一调和。所谓调和，即此世间，虽有诸多不好，然亦有诸多美好；此些不好、丑恶，并非不可忍受，而此些美丽、善意，亦非好到极致。要之，亦可以过活矣。此类诗人，以渊明、东坡二公为代表。如陶公之《饮酒》篇：

达人解其会，逝将不复疑。

忽与一觞酒，日夕欢相持。

年华日逝，四体日衰，然杯酒在手，便可以消减忧虑，解除寂寞，而得一日之乐，一夕之欢矣。人生之事，殆如此而已焉。

又东坡之《六月二十日夜渡海》曰：

云散月明谁点缀，天容海色本澄清。

九死南荒吾不恨，兹游奇绝冠平生。

流僻壤，窜海隅，其身九死，其心百折，然而“云散月明”“天澄海清”，对此诸般际遇，吾不惟不恨，甚且觉此等奇遇，乃冠绝平生所游历也。其一生情绪，于此正得一调和矣。

及嵇康《赠送秀才入军诗》：

目送归鸿，手挥五弦。

俯仰自得，游心太玄。

其人极自在，其诗极调和。观其诗，吾知其人生之色彩如何矣。

其三则矛盾之色彩。先已言人生常处于矛盾之中，辗转腾移，故一些诗人，毕生居于此种处境，只偶尔有所调和或光明之色彩闪现矣。余以前讲《江雪》，讲《嫦娥》，言及宗元、义山二人，谓其多悔多恨，其人生之色彩，即如此也。如左太冲《咏史》曰：

冯公岂不伟，白首不见招。

一片不平愤怨之气，勃然而发矣。

又李义山《锦瑟》诗末句：

此情可待成追忆，只是当时已惘然。

则悔咎与迷惘之心，相续相继，缠绕而出矣。

又蒋捷《虞美人·听雨》结句曰：

悲欢离合总无情，一任阶前，点滴到天明。

此则吾国诗人最常见之情绪，感于世事，而终究无可奈何，故只能“一任”而已矣。

诗之情味

江村即事

（唐）司空曙

钓罢归来不系船，江村月落正堪眠。
纵然一夜风吹去，只在芦花浅水边。

一

山水之作，田园生活，人所共爱。于吾国千百年来之读书人而言，更有不可割舍之情怀。故常自存于心腑，咏之篇章也。如陶渊明“采菊东篱下，悠然见南山”，谢康乐“野旷沙岸净,天高秋月明”，谢玄晖“喧鸟覆春洲，杂英满芳甸”，固是山水田园之佳品。迨至唐时，而此等篇什，允为渊海矣。较之他作，司空曙此诗，尤为特出，偏为吾辈所爱，亦非无因也。

本诗题目“江村即事”，“即事”，言眼前之有感，当下之即作，诗人常有此体，如摩诘有《山居即事》，崔道融有《溪居即事》，皆此类也。首二句“钓罢归来不系船, 江村月落正堪眠”，前人多言“不系船”三字为关节所在，全篇皆从此而出矣。而皎然《诗式》则以“钓罢”为主意，盖钓罢之后，自当系船，而忽承以“不系”二字，则大出人意外矣。渔父钓鱼归来，不复系舟，任其飘荡江上；夜之深矣，月儿低落，江边小村，寂然无声，正可安眠。此二句殆以小见大，取一细节而全体毕现矣。且乍一读来，非唯意思新奇，不落窠臼，亦情致绵邈，风趣盎然，令人齿颊之间，顿生其香也。

三四句“纵然一夜风吹去，只在芦花浅水边”，接上而进一层言之也。钓舟未系，随流而荡，人或有忧其远走，明日不能再寻者，渔父答曰：无忧。纵然一夜之间，被风吹去，亦只在满生芦花之浅水处矣。余记一年之前，曾观一画，名曰《水村烟霭图》，一时兴起，故为之作一小品，其辞曰：“晚天，野池，古村头。青芜平铺，绿水斜入。挂扁舟一叶，芦花几点，因风吹来，依在渚边。夕日尽下，烟霭初升，不几时，临岸人家，渐次消没。此时此际，暮色冥冥，水心寂寂，唯见寒鸦一缕，独立蓼间，默然无言。”其旨意殆出于司空曙此两句诗也。“纵然”“只在”两词，相接而下，前后呼应，递进之间，将此江村生活及村人之意态，加以释放矣。观此二句，但觉其悠然矣，率性矣，亦有情味矣。

二

诗是有情者之擅场。能于文艺者，必先有情心，有情眼，有情趣，然后其咏之于诗，形之于文，翻之于乐，绘之于画，方绵绵有情味在。此一定之理也。赵翼《瓯北诗话》论查初白诗曰：

> 此种眼前琐事随手写来，不使一典，不著一词，而情味悠然，低徊不尽，较之运古鍊句者更进矣。

欲使其诗“情味悠然，低徊不尽”，并非杜绝用典使事，实则有时与此无关也，而要之在心灵之所至，能于人、事、物，有一番深切而有味之领略。有领略则有回刍，有回刍，则生味道矣。故诗必有情味，无情味即不能真正动人也。

某年夏季，整日里读《瓦尔登湖》，白昼读之亦有感，而至夜晚时读之，则情味之深永，满溢眼目之前。至今犹时时想起译者徐迟所言：

> 在白昼的繁忙的生活中，我有时候读它还读不进去。

可是黄昏以后，心情渐渐的寂寞和恬静下来，再读此书，则忽然又颇有味，而看的就是白天看不出好处辨不出味道的章节，语语惊人，字字闪光，沁人心肺，动我情肠。到了夜深人静，万籁无声之时，这《瓦尔登湖》毫不晦涩，清澄见底，吟诵之下，不禁为之神往了。

诚如其所言，《瓦尔登湖》正是一本如此有情味之著，能使人为之感怀，为之神往。余又爱读小品，尤其是山水小品，如《小窗幽记》《袁中郎小品》《陶庵梦忆》之类，人多谓此为闲书，为消遣之书，其实何得而是？夫平时俗事缠身，事毕而觉疲倦，人欲求消遣者故看一书以消之也；或空虚无事之时，聊以之打发光阴而已。实则此等书籍，乃洗心之作也。盖其皆情味隽永者，读之能使吾心为之一澄，为之涵咏矣。故情味之诗，一能开涤灵性，使不为习气所覆，二能使其人其诗，皆有韵致也。如张志和《渔歌子》曰：

西塞山前白鹭飞，桃花流水鳜鱼肥。

青箬笠，绿蓑衣，斜风细雨不须归。

又陆游《鹊桥仙》下阕曰：

潮生理棹，潮平系缆，潮落浩歌归去。时人错把比严光，我自是无名渔父。

才一读之，便觉心灵清澄，如入桃源、天台间也。

诗有情味，必先人有情味。未有作者为卑下无趣之人，而其诗为清新有味之作也。故由其诗以知其人，由其人以观其诗，大致不会有误矣。故人须有情趣，有风致，方可以使其文如是。此如清少纳言《枕草子》曰：

九月九日，晨间微微有雨，菊花带繁露，花上覆棉自是愈染香味，特饶情趣。雨虽早早收敛，天空阴霾，随时可能下雨的样子，那光景最是动人。

而某僧人在跋语中则道：

写此书的清少纳言，是出类拔萃的人，她不谈普通一般人所信赖之事，唯多关心优雅有情趣之事。

是必有情味者，始得为有情之作矣。

诗词之中，如贯休《忆友人》：

一泓秋水一轮月，今夜故人来不来？

及白乐天《问刘十九》曰：

绿蚁新醅酒，红泥小火炉。

晚来天欲雪，能饮一杯无？

皆极有情，极有味，故能为时人、后人所深爱也。

由来篇什，若论其情味，固当以《诗经》为首。无论就节奏、起伏，抑或生机、情调等而言，皆罕有出其右者。今取几节以证之。如《君子于役》篇曰：

君子于役，不知其期。

曷至哉？鸡栖于埘。

日之夕矣，羊牛下来。

君子于役，如之何勿思！

又《采薇》末段曰：

昔我往矣，杨柳依依。

今我来思，雨雪霏霏。

其尤以“依依”二字为人所称道。盖此叠音字之形象性、音乐性皆极好，最重要在脱口之语，明白如话，而情味隽永，咀之不尽也。

又《子衿》篇曰：

青青子衿，悠悠我心。

纵我不往，子宁不嗣音！

非特为诗语，亦且有诗味。而唯此情味，始将吾人从动物性中超越而出，形成一属于人性之生活，及人性之生命矣。故咀嚼赏玩，情味入心，使蒙尘之身，为之一洗，斯正自为诗词之价值也。

出与入

登高

（唐）杜甫

风急天高猿啸哀，渚清沙白鸟飞回。
无边落木萧萧下，不尽长江滚滚来。
万里悲秋常作客，百年多病独登台。
艰难苦恨繁霜鬓，潦倒新停浊酒杯。

一

自安史乱起，杜甫即流离失所。囚长安，走凤翔，贬华州，几经辗转，终于到达成都。于浣花溪畔，建筑草堂，颇过了一番平静日子。不几年，所依者严武去世，便不得不离开蜀中，买舟东下，止于夔州，而在此居住三年。某日，杜甫登上夔州白帝城外之高台，凭栏远望，江水滔滔，秋意瑟瑟，对之茫茫，百端交集，想及身世飘零，体况衰病，不觉落泪。激而援笔，触纸而落，遂成此绝代之篇矣。

首联“风急天高猿啸哀，渚清沙白鸟飞回”，此联真见出老杜炼字之入神矣。秋风转急，秋天益高，此时猿猴长啸，其声呜咽，不胜哀愁；眼望近处，江中水渚，一片清湛，江边浅滩，沙白如雪，群鸟乱鸣，遥遥飞回。“风急”，夔州地处三峡，多奇峰险湾，风雨到此，倍见其急。“天高”，秋日气爽天高，高台之上，风气更大矣。“猿啸哀”，此夔州特色也，郦道元《水经注》载：“每至晴初霜旦,林寒涧肃,常有高猿长啸,屡引凄异,空岫传响,哀转久绝。故渔者歌曰:‘巴东三峡巫峡长,猿鸣三声泪沾裳’。”《世说》亦载桓宣武征蜀时，曾遇母猿哀鸣之事。猿鸣之声，本已极哀，一遇如此平生多难之人，其哀感愈盛矣。“渚清沙白”，皆秋日典型之景也。上之“风急天高”，此之“渚清沙白”，皆上下相对而又能自对者，格律特精，且节奏感亦极强。“鸟飞回”，鸟儿上下旋飞，迎风而来，自然之致为佳矣。此一联，其写景由上至下，由远及近，次序井然，分毫不乱，可为写景范本。且两句十四字，皆字字不虚设，造语遣词，功力深厚，而又浑然一片矣。

颔联“无边落木萧萧下，不尽长江滚滚来”，进一步写秋日之景矣。江边树林，落叶无边无际，萧萧而下；而林外长江，波涛无穷无尽，滚滚而来。此二句，意象集中，只有“落木”“长江”两种，而专在形容词上下工夫。余曾有言，诗词之表现处，常不在名词，而在形容词与动词处，如“春风又绿江南岸”“漠漠水田飞白鹭”之类，即是明证。今“无边”“萧萧”二词，“不尽”“滚滚”二词，皆极写“落木”“长江”之状，而最能见出此时此际之特征也。“萧萧下”，屈原有“袅袅兮秋风，洞庭波兮木叶下”之句，故秋风之时，落叶尤为其必备之物，盖典型之景也。“滚滚来”，辛弃疾《南乡子》有句曰“千古兴亡多少事？悠悠，不尽长江滚滚流”，即从此句而来。而尤不止如此，夫写景之作，虽以传物之神为要，而有时固须蕴具其情，使描景之中，犹能见其情怀之所向也。故此二句之意味，非但绘出秋日江景之状况，更能写出悠悠人世，韶华远去，而其致君尧舜之志，今不得而酬矣。人生至此，夫复何言哉！

颈联“万里悲秋常作客，百年多病独登台”，前两联写景，到此则直说情事也。人在景前，受其所激，抚膺而察，情动之下，遂直抒其胸臆矣。而时空斗转，又极见其开合之力。“万里”，自羌村至于长安，自长安至于凤翔、成都，再从成都到此，可谓飘然万里矣。“悲秋”，自宋玉《九辨》“悲哉秋之为气也”一语出，遂成千古言秋者渊薮。此之“悲秋”，正见其沉痛不堪承受矣。秋季风凉天寒，一切渐渐回收，故曹丕云“秋风萧瑟天气凉”，如此时候，人之一切渐渐回收，而最易有反省之功也。反省己身，反省过往当下，然后悲凉之情，不由生矣。“常作客”，杜甫平生皆不得志，而辗转无定，常为羁旅之客。“百年”，古诗有“生年不满百，常怀千岁忧”，此之百年，代指人之一生也。“独登台”，人登高台，最易有愁，何况形单影只，茕茕孑立者哉！曹植《杂诗》曰“高台多悲风”，而陈子昂《登幽州台歌》乃曰“念天地之悠悠，独怆然而涕下”，盖此时上下古今，都来心前，无尽悠悠之情，自然而生出矣。

尾联“艰难苦恨繁霜鬓，潦倒新停浊酒杯”，则缓缓收回矣。时局艰难，不知何日始得太平，而吾又生活困苦，年华逝去，以致鬓边生雪，愈见增多；今已潦倒至极矣，故虽欲饮酒以消愁，而窘于财物，无法买酒也。“霜鬓”，指白发生矣，潘安仁有“二毛”之叹，顾悦之有“蒲柳”之言，人之衰老，多在眉发，而尤使人不堪忍受矣。“浊酒”，即糟米酒也，其价低廉，而老杜亦无钱买之，可见其潦倒。寂寞之人，常爱饮酒以自愉，以自解。渊明如是，老杜亦如是，故有“朝回日日典春衣，每日江头尽醉归”之语，而今则无矣，则满腹寂寞矛盾，何以遣之？读之至此，不觉使人深为哀之也。前三联气势阔大，句句对仗，此句却轻轻结下，而又有无尽之意在言外，真见其腕下之力矣。

二

余谓诗词之道，有入与出之别。凡为诗词者，必如是矣。常人作诗，只在外头打转，此等诗作，虽万篇亦不值一看也。所谓入者，如看山脉，先时只觉其平平，仿佛随手可具，待到走近时，方见其阴晴、高低之致，于是遂入，而溪流、怪石、险峰，处处皆在，使人觉其艰难，每进一步，都须花费许多力气也。而所谓出者，即是险峰、幽洞皆一一识遍后，某日偶然抬头，正是“柳暗花明又一村”，已出山溪矣。从此体物作诗，得为自在夷犹矣。王静安《人间词话》曾有言曰：

> 诗人对宇宙人生，须入乎其内，又须出乎其外。入乎其内，故能写之。出乎其外，故能观之。入乎其内，故有生气。出乎其外，故有高致。美成能入而不出。白石以降，于此二事皆未梦见。

静安之说，亦不可谓之有谬，然余以为言之太高，以此而准之，都无几人可达矣。如此而论诗，则知诗者亦鲜矣。诗道虽难明，然自是未足至此，可容人出入之也。

入于诗者，其要有二。一则力量，二则深情。所谓力量者，即锤炼也。诗词多由炼字炼句而来，王安石“春风又绿江南岸”一事，即是如此。至老杜以下，若韦应物、孟郊、韩愈，及至宋之苏轼、黄庭坚、陈师道诸贤，莫不以此为要，而其得力处，亦多在此，殆不可磨灭也。所谓深情，即人情之深深流露也。苟无深情，则其于自身、于自然之感觉，自是缺乏敏感性，而徒见字词、结构之有力也。黄庭坚、陈师道、钟惺、谭元春之属，都是缺乏深情之人，而未能于生活上下工夫也。有深情者，自隋唐以下，王绩、摩诘、孟浩然、太白及小李杜、韦庄诸家，皆能至之也。然非谓此二者不相兼容，实则齐头并进，不碍其行，且古之大诗人，皆能二美俱有，只是石之坚白，常由一端显之也。力量之特出者，如老杜《旅夜书怀》诗之颔联曰：

星垂平野阔，月涌大江流。

真见其力量，见其锤炼之功矣。

深情之特出者，如李义山《乐游原》曰：

夕阳无限好，只是近黄昏。

情深意浓，信心而出，纵有锤炼工夫，亦为此情所掩也。此类诗人，其本身已是诗，其生活皆是诗之融化，故能有深情也。

而所谓诗之出者，非绝然而出，实涵而超之也。诗至于能出，则深情、力量皆有，而又仿若泯灭无迹，如鸥鹭之在水，优哉游哉，行而不觉其用力也。出于诗者，其要有三。今为浅说之矣。

一是至情。所谓至情者，人虽有情，而大多只是用于自身，或延伸至亲友等颇有关系之人，然却有一般人，能将此情扩而充之，使此世界，得如吾之所想，而臻于至善尽美之境也。此等境界，有如孔子“鸟兽不可以同群，吾非斯人之徒而谁与”之言矣。如李太白《春夜洛城闻笛》末句曰：

此夜曲中闻折柳，何人不起故园情。

本是吾一人之闻笛，吾一人之思乡，而乃扩而言之，推至天下之人，亦必闻此笛声而生故园之情也。

二是理想。所谓理想者，觉此世界颠倒梦幻，难以为居，然犹愿尽其生力，以使此滔滔浊世，重现其原有之美好也。此等境界，有如孟子所云之“虽千万人吾往矣”语。如杜甫《茅屋为秋风所破歌》曰：

安得广厦千万间，大庇天下寒士俱欢颜，风雨不动安如山。呜呼！何时眼前突兀见此屋，吾庐独破受冻死亦足！

又渊明《归园田居》曰：

道狭草木长，夕露沾我衣。

衣沾不足惜，但使愿无违。

杜诗之理想，在使天下之人，皆得有住宿之所，此是儒者之愿也。陶诗之理想，则在当此茫茫之世，慎勿失去自我，如其“久在樊笼里，复得返自然”之言，愿葆其自然无染污之质也。吾国诗人，绝少有理想者，其诗亦绝少有理想之事在。或在矛盾交缠中，不得脱出，或故作超脱之语，而实未有之，或流连于自家小天地中，不见大体也。如李义山、杜牧之诸人，其诗诚美矣，其情诚深矣，然只是哀于一己，伤于一身，而缺乏理想也。此其所以不及陶杜二公者矣。

三是超脱。所谓超脱者，亦觉此世界不可适居，此世人不足有言，而断然生脱离之心，使彼自彼，我自我，而不复有所关系；吾亦不愿对此世界，对此世人，有所用力，而使之有所温暖，有所改善矣。此等境界，则如接舆讽孔子之言曰：

凤兮凤兮！何德之衰？往者不可谏，来者犹可追。已而已而！今之从政者殆而。

又辛稼轩《青玉案》末句：

众里寻他千百度。蓦然回首，那人却在，灯火阑珊处。

又王维《秋夜独坐》曰：

雨中山果落，灯下草虫鸣。

人到此时，则对此世界、世人，只是冷眼旁观，不置一词矣。然余观诸诗史，向来诗人，于此境界，皆未能臻之。纵有至者，亦不过偶然有之，“日月至焉而已矣”。

语汇系统

上张水部

（唐）朱庆余

洞房昨夜停红烛，待晓堂前拜舅姑。
妆罢低声问夫婿，画眉深浅入时无？

一

唐代文学，所以得大发展者，与科举制之确立及其以诗赋取士之体制，大相关系。然唐时之科举，往往非即就其科场上之成绩而取之，而是于考试之前，即已内定，是以凡举进士者，必将其所作诗卷文赋，投之于贵卿文主，以求得其青眼，故唐人行卷之风，蔚然而盛。程千帆先生《唐代进士行卷与文学》一书，对此有丰富而完整之描述。如为人所熟知之白乐天行卷于顾况事：

> 白尚书应举，初至京，以诗谒著作顾况。顾睹姓名，熟视白公曰："米价方贵，居亦弗易"。乃披卷。首篇曰："咸阳原上草，一岁一枯荣。野火烧不尽，春风吹又生。"即嗟赏曰："道得个语，居即易矣。"因为之延誉，声名大振。

又李肇《唐国史补》载：

> 韩愈引致后进，为求科第，多有投书请益者，时人谓之韩门弟子。

他如王维投卷鼓琴于玉真公主，刘禹锡行卷于牛僧孺，诸如此类，皆可知唐人行卷之况。而大凡行卷之什，常在卷首题一诗文，以为总纲。此诗殆如此题也。《唐诗纪事》载：

> 庆馀遇水部郎中张籍知音，索庆馀新旧篇什，留二十六章，置之怀袖而推赞之。时人以籍重名，皆缮录讽咏，遂登科第。庆馀作《闺意》一篇以献曰："洞房昨夜停红烛，待晓堂前拜舅姑。妆罢低声问夫婿，画眉深浅入时无？"籍酬之曰："越女新妆出镜心，自知明艳更沉吟。齐纨未足人间贵，一曲菱歌敌万金。"由是朱之诗名流于海内矣。

此是诗之本事也。知此，即可以解此诗矣。

首句"洞房昨夜停红烛"，原来乃是写一新妇之事也。"洞房"，则新婚也。"停"字精微，言安置之也，红烛燃举，彻夜通明，而"停"则心安也。此句只是作一描写，以铺垫房内之景也。次句"待晓堂前拜舅姑"，则将拜见矣。吾国风俗，新妇过门，次日须早起问安公婆。"待"字好。晓色将开，天气犹暗，而新室之中，一新妇默坐久之，独对红烛，都不能入眠；一"待"字，而其忐忑不安之心，悄然泄露矣。

三四句"妆罢低声问夫婿，画眉深浅入时无"，又接上句而特出。黎明起来，细细梳洗，然妆扮之后，仍嫌不够，于是低声询问夫婿：不知吾所画之眉样，其深浅可合于时不？如此言语，如此心思，真是巧妙而又复可爱不已矣。"低声"，下字极好，古时男女结婚，婚前大多不得相见，洞房之时，方是初次见面，又经破瓜之礼，面对夫婿，自然万般羞涩，故而虽发疑问，亦只是悄声而已，不敢喧哗。由此可见作者体情之入微，刻画之细致矣。

"入时无"，是全篇诗眼所在。"入时"，是望其能合于公婆之意也。即就科举而言，由来亦有所谓“时文”之说，盖当时流行之风格，而人大多喜爱之也。一“无”字，则终发疑问矣。新妇对此捉摸不定，故其语气亦有怀疑。“无”字正是虚词之妙用，如秦少游词《阮郎归》“衡阳犹有雁传书，郴阳和雁无”，俱以虚字作为全篇之末，以表现其根本情感也。

二

本诗即以闺房之事而论，亦是上好佳品。然其所以传诵千古者，更在其双关之法。以新妇喻己，以公婆喻张籍，而问之以“入时无”，两者契然天成，绝无丝毫勉强之处。且以夫妇、婆媳而喻君臣、上下，自《离骚》以来，即是吾国文学上共有之意象，历来诗家，多有用之，故朱庆馀选此题材，最是合辙矣。

吾国文学，有其特定之语汇系统。凡其中之语汇，皆有其长久之渊源，与夫深厚之意蕴，诗家之所习用，读者之所习闻，非他种词汇可比。若不能知晓，则一旦乱用，便会造成读者理解之困难甚或舛误，故不可不慎矣。囿于篇幅，今只引数诗以明之矣。

屈原《离骚》曰：

扈江离与辟芷兮，纫秋兰以为佩。

汩余若将不及兮，恐年岁之不吾与。

朝搴阰之木兰兮，夕揽洲之宿莽。

日月忽其不淹兮，春与秋其代序。

唯草木之零落兮，恐美人之迟暮。

故王逸《离骚》序：

《离骚》之文，依《诗》取兴，引类譬喻，故善鸟香草，以配忠贞；恶禽臭物，以比谗佞；灵修美人，以媲于君。

是以“芳草美人”，此后即成忠臣贤士与圣君良主之代称，而为无数诗人所使用。如张九龄《感遇》诗：

草木有本心，何求美人折。

若不知此语汇之来源、用途，又岂能解张九龄此二句之微意耶？

又《战国策·齐策》有冯谖事：

齐人有冯谖者，贫乏不能自存，使人属孟尝君，愿寄食门下。居有顷，倚柱弹其剑，歌曰：“长铗归来乎！食无鱼。”左右以告。孟尝君曰：“食之，比门下之客。”

自此之后，弹剑一词，遂成怀才不遇之指称矣。

而贾岛有《剑客》一诗曰：

十年磨一剑，霜刃未曾试。

今日把示君，谁为不平事。

读此诗者，固可以直解为一剑客之事，然如此则浅矣。须知晓冯谖弹剑之事，然后乃知孟郊实以此而比喻己身之不遇也。

又《晋书·阮籍传》曰：

籍尝于苏门山遇孙登，与商略终古及栖神导气之术，登皆不应，籍因长啸而退。至半岭，闻有声若鸾凤之音，响乎岩谷，乃登之啸也。

故“长啸”一词，自此便与高人隐士，密不可分。凡诗词中有“长啸”二字，则人之豪气、逸气，顿时生矣。

而王维有《竹里馆》诗：

独坐幽篁里，弹琴复长啸。

深林人不知，明月来相照。

故知此诗主旨，在言一隐士之生活与情趣矣。

主客体之转化

陪从祖济南太守泛鹊山湖

（唐）李白

水入北湖去，舟从南浦回。
遥看鹊山转，却似送人来。

一

《陪从祖济南太守泛鹊山湖》乃一组诗，凡三首，此处所选，是第三首。余二首诗，今为抄录在此，以飨诸位。

其一：

初谓鹊山近，宁知湖水遥？
此行殊访戴，自可缓归桡。

其二：

湖阔数千里，湖光摇碧山。
湖西正有月，独送李膺还。

取本诗而观之，可知此三首诗，各言一事。其一言初到湖上，其二言正游湖中，其三则言将离湖而去。三事依序而作，主旨皆极明确，叙事又颇简洁，正合于绝句组诗之要也。故若写组诗，皆当依此法作，至少可以免于无序，免于芜杂矣。

鹊山湖，在黄河北岸，据唐人段成式《酉阳杂俎》载："历城北二里，有莲子湖，周环二十里。湖水多莲花，红绿间明，乍疑濯锦。又渔船掩映，罟罾疏市，远望之者，若蛛网浮杯也。""莲子湖"，即鹊山湖也。首二句“水入北湖去，舟从南浦回”，先叙离去之景。如上段成式所云，知湖在城北，故水由南流入北边去，而舟则由北行回南边来。一“来”一“去”，殊见人水之相离，而与下文之鹊山，形成明显之对比矣。

末二句“遥看鹊山转，却似送人来”，首二句言水之无情而自去，今则转而言山之有情而相送矣。“遥看”，是远远望着也，因当时湖面阔大，有烟波浩渺之致，故遥遥相望也。“转”，山高湖大，船由彼而及此，较之鹊山，仿若围绕之而行也；然此偏不说舟绕山而转，而说山绕舟而转，实则山如何能转动？是为下文做铺垫也。故末句“却似送人来”，言此鹊山却似乎欲送吾人归去，而心生不舍，故遥看如“转”也。此二句心思巧妙，颇类戎昱《移家别湖上亭》“黄莺久住浑相识，欲别频啼四五声”之意，明是自己不舍，而偏说山水花鸟不舍于吾，是移情，更是视角之转换也。唯其有情心情眼，所以方能赋予外物以情，使其同于吾人之心灵，此是文艺家之本色，非俗辈可以具矣。

二

诗词之用，虽或描写，或议论，或抒情，或叙事，然究其实，则大多可涵纳于叙事之下。故何休《公羊传解诂》曰：“饥者歌其食，劳者歌其事。”言咏歌者必缘事而发也。又钟嵘《诗品序》中言曰：

> 嘉会寄诗以亲，离群托诗以怨。至于楚臣去境，汉妾辞宫；或骨横朔野，魂逐飞蓬；或负戈外戍，杀气雄边；塞客衣单，孀闺泪尽；或士有解佩出朝，一去忘返；女有扬蛾入宠，再盼倾国。凡斯种种，感荡心灵，非陈诗何以展其义？非长歌何以骋其情？

此以诗文中各种情形所以之由，而说明人之有作，多有感于事也。盖人之在世，事以生情，情以触物，然后其物乃灵，其情乃动，而其事乃明。故虽言情之作，描物之篇，要皆有其事存之，只有时不须直言也。如李白此三首诗，每一首皆叙述一事，其他诗人，固亦不能免于此焉。

叙事之视角，约有四种，今为简略叙述之。

一是全知视角，又称上帝视角。即作者如同上帝，一切事物及其变化，皆为其所知，故凡内外、正反、前后、虚实之属，都可以入其笔下。如西人之《荷马史诗》《一千零一夜》，日人之《源氏物语》《竹取物语》，皆以全知视角为其叙述之法。吾国传统小说传奇，多属此类也。诗中如王维《观猎》诗颔联曰：

草枯鹰眼疾，雪尽马蹄轻。

又如谢玄晖《晚登三山还望京邑》中两联：

余霞散成绮，澄江静如练。

喧鸟覆春洲，杂英满芳甸。

又如老杜《曲江》其二曰：

穿花蛱蝶深深见，点水蜻蜓款款飞。

皆是作者如上帝般，超越于景物之外，故一切事物，其情状皆入此目也。

二是限制性内视角。此即是诗人作为叙述者，以第一人称而言也。以“我”而观自然，观世界，则限制之处多矣。如吾在山前，则山后之景，都不可知矣；吾居庭外，则几案之间，不得而知矣。如王维《鹿柴》曰：

空山不见人，但闻人语响。

又李白《春夜洛城闻笛》首二句曰：

谁家玉笛暗飞声，散入东风满洛城。

又李益《夜上受降城闻笛》末二句：

不知何处吹芦管，一夜征人尽望乡。

由“我”而观之，则人语之响、玉笛之飞、芦管之吹，吾只是听闻之，而不能知其所起，识其所往矣。然其相比全知视角者，情味尤亲切，叙述尤动人，即因其所感所闻，皆自我而发，无待于他人，故最是情家所尚也。

三是限制性外视角。此是与上种相对而言，即就第二人称而言也。以“你”而识之，相较上二者，则限制之处愈多矣。如马可·奥勒留《沉思录》，薄伽丘《十日谈》许多章节，即是此类也。兹取《沉思录》中一段以明之：

当你做摆在你面前的工作时，你要认真地遵循正确的理性，精力充沛，宁静致远，不分心于任何别的事情，而保持你神圣的部分纯净，仿佛你必定要直接把他归还似的；若你坚持这一点，无所欲望亦无所畏惧，满足于你现在合乎本性的活动，满足于你说出的每个词和音节中的勇敢的真诚，你就能生存得幸福。没有人能阻止这一点。

诗词之中，如王维《杂诗》曰：

君自故乡来，应知故乡事。

来日绮窗前，寒梅著花未。

又如崔颢《长干曲》曰：

君家何处住？妾住在横塘。

停舟暂借问，或恐是同乡。

以此手法写者，其所知甚少，于诸方情形，大多都不能知晓，然有时正自可以见于对话、答疑当中也。

四则视角之转换。即一篇当中，或先用内视角，而忽转而为外视角；或本用全知视角，而忽转而为内视角。作者之叙述人称或不变，而其视角则变矣。如吾方说草木鱼鸟，而一变转为自啼鸟而言者。本诗“遥看鹊山转，却似送人来”，其视角即有所转换，盖先自吾言之，而到此即转为鹊山之送我也。如此手法，如辛弃疾《贺新郎》有句曰：

我见青山多妩媚，料青山、见我应如是。

又白乐天《邯郸冬至夜思家》诗云：

想得家中夜深坐，还应说着远行人。

又王维《九月九日忆山东兄弟》有曰：

遥知兄弟登高处，遍插茱萸少一人。

观此数篇，则知所以为视角之变换，皆因涉及他物、他事、他人，而此物、事、人者，其情状形势，皆自己所不能知，而不得不代之以遥想也。如上之青山、家人、兄弟，其所思所为，不复得知，故变换后之语，都只是吾情感之所念，与夫事理之推衍，并非定是实际之情形矣。

神韵与沉潜

寄扬州韩绰判官

（唐）杜牧

青山隐隐水迢迢，秋尽江南草未凋。
二十四桥明月夜，玉人何处教吹箫。

二

扬州之名，盛于唐世。所谓“扬一益二”，所谓“骑鹤上扬州”，可知唐时之扬州，是何等繁华，而为世人所仰。小杜于唐文宗大和间，曾在扬州做过节度推官，留下许多诗篇，如“春风十里扬州路，卷上珠帘总不如”，如“十年一觉扬州梦，赢得青楼薄幸名”。彼时韩绰亦在扬州做官，与牧之相为莫逆。未几年，迁升监察御史，于扬州旧时风物，旧时故人，十分想念，遂写下此诗以寄韩绰。判官，唐时为观察使、节度使之属官。

首句“青山隐隐水迢迢”，写江南秋景，从大景、远景着手，言远处青山，连绵不断，隐隐起伏，江水东流，奔走不休，迢迢而去；而山长水远，今不复相见矣。两个物象，一有线条感，一有流动感，为江南秋时典型之特征。“隐隐”“迢迢”，余在《文字与意象》一篇讲王维《积雨辋川作》时已言，叠音字之运用，在诗中有莫大功效。能从形象、声音上，予人以美感。今此二词中，“隐隐”于形象上，“迢迢”于声音上，皆体现了小杜音韵派诗人之特征。又欧阳修有“离愁渐远渐无穷，迢迢不断如春水”（《踏莎行·候馆梅残》）之句，颇得小杜此句言外之意。

次句“秋尽江南草未凋”，暮秋时节，长安万物俱已消解，而扬州之草木，犹有生机，未曾凋落。观此萧条，思彼繁华，则愈发使人想念扬州之风物与人情矣，此句作衔接之用，承上句之意，而开下二句之势。盖思心一起，则自然想及扬州之事矣。

末二句“二十四桥明月夜，玉人何处教吹箫”，则可谓“善戏谑兮，不为虐兮”。“二十四桥”，即吴家砖桥，因古时有二十四位美人吹箫其上而得名，一说为扬州之二十四座桥，此则太过拘泥，颇为无稽。“明月”，则扬州最为人所称道者，如徐凝《忆扬州》“天下三分明月夜，二分无赖是扬州”。长桥卧波，明月在空，此时此际，当是无限美好之景矣。“玉人”，乃指韩绰，《世说新语·容止》篇载：“嵇康身长七尺八寸，风姿特秀，山公曰：‘嵇叔夜之为人也，岩岩若孤松之独立；其醉也，傀俄若玉山之将崩’。”此言韩绰亦如嵇康般，乃风流俊赏之才士也。一“何处”，既是戏谑，亦是对故人近况之探问，至乎对昔日二人并肩携手，流连花丛之怀念也。

此诗声调流转，意境优美，且事外之致特佳，正是小杜本色处。

二

诗词之质，大约可分两类。一者谓之神韵，二者谓之沉潜。所谓神韵，即其诗能有事外之致也；所谓沉潜，即其诗有力而不浮也。上乘诗人，二者兼具，而毕竟常偏出一端，并非两端齐平也。事外之致，即情在篇外，意越辞边也。《世说新语》文学篇载：

谢公因子弟集聚，问《毛诗》何句最佳。遏称曰：“昔我往矣，杨柳依依。今我来思，雨雪霏霏”。公曰：“訏谟定命，远猷辰告。”谓此句偏有雅人深致。

此之“雅人深致”，亦可说是事外之致。若默然室内，注目庭前，心便为之一起，厥然超出，脱然神悟，仿佛不生此世间矣。形之于诗，则是其诗可以称风流蕴藉、韵外有思也。如严羽《沧浪诗话》曰：“透彻玲珑，不可凑泊，如空中之音，相中之色，水中之月，镜中之象，言有尽而意无穷。”此类诗人，以太白、义山、谢灵运、王维为代表。

如杜牧《念昔游》诗：

李白题诗水西寺，古木回岩楼阁风。

半醒半醉游三日，红白花开山雨中。

又如嵇康《赠兄秀才入军》诗：

目送归鸿，手挥五弦.

俯仰自得，游心太玄。

余谓此诗最能有事外之致也。

有力而不浮，即其诗气脉盛长，稳定有劲也。韩愈《答李翊书》曰：

气，水也；言，浮物也。水大而物之浮者大小毕浮。

气之与言犹是也，气盛则言之短长与声之高下者皆宜。

为诗之人，若习于锤炼，读者乍观其诗，立时觉其力量之盛，而尚不能知觉到其韵致，此则偏于沉潜者之特征也。老杜、庾子山、韦应物、东坡诸辈，皆为其表也。

如杜牧《登乐游原》：

长空澹澹孤鸟没，万古销沉向此中。

看取汉家何事业，五陵无树起秋风。

小杜所传诗篇，如《过华清宫》《遣怀》《泊秦淮》诸首，人谓之气象豪华，而此诗乃为别出之作。如前两句，真是极见力量，极见艰难，声调亦颇劲拗，为杜诗中异类。

又如曹孟德《蒿里行》曰：

白骨露于野，千里无鸡鸣。

生民百遗一，念之断人肠。

吾辈观之，则唯见其力量，唯见其噬心刻骨之痛，扑面而至，截然了然，而无须求其意于言外也。沉潜之诗，历来诗人，数陶渊明、老杜二人为最佳，他者俱不及。今不需举其诗而言矣。

诗与时间

枫桥夜泊

（唐）张继

月落乌啼霜满天，江枫渔火对愁眠。
姑苏城外寒山寺，夜半钟声到客船。

一

有些时候，人在种种因素之凑合下，常能有惊人之发挥。此时，其所创造之作品，往往若得之于神明。如苏轼辗转各地为官，与其弟苏辙七年不得相见，丙辰中秋时，欢饮达旦，登高楼，仰望明月，但见素月流辉，团团在天，不禁悲从中来，心潮起伏，于是乃有《水调歌头·明月几时有》。其诗不假雕琢，无有锤炼，而天然妙成，不可复加。本诗之出，盖亦如此。某年，张继入京举进士，未中，颓丧归家，此时已秋季矣。舟驻姑苏城外，一夜无眠，偶然听得钟声，心怀震撼，于是披衣而起，执笔而成。殆一时机缘之凑泊，不可以再有矣。故后之作者，虽有写此景此情，皆不如张继之作，亦可知矣。

首句“月落乌啼霜满天”，起句便好，是直写首先之感受者。因明月在天，寒鸦啼鸣，而霜气腾升，漫天弥地，扑面而来。此是诗人最先观察、体验之景，故形之于起句也。且余之前曾谓，象是诗之主要组成者；而择象之要，又须注意其位置、远近及与作者之关系。“月落”“乌啼”“霜”，天然便与人之情感相关，吾国文学，于明月有“明月何皎皎，照我罗床帏”，于乌啼有“月明星稀，乌鹊南飞”，于霜有“秋风萧瑟天气凉，草木摇落露为霜”，一用此等词语，则立时使人联想起相关情感；复次，此三个意象，皆是令人或阔远、或萧瑟、或寒冷之物，用之在此，正与诗人心绪相合也。“满”字极好，盖一片弥漫，无处不在矣。纯粹之感觉，有时与理性推理相违背，然正是诗家绝技也。下句亦当仿此。

次句“江枫渔火对愁眠”，接上句而来，只一远一近，一上一下尔。“江枫”，晚夜之时，本不能看清江边之物，然与下之“渔火”相对，即可理解矣。而正如上所言，于枫叶、枫树，文学中亦多有之，如乐天“枫叶荻花秋瑟瑟”、高适“青枫江上秋天远”之句，皆物象本身即意蕴极深者。“渔火”，在此与“江枫”可谓一明一暗，一动一静，两相对照，而萧瑟黯然之意味遂出矣。“对愁眠”，终究说到情绪上来。愁者，舟客也，作者也，而以此一字代之。对者，非陪伴也，陪伴则不复孤独，而“对”则彼是彼，我是我，两不相干，两不相言矣。江枫渔火，对着舟中寂寞之客，各自入眠；而舟中之客，则忧愁渐生，难以入睡。朱彝尊有小词云“小簟轻衾各自寒”，与此殊不同，然哀怨之意，皆泻泻而出矣。

末二句“姑苏城外寒山寺，夜半钟声到客船”，与上二句大为不同。上二句意象繁多，如“月”“乌”“霜”“枫”“火”，而此二句则只“寺”“钟”“船”三种而已。而此之区别，又实与作者前后情绪之变化，有莫大之关系，盖上句所统领者，为一“愁”字，而下句之心情，则因钟声而转为寥廓矣。羁旅之客，久而不眠，直至夜半，而城外寺院之钟声，忽然敲响，远远传过江面来。诗词之物象，往往要具备特征化之印象，此即是说，所选事物，须有某种能集中体现该时、该事及此情之特质，而可以造成典型之效果。山寺钟声，自远至此，回荡于江上，激撼于心间；而吾辈读之，亦觉如有钟声荡荡然人耳来。此一钟声，便将上二句纯粹景物之描述，提升至一空灵、旷远之艺术境界，而蕴具千载不移之力量矣。此后虽有诗人咏唱钟声，而未有与此诗比者，其因在此矣。

二

张继此诗，于时间之安排上，极是错乱颠倒。首句“月落乌啼霜满天”,则已清晨矣（孟德“月明星稀，乌鹊南飞”句中，尤其“星稀”二字，分明早晨之景，故可证之）；次句“江枫渔火对愁眠”，寻常渔家灯火，夜深岂会不灭，故揆诸情理，大约是暮夜初尽之时也；而“姑苏城外寒山寺, 夜半钟声到客船”，则时为三更（至少是深夜，因诗人不见得知晓具体时间），已无疑矣。

叙事学上有“文本时间”之说，以与客观时间相对应。所谓客观时间，即依循正常时序之现实时间，而所谓文本时间者，则是作者于作品中所表现之时间，或快或慢，或长或短，皆依其叙事之节奏而言。此些情形，于现代电影及意识流小说中，极为常见，如《死亡幻觉》《生死停留》《穆赫兰道》，及《墙上的斑点》《尤利西斯》，皆此类也。诗词当中，亦是如此。

描写与叙述，于时间上，可约而论之。各个物象，与各个事件，或有同时而并列者，如杜甫《登高》诗：

无边落木萧萧下，不尽长江滚滚来。

落木之下，与长江之来，实同时而进行，并无先后次第之别矣。又如元好问之《颍亭留别》：

寒波澹澹起，白鸟悠悠下。

寒波之起，与白鸟之下，亦同一时刻而产生，非波起生于鸟下之前矣。其次则有明显之前后次序者，如王维《栾家濑》曰：

跳波自相溅，白鹭惊复下。

此是事件、时空及状态在时间上之连续也。二句之中，跳波相溅，惊起白鹭；白鹭在空，待水波定而复下，此一连续性之数个场景，摩诘以两句便写出矣。于诗词中，此种写法，颇为少见。

又如苏轼《饮湖上初晴后雨》：

水光潋滟晴方好，山色空蒙雨亦奇。

上句写湖上晴朗之水光，下句即写雨后之山色，其先后可知矣。

另一种即是时间之颠倒，即用倒叙手法写之。张继此诗，即是如此。今不言矣。

上所言文本时间，即叙事时之时间，此之时间，与实际或大不相同。在诗词中，时间之变化，有如下几种：

一是以一点而往前或往后而推衍者。如王昌龄《出塞》曰：

秦时明月汉时关，万里长征人未还。

但使龙城飞将在，不教胡马度阴山。

由一边关之明月，一戍守之征人，一下推到千年前之龙城飞将，此为往前推衍者也。

又如王维《山中送别》诗曰：

春草明年绿，王孙归不归？

今年之春草，诚碧绿矣，而明年之春草，亦复更绿矣。此是往后推衍者也。

二是缩无限于一刹者。如宋之问《渡汉江》曰：

近乡情更怯，不敢问来人。

诗人之情，浓且多矣，然而只用一“不敢问来人”，即将其无限之情感，及之前无限之时间，凝聚于此一刹那矣。

三是心灵之时间。此又分两类，一者拉长，如唐隐者《答人》诗：

山中无历日，寒尽不知年。

人处于安闲之地，则不复知时间之实际情形如何，而常以为没有过去，亦没有未来，心灵只是恒定于眼前此刻；时间于此状态中，则停顿而无所谓流逝矣。又如思乡念亲之人，一夜无寐，则觉永夜漫漫，难以度过；时间于此状态中，则变得漫长而仿佛无始无终矣。

一者缩短，如孟郊《登科后》诗：

春风得意马蹄疾，一日看尽长安花。

春风得意，骑马京都，此时何曾有赏花之心，只是漫然看去，便觉一天已过。又如爱书之士，捧卷深读，沉溺于其间，曾不知天已黑尽矣。

四是时空之交集者。如杜甫《春日忆李白》曰：

渭北春天树，江东日暮云。

“渭北”“江东”，乃是空间上之地名；而“春天”“日暮”，则分明是时间上之表现。故而一句之中，时空交汇，而立体之感遂成矣。

情与景

汾上惊秋

（唐）苏颋

北风吹白云，万里渡河汾。
心绪逢摇落，秋声不可闻。

一

欧阳修《梅圣俞诗集后》曰：“非诗之能穷人,殆穷者而后工也。”人于失意落魄、困苦忧愁之时，较之平静甚或得意时，其心之感于外物者，更为灵敏，而所受所应，亦不可同日语也。故风雨之夜，落花之节，折柳之悲，尤能使人动怀而发其情衷也。太史公论屈原《离骚》曰：“犹离忧也。”是深知其人而哀之矣。

历来诗作，其名篇佳什，大多如此。失意则寂寞，忧愁则多思，寂寞而多思，腹中情绪积累，沉浸酝酿，一遇景色，立时泻然而出，不可遏止。苏颋此诗，即于此种情形下写成。

苏颋少以文学知名，袭封许国公，与燕国公张说齐名，并称“燕许大手笔”。后为礼部尚书，一时诏策，多出其手。从玄宗过汾阴祭祀后土，而归后即被贬为益州都督长史。偶过汾水，遂有此作。

题目《汾上惊秋》，“汾上”，在今山西汾阳；“惊”字是全诗旨要所在，四句皆为此而发也；“秋”，点明时令，诗之内容亦由此而出矣。首二句“北风吹白云，万里渡河汾”，直写景尔。起句极是有味，足以为法，严羽屡称马戴工起句，中有句云“北风吹别思”，与苏颋此句，可同参看也。白云片片，北风吹卷，翻涌不定；河汾冷落，将渡而去万里之遥也。“北风”，北地秋风寒冷而高旷，因此常为北方秋季之典型特征也，如古诗《行行重行行》“胡马依北风，越鸟巢南枝”，及岑参《白雪歌送武判官归京》首句“北风卷地白草折”。“白云”，汉武帝有《秋风辞》一首，中有句“秋风起兮白云飞，草木黄落兮雁南归”，故此之“白云”，实以自喻也。先前言“惊”字为主旨，盖一者为北风所惊，二者为此贬谪所惊，而贬谪之事，起于玄宗之祀汾。今日之渡汾，其能无所感怀耶？白云一片，北风吹覆，亦犹自己一身，遭玄宗之远斥也。“万里”，自河汾至于巴蜀，几近万里地也，而诗中言万里者，常有羁旅在外，飘摇无依之意味，如太白《送友人》“此地一为别，孤蓬万里征”，及老杜《绝句》“门泊东吴万里船”是也。“河汾”，是汾河流入黄河处也。

末二句“心绪逢摇落，秋声不可闻”，才写到情绪来。心中愁绪本已杂多，而今遭逢草木之凋零摇落，不觉潸然涕下；秋风吹拂之声，亦不可听而闻矣。“逢”字言两物之遭遇，则满腹愁心与草木之零落，烛然相照矣。而情景之交会，又多是景从于情也。“摇落”，曹丕《燕歌行》有“秋风萧瑟天气凉，草木摇落露为霜”，庾信《枯树赋》曰“今看摇落，凄怆江潭”，言草木之凋落也。

“秋声”，即首句之北风吹拂之声，肃杀而消减万物也。“不可闻”三字绝佳，是“惊”之余事也。寒风劲吹，所到之处，无不为之变色，此等情形，与己之境况，何其相似？闻而想及，尤令人不堪回首忍受也。然自此即作结，一触即相收，可谓兴寄万端，而又含蕴不尽也。五言绝句，最宜如此，而唐人特擅之矣。

二

凡诗词之作，罕有不写景者。不论比附，抑或兴寄，皆须因物而起，托景而发，故写景实为诗中一极要之事，此不待烦言矣。要之，论情景之事，宜注目于其相互之关系，及其正反之所用也。

人之情感，蕴之在心，发而无处，唯借景物之遇，因而出之。盖主观之情，必因客观之事物而出也。此犹西人言上帝无所不在，然必借基督之体，始得呈现；而庄子亦言道体无端，必依通孔而发声也。故情以景而显，不言情而情自在。如王夫之《薑斋诗话》曰：

> 不能作景语，又何能作情语耶？古人绝唱句多景语，如“高台多悲风”“蝴蝶飞南园”“池塘生春草”“亭皋木叶下”“芙蓉露下落”，皆是也，而情寓其中矣。以写景之心理言情，则身心中独喻之微，轻安拈出。

又曰：

> 情、景名为二，而实不可离。神于诗者，妙合无垠。巧者则有情中景，景中情。景中情者，如“长安一片月”，自然是孤栖忆远之情；“影静千官里”，自然是喜达行在之情。情中景尤难曲写，如“诗成珠玉在挥毫”，写出才人翰墨淋漓、自心欣赏之景。凡此类，知者遇之；非然，亦鹘突看过，作等闲语耳。

皆云情景二物，不可截然而分也。王静安言诗有“有我”“无我”之境，然所谓无我者，亦果真无我耶？只字面上无之尔，若究其实质，固亦有情存矣。即如摩诘“月出惊山鸟，时鸣深涧中”，亦蕴含作者宁静愉悦之情，非如无情上天，漠然视之也。

如王之涣《凉州词》曰：

> 黄河远上白云间，一片孤城万仞山。

又如戴叔伦《苏溪亭》诗曰：

> 燕子不归春事晚，一汀烟雨杏花寒。

皆是写景之作，而人之情绪，隐隐见之也。

而于诗家而言，或由情而生景，或由景而生情，皆为其造诗之径也。“鸢飞戾天，鱼跃于渊”，观景而生自得之情也；“不知何处吹芦管，一夜征人尽望乡”，闻声而生哀也；“感时花溅泪，恨别鸟惊心”，因情而生景造境也。王夫之《薑斋诗话》复曰：

> 兴在有意无意之间，比亦不容雕刻；关情者景，自与情相为珀芥也。情景虽有在心在物之分，而景生情，情生景，哀乐之触，荣悴之迎，互藏其宅。天情物理，可哀而可乐，用之无穷，流而不滞，穷且滞者不知尔。

如李义山《落花》诗曰：

高阁客竟去，小园花乱飞。

参差连曲陌，迢递送斜晖。

肠断未忍扫，眼穿仍欲归。

芳心向春尽，所得是沾衣。

此由情而生景也。客去楼空，孤独寂寞，于是目之所及，园花乱飞，曲陌参差，斜晖迢递，皆是吾心之所造也。

又如元好问《摸鱼儿·雁丘词》（问世间、情为何物）一阕，其小序曰：

乙丑岁赴试并州，道逢捕雁者云："今旦获一雁，杀之矣。其脱网者悲鸣不能去，竟自投于地而死。"予因买得之，葬之汾水之上，垒石为识，号曰"雁丘"。同行者多为赋诗，予亦有《雁丘词》。旧所作无宫商，今改定之。

此则由景生情也。惊于投石之雁，而悲于同死之情，感动衷怀，因而有作矣。

而情景之事，要以浑化、交映，为其至极。己自有情，而遭逢外景，因而有所引发，此固是诗人必经之途。然只此尚不足以有为，因其此时犹有分别也。须使彼我之别，情景之异，浑然融化，而至于交相映照之境也。此如王静安《人间词话》所言曰：

大家之作，其言情也必沁人心脾，其写景也必豁人耳目。其辞脱口而出，无矫揉妆束之态。以其所见者真，所知者深也。诗词皆然。持此以衡古今之作者，可无大误也。

而王夫之《薑斋诗话》亦曰：

"池塘生春草""蝴蝶飞南园""明月照积雪"，皆心中目中与相融浃，一出语时，即得珠圆玉润；要亦各视其所怀来，则与景相迎者也。

其所以能沁人心脾、豁人耳目，及珠圆玉润者，只在“心中目中与相融浃”也。唯能至此，方可运心造境于情景之中矣。

如欧阳修《蝶恋花》有句曰：

泪眼问花花不语，乱红飞过秋千去。

又王维《息夫人》诗：

看花满眼泪，不共楚王言。

人到此时，都不知此花究是吾，抑吾是此花也。是以问花、看花，亦如问己、看己，而人花二物，厥然而为一物矣。

写景与用事

村居

（宋）高鼎

草长莺飞二月天，拂堤杨柳醉春烟。
儿童散学归来早，忙趁东风放纸鸢。

一

余幼年时，曾流行一首儿歌，名字叫作《小燕子》，其歌词曰：

小燕子，穿花衣，年年春天来这里。

要问燕子你为啥来，燕子说：

这里的春天最美丽。

此段文字，其所写出之意味，实在优美。然而歌词后面却接着说：

小燕子，告诉你，今年这里更美丽。

我们盖起了大工厂，装上了新机器。

欢迎你长期住在这里。

少年无知，毫无所感。及至渐次长大，今日再看，却是深感悲哀。关于乡村最好之景，我脑海中，常有如此一幅画面：初春时节，几座小屋，屋旁有田地，地呈一块一块状，田中泥土新翻，嫩草初绿，自远至近，几根电线杆依距而立，偶尔燕子飞来，落在田间草头，或停留于电线之上，吱吱作鸣。如斯景象，今日之时，已然绝有矣。其中缘由，大约便在“盖起大工厂”“装上新机器”吧。

又或者，我们所深以怀念者，其实是那段年华、那个地方、那种心境，种种因素凑合在一起时之状态，而非事物本身。燕子还会归来，田草还会再绿，而过往时光，已然不可寻矣。

犹记吾乡有一河，童年之时，常与伙伴在河中游泳，且颇做过一些顽劣之事，如河边有田，故曾多次偷窃正生长着之玉米、土豆，燃烧树枝，以作烧烤食用。其后数年，因在上游建厂，河水渐渐混浊，而大约同时，余即离乡读书，自此不复去河中。又未有几年，工厂倒闭废弃，河水又渐渐清澈矣。前年夏中，偶然去河边看，与少时所见，都无不同，而不知如何，竟不觉其有少时之味，归来唯自语曰：“旧时不可再来矣。”世间之事，大体如此。故旧游之地，虽存美好，然一朝重游，则大多只是失望而已。

高鼎此诗，正写其居住乡村之所见也。以前余曾讲范成大《四时杂兴》中一首，其与本诗，皆是描写村居之作，只是范诗写农人之劳作，而高诗则写村童之趣尔。首二句“草长莺飞二月天，拂堤杨柳醉春烟”，纯是写景。二月之时，绿草初长，流莺四飞；风吹垂杨，柳枝不断拂在河边堤上，似是被春烟所熏醉也。“草长莺飞”，虽写景，亦用典，典出丘迟《与陈伯之书》“暮春三月，江南草长，杂花生树，群莺乱飞”。“天”字为首句入韵用法。古人作近体诗，多有首句入韵者，如杜牧之《清明》之“清明时节雨纷纷”、老杜《登高》之“风急天高猿啸哀”，即是如此。似乎诗中首句入韵，更有利于诗歌音乐性之发挥，因其读来更觉声调流利也。“醉”字巧妙，是拟人之法，言杨柳之拂堤，乃因袅袅春烟之熏陶，而使迷醉也。实则非但柳醉，人亦为之醉矣。

末二句“儿童散学归来早，忙趁东风放纸鸢”，上二句无人在，此二句则转写一有人在此画面矣。此时童子散学，早早归来，便趁着东风正烈，高高放起纸鸢来矣。凡描写田园乡村之趣，寻常来说，若用童子作为意象，往往有极佳之效果。一则童子天真漫然，将之写来，正足使人有忘机之思；二则童子所行之事，大多正是乡村之引人处，亦与人们对田园之美好印象，两相符合矣。

如雷震《村晚》“牧童归去横牛背”，及范成大《四时杂兴》“童子开门放燕飞”，皆以童子作诗中意象也。“纸鸢”，鸢又称鹞，为鹰科鸟类，唐宋后造纸业发达，即多以纸制作风筝，形似鸢鸟也。全诗四句，前二句纯写乡村景致，而后二句则写童子之放纸鸢，正写出一派田家胜景，亦饶有情致也。

二

前云首句“草长莺飞二月天”一语，是袭丘迟成句者，故今于写景与用事之关系，作一简单之叙述矣。

关于写景与用事两端，历来议论颇多。盖吾人观于眼前之景，合着吾人之情，遂在心中，造出一完整之物境，据以写之。写作之时，只顾得如实传达该物境、意境之所现，哪得有暇顾及用事使典。若有心于用事，则立时自无上之境中，恍然退出矣。故严羽《沧浪诗话》曰：

押韵不必有出处，用字不必拘来历。

此语历来争议甚多，如冯班谓之：“此语全不可解。安有用事而无来历者耶？”然细察沧浪所言，自有其相应之道理也。且朱熹亦曰：“关关雎鸠一语，出自何处？”而写景之中，于沧浪此言，其效用尤深矣。

写景之作，有所用事者，大约有以下数端。一则袭前人之意者，如秦少游《千秋岁》曰：

春去也，飞红万点愁如海。

此句诗意，袭自李煜《虞美人》之“问君能有几多愁，恰似一江春水向东流”也。

二则诗人用字造语之时，与前人诗中之语，有所相同者。如黄庭坚《登快阁》诗曰：

落木千山天远大，澄江一道月分明。

此联中“落木”二字出老杜《登高》颔联“无边落木萧萧下”句中，而“澄江”二字则出自谢玄晖《晚登三山还望京邑》之“余霞散成绮，澄江静如练”也。然此等袭句，其实只是诗人于作诗之时，不自觉而有所偶合也。故王夫之《薑斋诗话》曰：

“落日照大旗，马鸣风萧萧”，岂以“萧萧马鸣，悠悠旆旌”为出处耶？用意别，则悲愉之景原不相贷，出语时偶然凑合耳。必求出处，宋人之陋也。

又吴曾《能改斋漫录》曰：

前辈读诗与作诗既多，则遣辞措意皆相像以起，有不自知其然者。荆公晚年闲居诗云：“细数落花因坐久，缓寻芳草得归迟。”盖本于王摩诘“兴阑啼鸟散，坐久落花多”，而其辞益工也。

又如谢榛《四溟诗话》卷一曰：

> 庾信曰："落花与芝盖齐飞，杨柳共春旗一色。"王勃曰："落霞与孤鹜齐飞，秋水共长天一色。"虽有所祖，然青愈于蓝矣。

是写景之时，但以景物为准，然有时出口之后，才发觉不期然而与古人同，或久诵古人之诗，蕴之在心，化而入腑，一旦作诗，不自觉而用之矣。此类情形，皆如船山所说，是偶然凑合矣。

三则其所用字句，大半甚或全部皆袭于前人成句也。此如《容斋随笔》所云：

> 徐陵《鸳鸯赋》云："山鸡映水那相得，孤鸾照镜不成双。天下真成长会合，无胜比翼两鸳鸯。"黄鲁直《题画睡鸭》曰："山鸡照影空自爱，孤鸾舞镜不作双。天下真成长会合，两凫相倚睡秋江。"全用徐语点化之，末句尤精工。又有《黔南十绝》，尽取白乐天语，其七篇全用之，其三篇颇有改易处。

而黄庭坚《答洪驹父书》乃曰：

> 古之能为文章者，真能陶冶万物，虽取古人之陈言入于翰墨，如灵丹一粒，点铁成金也。

宋人承之者，虽以此为凭，取前人诗句，只略改数字，甚或一字不改，即据为己用，而美其名曰"点化""出处"，此真可笑又复可恨之极也。若某人作诗文，吾取而择之，全为自家所有，此谓之抄袭、剽窃，若在今日，已然违法也。故皎然《诗式》曰：

> 偷语最为钝贼。如汉定律令，厥罪必书，不应为。酇侯务在匡佐，不暇采诗。致使弱手芜才，公行劫掠。若评质以道，片言可折，此辈无处逃刑。

然则何以有黄鲁直此语，又何以附和者众耶？盖后之诗人，其才非超绝入尘，其思非脱然入妙，最要紧者，乃其根本缺乏生活，故而根本无新空气、新生命之注入，以此而为之，安见其有好句佳言出耶？必强为之，则除却袭句，别无他法。且取人成句，稍改一二字，此实是省力、偷懒上上之法，无怪乎从之者众也。且其谓之曰“点铁成金”，则益复可笑矣。所取之诗，既能传承至今，则或为天然好句，或出自名家集中，一般而言，岂可以称之为“铁”？而所改之人，既无志气新开局面，又无能力新造清词，则其才情可知，又安能期待其能“成金”耶？若得遇此辈人，则必谓之曰：君但大方承认取人诗句可矣，固不必以“点铁成金”字样而贴自家脸上，作高尚之态也。

要之，写景之作，重在因景兴情，缘情造境，然后任心而发，厥然出之矣。若意境、用词，偶然合于古人，此不免之事，本便不必置之于心。假使取人全句，裁剪一二，即纳之囊中，则真贱格无耻之尤也。

说比兴

芙蓉楼送辛渐

（唐）王昌龄

寒雨连江夜入吴，平明送客楚山孤。
洛阳亲友如相问，一片冰心在玉壶。

二

对于王昌龄，殷璠《河岳英灵集》有云：

（昌龄）晚节不衿细行，谤议沸腾，垂历遐荒。

而《唐诗纪事》亦载之曰：

晚节谤议沸腾，言行相背，及沦落窜谪，竟未减才名，固知善毁者不能毁西施之美也。

又孟浩然《送王昌龄之岭南》诗，则有如此句子：

岘首羊公爱，长沙贾谊愁。

已抱沈痼疾，更贻魑魅忧。

岘首即岘山也，郦道元《水经注》曰：“羊祜之镇襄阳也，与邹润甫尝登之，及祜薨，后人立碑于故处，望者悲感，杜元凯谓之堕泪碑。”贾谊愁，即指贾生作《吊屈原赋》一事，盖言其死于谗也。“更贻魑魅忧”，则非小人讥谤而何？故以上三份材料，皆已说明昌龄遭人横议诽谤之处境也。知此，则可以解本诗矣。

标题中，“芙蓉楼”在今湖南地；“辛渐”，是昌龄故友，将北游洛邑，故作诗赠之也。首二句“寒雨连江夜入吴，平明送客楚山孤”，是比兴用法，以引起后二句也。大凡咏怀之作，多皆如此，至于词篇，更是无之不成。暮雨潇潇，西风泠泠，茫茫一片，布满江面，而笼罩着吴楚之地；一夜雨下，天明时候，在亭边送别好友，把酒临风，深望眼前山脉，不觉潸然，回想平生，所历处境，亦如此山之孤苦也。

此二句，主用两个物象，即“寒雨”“楚山”，而突出一个“孤”字，则在隐约之中，已将凄苦之情，予以吐露矣。以物象来烘托情志，自《诗经》以后，向为吾国文学常用之技，如王之涣《出塞》“黄河远上白云间，一片孤城万仞山”及李益《夜上受降城闻笛》"回乐峰前沙似雪，受降城外月如霜"等，皆此类也。而此种烘托，要须在事物之选择、安排，及相关描述词之使用上，加以用心，方可以有恰当之效果。此二句之物象"雨""山"，及相关描述词"寒""孤"，都与作者当时之情绪，契然相符矣。

末二句"洛阳亲友如相问，一片冰心在玉壶"，转开来写自家心志矣。前头说寒说孤，而只是微微透出，即不复申言，转而以一比喻，来点出已心之高洁不污，可谓刹那天壤也。"洛阳亲友"，昌龄据言为太原人，一说为江宁人（据《新唐书》所载），然当时士子，多集于东西两都，有时家人亦随其所在，昌龄亦不免之矣。吾受天下人之非议多矣，而辛渐将北游洛阳，若得见吾家亲友，问起此些谗言时，烦请告知：吾之心，有如玉壶之中，一洁净皎然之冰雪，并不曾有染污垢，而坏吾高洁之志焉。此是用比喻之法，以托出己身情志也。余以前读韩愈《伯夷颂》，其中有句曰："士之特立独行，适于义而已，不顾人之是非，皆豪杰之士，信道笃而自知明者也。一家非之，力行而不惑者寡矣；至于一国一州非之，力行而不惑者，盖天下一人而已矣；若至于举世非之，力行而不惑者，则千百年乃一人而已耳"。诚然也哉！如上文所引殷璠"谤议沸腾"之言，则亦难乎其难矣。故昌龄虽有"玉壶冰心"之誓，固坦然而不改，昭晰而无疑，然细细想来，则其愀然于人不我知之情，亦颇有之矣。今读其诗，求其人，势不能不恨于其事，哀于其情也。

二

昌龄此诗，要以比兴手法写成。综而言之，则首二句为"兴"，末句为比。比兴之事，起于《诗经》，后之文人，莫不有此也。朱熹《诗集传》释之曰："比者，以彼物比此物也；兴者，先言他物以引起所咏之词也；赋者，敷陈其事而直言之者也。”而周振甫《诗词例话全编》有言：“将直接点明主旨之言称作赋，而将引起主旨之言称作兴。”（其大意如此）今从此二义。要之，所谓比者，以彼即此也，所写彼此二物，须得有相似之处，如《诗经·桃夭》曰：

桃之夭夭，灼灼其华。

之子于归，宜其室家。

桃花盛开，其貌鲜艳光丽，与新妇之容颜，何其相似也。

又李贺《马诗》曰：

大漠沙如雪，燕山月似钩。

句中已有明显之喻词“如”“似”矣。

而所谓兴者，兴起也，所写之物，与所要表达之情事，往往无关也。如《诗经·淇奥》篇首：

瞻彼淇奥，绿竹猗猗。

有匪君子，如切如磋，如琢如磨。

淇奥之竹，绿而繁茂，然其与下文之君子，并无很强之相似性也。

又如李义山《安定城楼》诗曰：

迢递高城百尺楼，绿杨枝外尽汀洲。

贾生年少虚垂涕，王粲春来更远游。

首联写高楼百尺，杨柳满汀，然只是引起，而与下联之贾生、王粲，殊无相似之处矣。

然诗之比兴，有时殊难分清，因所咏之物，与所志之情，可视为有关，亦可以视为无关，常混然相用，此则无须分之也。如阮籍《咏怀》其八曰：

灼灼西颓日，余光照我衣。

回风吹四壁，寒鸟相因依。

白日西颓，倾照我衣；风回吹壁，鸟寒相依。此只是引起之景而已，然若谓余日、寒鸟二物，实是自身处境之比喻，亦可说通，且更能说通也。

而诗之比兴，乃涉及由物到心与由心到手之事也。吾观之外物，外物遂因之而映于吾之心灵，在吾心中营造出一意境，此第一步工作矣；物在吾心中成一意境，而吾应将之以某一形式，或诗或文，或歌或舞，或挥之于书，或绘之于画，予以当下之呈现，此则第二步之工作。然而极难矣，故东坡《答谢民师书》曰：

> 求物之妙，如系风捕影，能使是物了然于心者，盖千万人而不一遇也，而况能使了然于口与手者乎？

韩愈《答李翊书》曰：

> 当其取于心而注于手也，惟陈言之务去，戛戛乎其难哉！

而钱锺书《谈艺录》则曰：

> 皆谓非得心之难，而应手之难也。夫艺也者，执心物两端而用厥中。兴象意境，心之事也；所资以驱遣而抒写兴象意境者，物之事也。物各有性，顺其性而恰有当于吾心，违其性而强有就吾心，其性有必不可逆，乃折吾心以应物。自心言之，则生于心者应于手，出于手者形于物。自物言之，则以心就手，以手合物。夫大家之能得心应手，正先由于得手应心。

是谓得物于心虽难，而得心于手尤难矣。夫欲得物于心，则非但其心灵应纯粹敏捷，善体于物，亦须其能浸润于自然之间，世尘之内，而究其造化之妙，以取其风貌也；欲得心于手，则非但其心中之境界应完具而纤毫毕现，亦须作者能有莫大手笔，能以转动乾坤之力，而表现其神采也。前古之世，固已极难。当今之世，能具莫大手腕者或有存之，而能使心灵澄静，以优柔餍饫于自然之间者，则寡矣。非不欲之，实不能之也。逐利者众，无文者群，日以毁损山河，践踏草木，使古人复生，骤然见之，是又不知将若何言说也。

凡诗词之成，必有待于物之感发，以引起其情绪也。余记况周颐《蕙风词话》有言之曰：

人静帘垂。灯昏香直。窗外芙蓉残叶飒飒作秋声，与砌虫相和答。据梧暝坐，湛怀息机。每一念起，辄设理想排遣之。乃至万缘俱寂，吾心忽莹然开朗如满月，肌骨清凉，不知斯世何世也。斯时若有无端哀怨枨触于万不得已；即而察之，一切境象全失，唯有小窗虚幌、笔床砚匣，一一在吾目前。此词境也。三十年前，或月一至焉。今不可复得矣。

此段文字，余时时记之，以为兴发之圭臬也。人必有无机之心，处宁静之地，冥然相遇，然后方能“心莹然开朗如满月”，而得物之全境矣。

故人之情志，或久已存之，然必待外物之引发，而相应于吾之心镜，然后方能于不得不为中，汩汩然泻之。此之所谓因缘。吾已有之情志，是为因；此因犹如种子，若无种子，则一切花开结果，皆如梦幻之事，不可有矣。外物之来，是为缘；此缘犹如阳光、水土，若无水土光照，则其种子之萌发，势不能为之矣。此种情形，大约如苏轼《琴诗》“若言琴上有琴声，放在匣中何不鸣。若言声在指头上，何不于君指上听”之言，然大要又复不同也。而此因缘之中，又必有感应之事存焉。此之感应，则吾心灵之体验也。此体验，为吾心烛照之处，自得而独特，与天下所有之人，皆不相同也。阿米尔曰：

一片自然风景是一个心灵的境界。

而吉辛在《四季随笔》夏季卷中有言曰：

> 心灵是我们周身世界的创造者，因此，即使我们并肩站在同一片草地上，我的眼睛也决不会看到你眼中的事物，而那些触动了你心灵的情感也决不会在我的心中激起同样的涟漪。

竟夜读书，端坐窗前。忽而风起雨下，木叶摇动，其声啾啾。此时，觉风雨叶动之间，别有幽恨存焉。于是执笔而书，漫然而写矣。非有此景，无以有感；非有此心，无以有应。如此而已矣。

说笔调

台城

（唐）韦庄

江雨霏霏江草齐，六朝如梦鸟空啼。
无情最是台城柳，依旧烟笼十里堤。

一

韦庄，字端已，是晚唐时人。中唐诗人韦应物后裔，少负才名，而处世疏旷，任侠不拘行检，故久而不被世用。黄巢乱后，流离失所，哀于时势，作有《秦妇吟》，堪称“诗史”（陈寅恪即有《秦妇吟校笺》，以诗证史，见出唐末时史事）。晚年奉使入蜀，为王建所留，后力劝其称帝。王建立蜀后，命韦庄为相，一时军国要事，俱出其手。自此遂不复出蜀，终老于该地矣。

韦庄诗词俱佳。诗尤以《秦妇吟》及本诗为佳；词与温庭筠齐名，称“温韦”。今存《浣花词》，是花间派一大代表。其词佳作迭出，是词中上品者，言语清丽，情致缱绻。余尤爱其《菩萨蛮·人人尽说江南好》数阙，及《应天长·绿槐阴里黄莺语》《荷叶杯·记得那年花下》者。真入口即化，入心即溢，令人思出辞外，情难自已。

本诗首句“江雨霏霏江草齐”，不直说“台城”，只用烘托之法，微微点染。“江雨”，金陵临长江而建也；“霏霏”，雨细而密也。雨中看远，茫茫一片，故觉江草齐整如茵也。暮春时节，春雨绵密，绿草萋萋，此时此际，真似在梦中一般，大约如秦少游《浣溪沙》词“自在飞花轻似梦，无边丝雨细如愁”者。起句便先营造出一如梦如幻之情境，一在意象上，二在感受上。

二句“六朝如梦鸟空啼”，“六朝”，东吴、东晋与南朝四代也；“鸟空啼”，丘迟《与陈伯之书》曰：“暮春三月，江南草长，杂花生树，群莺乱飞。见故国之旗鼓，感平生于畴日，抚弦登陴，岂不怆悢！”此段文字，已成江南典型景象；草长莺飞之时，举头四望，虽处处生机，一片欢然，而追怀过往，未有不怃然自伤者。故国之思，畴昔之怀，人皆有之，而于此雨下鸟啼之时，则尤使人黯然销魂矣。孟浩然诗曰：“人事有代谢，往来成古今。”信哉斯言。而此句固自是晚唐人凄迷之风格，如杜牧之《江南春》“南朝四百八十寺，多少楼台烟雨中”等。

三四句“无情最是台城柳，依旧烟笼十里堤”，接上句而点出题旨。吴大帝孙权始建石头城，东晋时加以扩建，作为宫城之用。在东晋与南朝历史上，乃一极重要之地，如王敦反叛，曾入台城，桓玄举兵，亦曾入台城，以作为代晋之象征。之前尝言，杨柳于吾国文学，常具有离别之凄凉意味。人一看柳，则心中哀愁之情，顿然便生。世间万物，皆自无情，故李贺有“天若有情天亦老”之句，而唯垂柳最是无情。一“最是”，而其极致之味具矣。然则其何以最为无情耶？是人去人来，时移事消，一切有情者，皆已变换，而十里堤上，依旧柳烟轻笼，不曾稍有散去。纵然沧海桑田，亦未有丝毫不同。一“依旧”，而吾知物在人亡之不为虚也。

末世之人，身遭离乱，于人事之转移，时间之流逝，与夫生命之短促，尤有特感。故陶渊明诗曰“人生无根蒂，飘如陌上尘”，《古诗十九首》曰“生年不满百，常怀千岁忧”，王羲之《兰亭序》曰“向之所欣，俯仰之间，已为陈迹，犹不能不以之兴怀”，此皆为其有不安定感所致也。余昔读《世说新语》，至谢安寄王右军书曰“中年伤于哀乐，与亲友别，辄作数日恶”，未尝不叹息慨然者。况咏史之作，常借古以哀今，以彼而伤己者耶？若韦端己此诗，则几于杜甫《哀江头》“人生有情泪沾臆，江水江花岂终极”一句，只后者更惊心动魄尔。

二

诗有笔调也。所谓笔调，即作品所呈现出之色彩、格调也。不同之人，不同之情绪，不同之笔法，则其色调皆得显出差异。分而析之，约有两端。一则从色彩而论，此又有几种。

一是色彩明亮者。如元稹《行宫》：

寥落古行宫，宫花寂寞红。

白头宫女在，闲坐说玄宗。

所谓色彩明亮者，即其诗所述之意境以至所择物象，都能表现出较亮眼之色调来。如元诗中，“宫花”“红”“闲”诸字，皆颇明亮也。且就其诗意而言，虽言寂寞，而实亦有一股萧然达观之气在焉。

二是色彩淡泊者。如孟浩然《宿业师山房待丁大不至》：

夕阳度西岭，群壑倏已暝。

松月生夜凉，风泉满清听。

樵人归尽欲，烟鸟栖初定。

之子期宿来，孤琴候萝径。

所谓色彩淡泊者，即如水如云也。淡然自止，无哀无喜，无欲无患，此如水也。怡然自会，可往可停，可得可失，此如云也。是其诗也，必有所余裕，故既不相激，亦不反缩。诚如此诗，无论其情味，亦或其用语，皆不急不躁，犹仲尼所云“饭疏食，饮水，曲肱而枕之，乐亦在其中矣”。

三是色彩晦暗者。如刘禹锡《石头城》：

山围故国周遭在，潮打空城寂寞回。

淮水东边旧时月，夜深还过女墙来。

而所谓色彩晦暗者，即在意境、用字上，使人黯然神伤，只觉如漫漫乌夜，风雨凄寒，滴答有声也。此间色彩，正如李煜词“无奈朝来寒雨晚来风”者。

二则从格调而言之，此又有数种。

一是格调高昂者，如李贺《雁门太守行》曰：

黑云压城城欲摧，甲光向日金鳞开。

角声满天秋色里，塞上燕脂凝夜紫。

半卷红旗临易水，霜重鼓寒声不起。

报君黄金台上意，提携玉龙为君死。

又孟德《观沧海》诗曰：

日月之行，若出其中。

星汉灿烂，若出其里。

此如吕奉先辕门画戟，曹孟德横槊赋诗，意气昂昂，其声飒飒。

孟子曰“勇士不忘丧其元，志士不忘在沟壑”，盖死而不为废颓也。此种诗篇，亦当作如是观。

二是格调庄重者。如杜甫《前出塞》：

挽弓当挽强，用箭当用长。
射人先射马，擒贼先擒王。
杀人亦有限，列国自有疆。
苟能制侵陵，岂在多杀伤。

此如季札奉使，观鲁国所藏周乐，而所议论言语，皆符于国体也。

三是格调低沉者，如李义山《散关遇雪》：

剑外从军远，无家与寄衣。
散关三尺雪，回梦旧鸳机。

此如静夜之中，忽闻《二泉》；高台之上，偶听《折柳》，不免缱绻，难为低徊也。

另尚有一种文字，则为自在夷犹者。如李白《夜泊牛渚怀古》：

牛渚西江夜，青天无片云。
登舟望秋月，空忆谢将军。
余亦能高咏，斯人不可闻。
明朝挂帆席，枫叶落纷纷。

此则如风吹粼上，雁横空际，若在若不在，莫适莫不适也。

大略如此矣。

漫说几种诗风

问刘十九

（唐）白居易

绿蚁新醅酒，红泥小火炉。
晚来天欲雪，能饮一杯无？

一

余前谓真正诗人，所以能与寻常人物不同者，约有两点。一者其一生皆是诗，也就是说，其生命本身，即是其诗之体现，如渊明，如老杜，俱是如此；二者其生活内容即是诗，此又分两端说。一则人之生活，夹杂五味，悲喜交缠，哀乐并生，然于真正诗人，往往会在此生活上，加之以诗意，敷之以诗化，使之表现出一种美丽，一些凄艳，如义山，如东坡；二则人于其生活中，有所经历，便将之写入诗中，甚或以诗作为其表达之第一工具，乐天、微之者，即属此类也。

故真正之诗，不在其是否符合于道德，亦不在其是否有助于教化，更不在其是否奇特、夺人眼目，而在其是否在真正叙写生活也。凡生活所见，皆可以入我之诗，凡我之所思，皆可以寄寓于吾之诗，此则真正诗人矣。

乐天此首《问刘十九》，千载以来，为人所爱，即在其有生活，亦有情味也。余之前讲情味，举《诗经·采薇》“昔我往矣，杨柳依依”句，以为正自有人情味，今此诗亦颇有矣。“刘十九”，据乐天诗所载，当是刘禹锡堂兄，详情不可考也。

“问”字有考究，士大夫之过从，常以家仆作使通书，问者疑也，实则请也，然信中不好直说，故而婉转问之也。

首二句“绿蚁新醅酒，红泥小火炉”，见出一幅温酒画面来。新醅之酒，正予取出作酿，而窗前红泥所制之小火炉，今已熊熊燃起矣。“绿蚁”，古时所酿之酒，多为米酒，酿好开封，常会看见酒上有绿色泡沫，望之似蚂蚁，故谓之绿蚁也。“绿”“红”二字，色彩明艳，使此漫漫冬雪夜，陡然变得温暖而明亮，此色彩词之妙用，余以前亦曾说矣。且上下对仗工整，结构谨严，而仿若不甚经意，似毫不用力者。此二句之美，在于以白描之笔，刻画出一幅画面，吾辈读之，犹且心向往之，何况亲历其间之刘十九乎？

末二句“晚来天欲雪，能饮一杯无”，正接上二句而来。诗中有一通用写法，即先写一幅场景，然后方才将自身情感、想法说出。上二句本已写一温酒画面，于是此后自然向刘十九发出询问，以作邀请矣。乃曰：酒已温矣，待君至矣，观此天气，夜来恐将落雪，值此寒时，足下可以前来，与吾共饮一杯不？余前所说有情味者，即从此二句而发，而尤在末句末字上矣。“欲”，言将落雪，若已落雪，恐对方都不好前来矣。“无”字最是精妙，以一“无”字，而婉转多情而又亲切有味之态，怡然而出，正能予人以无穷咀嚼也。

其他如秦少游“衡阳犹有雁传书，郴阳和雁无”，及朱庆馀“画眉深浅入时无”，皆能深具情味，亦能将说未说，所谓“言有尽而意无穷”者也。而所以能有如此心思，如此作品者，首在乐天自家本有一纯然诗意之心灵，故能以之化入生活，而形诸诗篇也。

二

人之体性，本自不同，及至成长，愈加固化，而各自之差别，遂明若泾渭矣。以此而为人，而为诗，自然相去百里。故历来诗人，其诗未有真能如水一般无色无味，而又能溶任何一味一色者，性分故也。

是以诗中名家，必有其相应之诗风，纵如渊明、太白、老杜之高妙至于化境者，亦不能免之矣。

囿于篇幅，今只择说几种诗风，各取一二诗以证之，至于成因、影响之属，皆不予问矣。

一是自在之诗风。所谓自在者，即如水中之鱼，往来翕忽，似毫不用力，然又并非真不用力，若不用力，则不能行矣。此诗之妙境，亦可说是一种怡然自得之风格，若陶渊明“采菊东篱下，悠然见南山”之所感也。如屈原《九歌》诗曰：

袅袅兮秋风，洞庭波兮木叶下。

又如陶渊明《停云》曰：

霭霭停云，濛濛时雨。
八表同昏，平路伊阻。
静寄东轩，春醪独抚。
良朋悠邈，搔首延伫。

又如太白《夜泊牛渚怀古》曰：

牛渚西江夜，青天无片云。
登舟望秋月，空忆谢将军。
余亦能高咏，斯人不可闻。
明朝挂帆席，枫叶落纷纷。

而能有自在之诗风者，最要紧是其自身须不为物滞，心思如冰雪之纯净也。

二是晓畅之诗风。所谓晓畅者，即遵其性灵，任心而发，而不须假以雕饰，使以事典也。此如山头之雪，树上之花，一望而知其为何种颜色，何种情况，而无须人指点也。此类诗风，如白乐天、元微之，如李贺《南园》诗，范成大《四时杂兴》诗，词中如秦少游、柳七皆是也。如乐天《观刈麦》曰：

田家少闲月，五月人倍忙。

夜来南风起，小麦覆陇黄。

又如范成大《四时杂兴》曰：

柳花深巷午鸡声，桑叶尖新绿未成。

坐睡觉来无一事，满窗晴日看蚕生。

皆明白如话，流利晓畅，不假绘饰也。

三是秾丽之诗风。所谓秾丽者，即浓墨重彩，且心思深曲，旨意幽微，而又缠绵不尽也。如垂杨蔽目，又如河水曲流，有光有色，而复瞻望不及。其间意态，大约如何逊《为衡山侯与妇书》所云："虽帐前微笑,涉想犹存;而幄里余香,从风且歇也。"此类诗风，如李义山、杜牧之、韩冬郎，词中如冯延巳、温庭筠、吴文英诸人皆是。如义山《无题》诗曰：

昨夜星辰昨夜风，画楼西畔桂堂东。

又如韩偓《故都》曰：

故都遥想草萋萋，上帝深疑亦自迷。

塞雁已侵池籞宿，宫鸦犹恋女墙啼。

天涯烈士空垂涕，地下强魂必噬脐。

掩鼻计成终不觉，冯驩无路学鸣鸡。

四是沉郁之诗风。所谓沉郁者，即情感深厚，而能慷慨忧愤，如韩愈所谓"沉浸醲郁，含英咀华"者也。譬如登台而立，万般情绪，皆来心头，此些情绪，久已酝酿在心，而为眼前之景所引发矣。此类诗风，如老杜、孟德、左思、鲍照、东坡之属皆是也。如陈子昂《登幽州台歌》曰：

前不见古人，后不见来者。

念天地之悠悠，独怆然而涕下。

又如老杜《登岳阳楼》诗，今取其末二联曰：

亲朋无一字，老病有孤舟。

戎马关山北，凭轩涕泗流。

凡其诗风为沉郁者，皆有重德君子之气象，皆有治国安邦之志向，而绝非为人轻薄，一生营营役役，未予注目于家国之事者矣。

五是典雅之诗风。有些诗人，其诗典雅端庄，中正典则，有《诗经》雅颂之遗风，而可以持德为重矣。譬犹郊祀之时，服深衣，着高冠，端然而立，岸然而临也。诗中如汉之郊庙歌及柏梁体，南朝之颜延年皆是。典雅之体，高妙绝伦，最难有之。然此类诗格，自六朝以后，实已极少有人识得。后之诗人，其诗貌似典雅，实则或失于空洞，而只有典雅之皮，如宋之西昆体，明之台阁体；或流于晦涩，有典而无雅，如永嘉四灵、明前后七子者。如汉时《安世房中歌》即是典例，兹取其首章曰：

大孝备矣，休德昭明。

高张四县，乐充宫庭。

芬树羽林，云景杳冥。

金支秀华，庶旄翠旌。

又颜延之《北使洛》中数句曰：

伊瀔绝津济，台馆无尺椽。

宫陛多巢穴，城阙生云烟。

王猷升八表，嗟行方暮年。

六是清新自然之诗风。其语言并非全然晓畅，不事典实，亦非重于用事，必求来历，而是依从所观，自自然然，同时又能散发出一种清新俊逸之气也。此如初雨过后，柳色青青，天地之间，为之一新也。诗家如王维、孟浩然、谢朓、何逊、刘禹锡者，皆此类也。如孟浩然《夏日南亭怀辛大》第三联曰：

荷风送香气，竹露滴清响。

又何逊《落日前墟望赠范广州云》诗曰：

轻烟澹柳色，重霞映日余。

又如谢朓《游东田》曰：

远树暧阡阡，生烟纷漠漠。

鱼戏新荷动，鸟散余花落。

此等诗句，若闲暇之时，取而观之，睹而诵之，便觉满身尘土，满心浑噩，皆为之一洗，因之一清矣。

第三卷

诗之修辞

诗之衔接与逻辑

谒山

（唐）李商隐

从来系日乏长绳，水去云回恨不胜。
欲就麻姑买沧海，一杯春露冷如冰。

一

读义山之诗，每每令人有神伤之感。余前谓义山一生，只是一“悔”字而已。人于光阴，常有一种回顾之情怀。正是此种情怀之存在，才使得吾人之生命，变得如此复杂、丰富而有味。一味的向前，与一味的向后，或者一味的上，与一味的下，皆显得太过干瘪而单调。唯有交缠与混合，才具有对我们而言最独特亦最重要之价值与况味。然而人们不曾晓得，他们或者心灵麻木，遗忘了过去，亦未予举头望天，或者思想消极，沉溺于过往，亦不能最终解脱。今观于义山，亦足哀其不可解脱之苦也。

标题“谒山”，或云此是上古之山，亦通。然余以为应是某年某月，登名山而四望，仰长空而伤怀，所以有感而发，因此作之。首句“从来系日乏长绳”，一见便是夕阳。“从来”，言自古至今，无有例外，决绝之辞也。“系日”，傅玄《九曲歌》：“岁暮景迈群光绝，安得长绳系白日？”传说当中，白日为轮，可用长绳相系，以拖拽之。典出《山海经》羲和、金乌事。然此之系日，正自以使之不得滚动，而得永远停止。日轮不滚，则今日即不会过去，而物即不会衰朽，人亦不会死亡。然而从来便乏，所以终究是无可奈何，终究是依时而逝矣。

二句“水去云回恨不胜”，由夕日而望及其他。碧水东去，流之不尽；白云在天，随风而回。吾观此景，不禁遗恨渐生，愈生愈浓，愈积愈深，无以排遣。“水去”“云回”，一去一回，两相比照，正自使人知来去之理，且于水则孔子有曰：“逝者如斯夫，不舍昼夜”，于云则渊明有“云无心以出岫”，其择景亦佳，足能引人想象。其逻辑性亦极强。盖先看夕阳，其次见流水，视线上移，才看到烟云之来。日、水、云，此三个意象，皆不是随便安排设置，乃有其逻辑所在也。而“恨不胜”，此处“胜”字读平声，有不能、无尽意。上文只是叙景，到此则直接说情矣，所谓“情生于景”，向来是人之常事，何况是蕴具情眼之义山乎？故言“恨”，且“不胜”，因不得消减也。

三四句“欲就麻姑买沧海，一杯春露冷如冰”，接上句“恨不胜”而来。愁恨既生，不能遣之，然便就此罢休，坐受其生之减、其命之逝耶？势所不能也。于是有买时之想愿矣。“麻姑”，义山诗中常用人物，如《海上》“直遣麻姑与搔背，可能留命待桑田”，又如《华山题王母祠》“好为麻姑到东海，劝栽黄竹莫栽桑”；“沧海”，用《神仙传》麻姑过蔡经家语王方平“接待以来，已见东海三为桑田”故事。沧海桑田之间，尽是光阴之流动，时间之展现，而麻姑则身居之，眼见之，所以“欲就”，就者，接近也，欲向麻姑身前，祈求买此沧海，以得时间之在我。然而，“一杯春露冷如冰”，麻姑所予我者，不过一杯春露，且还冰冷不能持有也。是义山以自己一生，非但短暂不永，而且多难颠簸，都无一丝暖意，以堪慰藉于此生矣。

二

上文讲义山此诗，已言其衔接与逻辑之事矣。第一句开起，第二句延伸，第三句因前句而发，末句则结束其意。各句皆有词语相接，首句为“系”，此句为“恨”，三句因“恨”而生“欲就”，末句则因之有“一杯”。至于逻辑，上部分第三段已说，兹不言矣。要之，诗词之作，不可不重其衔接与逻辑也。或有看似无逻辑者，然若细察之，则皆有其内在之逻辑在，并非简单堆积矣。尤其是写景之作，寻常作者，最是缺乏，往往只是物象堆砌，只是场景铺陈，如此或失之于杂乱，或失之于乖舛，或失之于重复，都不知其间自有逻辑，自有气脉，畅然流行，无有断续也。

有句上之衔接与逻辑，有意上之衔接与逻辑。一易见，一难显；一可绝，一不可绝。如王船山《薑斋诗话》云：

> 句绝而语不绝，韵变而意不变，此诗家必不容昧之几。“天命玄鸟，降而生商。”降者，玄鸟降也，句可绝而语未终也。“薄污我私，薄浣我衣。害浣害否？归宁父母。”意相承而韵移也。尽古今作者，未有不率繇乎此，不然，气绝神散，如断蛇剖瓜矣。

所谓语不绝者，即意上之衔接，一诗在兹，本有其完整之思想、意境，自始至终，一脉而下也。不可上文说完，下文却另起炉灶，与前者毫不相关也。至于忽上忽下，忽前忽后，忽此忽彼，无一定之理势，无适宜之秩序，则其逻辑之缺乏，亦可见矣。如此，又安得语顺而意承耶？

若一诗之中，虽云“运用之妙，存乎一心”，固不可执于一定之法，受一定之轨，以桎梏灵性。然犹有可说者，先是起结句，起结句最难。《艺苑卮言》曰“七律中不难中二联，难在发端及结句耳”，而《沧浪诗话》则曰“对句好可得，结句好难得，发句好尤难得”，是知起结句实是一篇之定调与收势者也。夫人之作诗，起先兴发无端，思来万缕，都不知从何下手也，此所以为起句之难；至于动笔，意思流转，如河水之来，待到终点，则惯性所致，常常收拾不住，此所以为结句之难也。谢榛《四溟诗话》曰：

> 起句当如爆竹，骤响易散；结句当如撞钟，清音有余。

发句须横空生意，须先声夺人，然又不可以遮掩后句，故当调亮而易消散也。结句须结束全章，须不落旧窠，然又须其能婉转有味，故当出新而具响也。然行家里手，于此往往可得措手，而于发句乃多不复有悟也。是以历来诗话，有言结句，而鲜有说及起句者也。

又马东翼《东泉诗话》曰：

> 晚唐五律以马戴为最。其诗多工起句，如“北风吹别思，落日渡关河”“处处松阴满，樵开一径通”“孤云与归鸟，千里片时间”，皆为警绝。

观乎其诗，如“北风吹别思”者，其来无端，而一诵读，立时使人有河朔在前之感，此则真如谢榛所说矣。余者皆如此，尤以“孤云与归鸟”为是。

至于中间之句，另又有说。沈德潜《说诗晬语》曰：

> 三四贵匀称，承上斗峭而来，宜缓脉赴之。五六必耸然挺拔，别开一境，上既和平，至此必须振起也。

此谓律诗之中，起二句猝然而来，其势固急，因此三四两句，应加以缓和，使此急迫之势，不复湍然。吾国文艺，极重平衡、中和，不喜极端，故常遇此而以彼救，逢一则以二反，诗亦如此。三四句既已缓和，自不可继续平淡，则须陡然耸起，别开一生面，使诗之意蕴、内容，皆得有所丰富增大矣。

然诗词之道，以意为主，以气为归，是又不可以不慎之也。叶梦得《石林诗话》曰：

诗语固忌用巧太过，然缘物体情，自有天然工巧而不见其刻削之痕者。

而姜白石《白石道人诗说》则曰：

学有余而约以用之，善用事者也；意有余而约以尽之，善措辞者也。

此二子之言，是为正论。为诗者自当取之以为法，而不可冥搜苦索于彼，以失其大体也。

文字与意象

积雨辋川庄作

（唐）王维

积雨空林烟火迟，蒸藜炊黍饷东菑。
漠漠水田飞白鹭，阴阴夏木啭黄鹂。
山中习静观朝槿，松下清斋折露葵。
野老与人争席罢，海鸥何事更相疑。

一

王维晚年，一力向佛，不复有意于仕途。遂隐于终南山，且在辋川建立别业，以供居住。辋川，在今蓝田。《旧唐书》王维本传载：“维兄弟俱奉佛，居常蔬食，不茹荤血，晚年长斋，不衣文彩。”此诗正是写其隐居之景也。

首联“积雨空林烟火迟，蒸藜炊黍饷东菑”，起句极严密。积雨者，淫雨霏霏，一夜不止，直到清晨时始得稍歇；“空林”，山林中居住之人本就极少，何况在雨后之早晨？是人稀而林空荡矣；“烟火迟”，下雨之后，雨雾浮空，加晨露积沉，风吹气下，一遇烟火，便显得沉重难行也。此句真是字字细密，写尽意象间最微妙处。“蒸藜炊黍饷东菑”句，“藜”，是一种野菜，可食用，“黍”，亦称稷，黄米也，“东菑”，东边之田也。此言农家妇女，蒸煮藜黍，携之以向东边男子们耕作之田地也。此句则生活气息浓厚，田园农家之趣，漫然溢出。盖非但是作者悠闲安逸之由，亦是大唐盛世之景，若取杜甫中晚年田家诗一看，其间差异，自然可见矣。

“漠漠水田飞白鹭，阴阴夏木啭黄鹂”，“漠漠”“阴阴”二词精妙。后人有截之成“水田飞白鹭，夏木啭黄鹂”者，则真是不知好。用一“漠漠”，则水田广而阔、寂而远且茫茫一片之景，厥然出矣；用一“阴阴”，则夏木密而深、幽而暗且寒凉微生之气，谧然存矣。且诗词之中，叠音字之使用，常有惊人之效果。如《诗经・桃夭》“桃之夭夭，灼灼其华”，白乐天《琵琶行》“大弦嘈嘈如急雨，小弦切切如私语”之类，皆或从声音上，或从形象上，加强读者之观感。“夭夭”“灼灼”，则桃花之色，及其盛放之态，立时明艳一片，浮现于眼前；“嘈嘈”“切切”，则琵琶之急乱与唧唧，立时生一段节奏，流转在耳边。字之重叠，可以带来琅琅之感，而加深诗词形、声之美。

颈联“山中习静观朝槿，松下清斋折露葵”，自外物写到自身来。吾国诗词，因受《诗经》之影响，常于一诗开头，描写外在景物，此即比兴。到陶谢以后，山水之作兴起，有以自然为其核心者，此自不待言。即以言情发志者，亦多于前句写景，而后才说到其情事来，如李义山《安定城楼》《二月二日》者。隐居山中，游于山水，出入释老，所处之境既静，而吾心之所在亦静，有时坐于松下，仰观朝槿开落，若肚内空虚，则折却几枝沾露之葵，以作斋饭。此等生活，真是令人想慕而不可得也。余昔时读国木田独步之《武藏野》，其中有句云“午后赴树林深处小坐，四顾，倾听，凝视,默思”，当下便觉超然尘外。某次在林间小道上散步，忽然想起此段令人心醉神迷之描写，不禁心中战栗，久久不能言语。揆之摩诘此二句，当觉其划一也。

尾联“野老与人争席罢，海鸥何事更相疑”，接上一联而来。“野老”，摩诘自指也；“争席”，杨朱欲从老子学道，旅居客栈，人皆为之让座；待到学成归来，则旅客皆不复让座，而与之争席：是此时杨朱已知自然之道，故与人无嫌也。“海鸥何事更相疑”，《列子·黄帝》载：“海上之人有好沤鸟者，每旦之海上，从沤鸟游，沤鸟之至者百住而不止。其父曰：‘吾闻沤鸟皆从汝游，汝取来，吾玩之。’明日之海上，沤鸟舞而不下也。”此即“鸥鸟忘机”之典。吾已解自然之乐，已成自然之道，与人无碍、无争，则无论外物，抑或他人，都无从猜疑于我，而生烦恼于我心矣。

二

字有优劣，词有美丑。余谓诗词当中，有所谓“优质词汇”之说。观乎历来佳篇妙句，可知有些字词之使用，十分频繁。这些字之一大特点，便在于一看一读，即能觉出其优美之处。反之，有些字虽常见，其使用却较少见，甚而言之，则有些字只一看，便显其恶劣。读者之心，皆好美而恶丑，从优而摒劣。有些诗人，一力寻孤僻词句，好用恶字、劣字，如韩愈、陈师道、谭元春、钟惺之徒，然观其所为人传诵者，多是“优质词汇”，而非彼恶劣之词（如韩愈《早春呈张水部》、陈师道《登快哉亭》）。如李义山《二月二日》颔联：

花须柳眼各无赖，紫蝶黄蜂俱有情。

“花”“柳”“紫”“黄”，皆极优美，能予人美感。

而摩诘此诗则有：

山中习静观朝槿，松下清斋折露葵。

山中之物，不仅只有“朝槿”“露葵”，而选用此二词，则较之他物他词，如“早树”“藤蕨”之类，其美感自是不同。

复次，写景之作，造语用词，当字字不虚下，如本诗首句“积雨空林烟火迟”者。先已言晨起雨积，人稀林空，故烟火行迟。其文字之用，极细密精致，而此正是从意象之选择、安排来。诗人须善于观察事物，善于安置意象，而后才能于文字方面，做到这般致密。如李义山《谒山》诗首二句曰：

从来系日乏长绳，水去云回恨不胜。

又杜工部《水槛遣心》诗：

细雨鱼儿出，微风燕子斜。

叶梦得《石林诗话》曰：

此十字，殆无一字虚设。细雨着水面为沤，鱼常上浮而淰。若大雨，则伏而不出矣。燕体轻弱，风猛则不胜，惟微风乃受以为势，故又有“轻燕受风斜”之句。

观叶氏之解析，则老杜用心、造字之深，可见一斑矣。

文字、明暗与感受

终南望余雪

（唐）祖咏

终南阴岭秀，积雪浮云端。
林表明霁色，城中增暮寒。

一

记得孩提时候，每到冬季，雪下得多且厚，不似如今，一年都难得见几回，即使偶降，亦往往一触即收，稍稍覆地而已。彼时最美好者，是双足踩于尺许深的雪地上，只觉如棉絮一般，绒绒有劲，一走动，便发出“咯吱”“咯吱”的声音，实在好听之极。

天晴之时，仰望远山，皑皑一片，阳光返照，顿觉身体一耸，寒意陡增。此等情形，近些年来，已然绝少矣。今读祖咏此诗，非独解其诗意，亦适以思起儿时之记忆，以作一想念也。

本诗题目曰“终南望余雪”，终南山，是秦岭一脉，在长安地，唐代之时，因在京都之外，向为名胜，亦是贵族士夫及平民贩夫所游之地；彼时道观、寺院，及上流人物之别业，错落其间，数不胜数，如王维之辋川别业，玉真公主之玉真观，即是如此。“望”字是本诗诗眼所在。“余雪”，则雪后也。知此几端，则可以解诗也。首二句“终南阴岭秀，积雪浮云端”，直写终南景色也。终南之山，古来称美，此时尤以北山最为秀丽，白云缭绕，而岭头积雪，似乎浮在其上。“阴岭”，即山北也，山之南为之阳，山之北谓之阴。“秀”字颇好，一则表终南之秀丽，二则表林木之繁茂也。次句“积雪”，照应上句之阴岭，因山北背阴，光照不足，故雪不易融化，而有积累也。又杜甫有“窗含西岭千秋雪”，亦是此意，盖高山阴面之雪，往往常年不化也。“浮”字极佳，唯亲历者可道。一者为直观感受所致，雪积山巅，白云在下，远远望去，仿佛浮动于云上，如海上之冰山一般。二者用此“浮”字，尤能有一种流动感，此法颇类林和靖“暗香浮动月黄昏”，使人不自觉而生某种难以言喻之美感也。

三四句“林表明霁色，城中增暮寒”，接上句而说也。“霁色”，言雨雪之后，阳光遍照也。终南山虽在长安，然毕竟在城外，相距甚远，自城内望之，寻常总难看清，唯有在此雪后初晴之时，方才将其清晰之容貌，呈现出来。“林表”，时辰将晚，山林渐暗，只有树林顶端，方能看清；而用“明”字，晴朗之时，阳光照耀其上，愈见凸显也。雨后天晴，夕日欲下，四周渐黯，唯有林端仍一片明亮；此时身处城中之人，愈感其寒冷之气也。“城中”，则目光从终南山收回到所在之地。由来诗家，往往由彼及此，由物即已也。“增暮寒”，一则天色渐晚，夜气腾升，二则日照雪上，雪融化吸热，三则如余上文所言，阳光返照城内，足使身体耸然，顿生冷意。综而言之，故更觉其寒冷也。

二

祖咏此诗，正能见出文字与感受之关系也。若能诵之看之，当会不自觉而生寒凉之感。若心灵敏感，体物甚深者，七八月间一读，自可使暑气一消。如读“阴岭”“积雪”“林表”“暮寒”诸字，真觉身体随之一寒也。诗之用词造语，凡依意象者，吾一读之，即在心中有一概念；由概念所组成之境界，使吾人又在心中构造出一画面。而此画面及其色彩，又会随之传达至身体，而造成吾生理与心理上之反应。今城市中人，日为生计所迫，繁忙劳碌，难有一刻安宁，偶然得闲，捧明清人所写山水小品，怡然一读，便觉平日里所染之灰尘、不快以及烦闷，皆为之一除。然则何以如此哉？是阅读之时，常据其文字，而在心中设想一山水胜境，而自己亦置身其间，陶然忘机。作者之所见所闻，即吾之所见所闻，而能因之以传达至吾之身心，从而予以洗涤也。如孟浩然《宿业师山房待丁大不至》曰：

松月生夜凉，风泉满清听。

又如于良史《春山夜月》诗：

掬水月在手，弄花香满衣。

才一读之，身体便立时有所反应。读孟诗使人有清凉静谧感受，而于诗则使人有愉悦、怡然之感受矣。

又诗词之中，表示快乐、愉悦之文字，其所表现出之声音，似多是柔软、缓慢之和谐音，而表示悲苦、黯然之文字，其所表现出之声音，则似多低频而深沉者。此在词中叶韵处，尤其如此。如“红”“明”“闲”“船”之类，音调皆极平缓明亮，而如“极”“戚”“雨”“缕”，又皆音调偏于低沉也。如朱淑真《蝶恋花·送春》词有曰：

楼外垂杨千万缕。欲系青春，少住春还去。犹自风前飘柳絮。随春且看归何处。　绿满山川闻杜宇。便做无情，莫也愁人苦。把酒送春春不语。黄昏却下潇潇雨。

又如东坡《醉翁操》上阕曰：

琅然，清圆，谁弹，响空山。无言，惟翁醉中知其天。月明风露娟娟，人未眠。荷蒉过山前，曰有心也哉此贤。

观其各韵，试一读之，便知其声调之不同，而与作者心情之契合也。

文字本身，又有其色彩上之明暗。其每一个字，每一组词，皆有其相应之色彩，或明或暗，或浓或淡，而此些字词，又通过其色彩，影响着诗整体之意境、氛围，而予以加强之作用也。如老杜《绝句二首》其一曰：

迟日江山丽，春风花草香。

泥融飞燕子，沙暖睡鸳鸯。

几乎字字皆极明亮，极浓烈，而诗之整体意境，亦因此而使吾人读之而觉春日明媚、春光灿烂也。

又如摩诘《送邢桂州》颈联曰：

日落江湖白，潮来天地青。

此联之妙，非一言可说尽。而从其明暗而言，则字字皆觉明澈，尤其“日”“白”“天”“青”诸字，更是如此。微微一读，而斜阳落江，苍白一片，碧潮翻涌，天地为青之境，于斯而出矣。

动静之间

春行即兴

（唐）李华

宜阳城下草萋萋，涧水东流复向西。
芳树无人花自落，春山一路鸟空啼。

一

余幼年时，某年端午，与玩伴同游山。孩童心浓，无意间走去甚远。登一山尽，才一转，偶然便见对面山上，一大片映山红，如霞如火，满目皆是。山间有小涧，汩汩有声，黄莺时鸣，出没其间。虽童子无知之心，亦为之所震慑，不敢出言。其后偶读李华《春行即兴》，其物境如此，不觉想起当时所见。今为述之于此焉。

李华此诗，草草读来，唯见其自然之致，如余少时所想。然细细思后，正觉有无限凄凉在。再结合诗人当时处境，及天下之形势，更可以得解矣。盖此诗写于安史之乱后不久，家国破碎，满目疮痍。宜阳，今距洛阳不远，正是当时安史叛军兵锋之所在，其遭受破坏之程度，亦可想而知矣。故此诗之旨，可与老杜《春望》相照，只一含蓄，一直接尔。

首二句“宜阳城下草萋萋，涧水东流复向西”，开篇便表明地点。宜阳城下，野草萋萋，自生自长，无人芟除；山涧之水，自流自东，无人取予灌溉。“萋萋”，令人想起崔颢《黄鹤楼》之“芳草萋萋鹦鹉洲”，然意旨大为不同。盖草木所以萋萋者，此地备遭战火，居民或死或逃，故人烟稀少，无人耕作，使野草丛生，覆满田间也。涧水绕山脉而行，一时往东，忽而又转而向西，如陆游“山重水复”之意。然如此美丽之景，而今都一变而为凄凉之境，只因离乱之后，人心惨痛，便有如斯不同矣。

三四句“芳树无人花自落，春山一路鸟空啼”，由上之城草、涧水，接着写花树、山鸟矣。草木芬芳，百花点缀其间，已绽放许久，然而都无人理会，一路行来，花儿亦唯自开自落，鸟儿亦唯自飞自啼而已。宜阳旧有连昌宫，以景致绝佳而闻名。开元盛世之时，游者众多，树花之开落，百鸟之飞鸣，皆有人观之、赏之、咏之，今则都无矣。此景此情，颇如姜夔《扬州慢》“二十四桥仍在，波心荡、冷月无声。念桥边红药，年年知为谁生”所言也。“无人”，点出全诗主旨。山水诗中，言及“无人”者，大多予人以宁静、安然之感，如摩诘《竹里馆》“深林人不知，明月来相照”之类也；而在此则是以乐景写哀情，只因作者非乐于此自然之景，而实哀于彼黍离之恨也。“鸟空啼”，是以动衬静之法，详解在后。而一“空”字，则鸟之愈啼，而地之荒凉，与夫人之深恨，皆愈见显出矣。故景物者，情之所表也，情之所乐，虽恶景亦一变而可喜，情之所哀，虽乐景亦一变而可愁矣。

二

景物动静之事，约分三类。好诗者若能知之，则写作之时，亦可不自觉而得受用矣。今为简单述之如下。

一是以动写静。所谓以动写静者，在于静景之中，别造一虚拟之动景，以愈显出静景；或本为静景，甚至是无生命之物，而能赋之以生命，使之能动起来。此种用法，乃诗人主观上之感觉，而使虚物有实也。其内容又有两种，一则状态上，二则感觉上。如白乐天《山下宿》诗曰：

何处水边碓，夜舂云母声。

水碓无所谓生命，而称之曰“夜舂”，是使其有生命也。

又如张继《枫桥夜泊》曰：

月落乌啼霜满天，江枫渔火对愁眠。

江枫渔火，何尝有知，而予之以生机，则可以对着孤舟旅客，安然入眠矣。

又如王安石《书湖阴先生壁》诗曰：

一水护田将绿绕，两山排闼送青来。

两山无知无意，如何能相送绿意，越户而来耶？故自是诗家主观之所造作，使其能如此尔矣。

二是以动衬静。所谓以动衬静者，在一片静景之中，忽插入一动景，而由此有生机而热闹之景，愈见出当时境界之宁静也。与上之“以动写静”相比，相异处正在一“衬”在，盖此动景乃是客观存在之物，非作者主观想象所致也。如王维《鹿柴》曰：

空山不见人，但闻人语响。

返景入深林，复照青苔上。

本是表安静之景，静谧之境，而用一“人语”之“响”，则以此动景，偏显出空山之静矣。

又如王维《山居秋暝》颔联曰：

明月松间照，清泉石上流。

明月在天，照入松林之间，此何其安谧之景，而下句乃言清泉流于山石之上，汩汩有声。于水流之动，则月照之静寂，愈见愈出。故自是诗家妙法，有无上之神用也。

又如郑协《溪桥晚兴》曰：

一川晚照人闲立，满袖杨花听杜鹃。

斜阳遍照，映在前川。诗人观此，闲然而立。立之既久，杨花满身；杜鹃啼叫，其声凄恻，一如吾心。晚照、人立，皆是静景，而花落、鸟鸣，却都是动景。一动一静，益知当时环境之荒凉矣。

三是动静相宜。此又可说是亦动亦静，即一段文字之中，既含有静景，亦含有动景，而二者相配，共同构成一谐和之境界。然此动景、静景，皆当是客观之景，并非游心之所在，虚然造出矣。如李白《送友人》曰：

青山横北郭，白水绕东城。

上句言青山横郭，乃是静景，而下句白水绕城，则是动景矣。

又如欧阳修《田家》诗：

林外鸣鸠春雨歇，屋头初日杏花繁。

鸠鸣林外，花映日下，此景一动一静，浑然契然，相配得宜，正见出田家雨后新晴之景，及农人生活生机盎然之情矣。

又如柳宗元《小石潭记》中那一段精妙绝伦之文字：

日光下彻，影布石上，佁然不动；俶尔远逝，往来翕忽。似与游者相乐。

光照影翳，远飏往来，一静一动间，见出多少生机，多少宁静矣。

诗境与用字

春夜洛城闻笛

（唐）李白

谁家玉笛暗飞声，散入春风满洛城。
此夜曲中闻折柳，何人不起故园情。

一

太白居安陆十年，与许氏结婚，育有一子一女，遂家于此。此时正是开元二十三年春，太白北游至洛。

首句“谁家玉笛暗飞声”，“谁家”，漫然而来，故不知出自何处也；“玉笛”，一般来说，就吹奏而言，竹笛较玉笛为佳，但在文字上，“玉”字之调质更好；“暗”字上接“谁家”，造语极精，盖一则断断续续，若有若无，故觉其暗暗，二则不知所起，不知所往，故亦暗暗也。

次句“散入春风满洛城”，“散”“满”二字，其间逻辑性极密，盖唯笛声散入，然后始能满城也；“散”者扩散，“满”者布满，无扩散则不能满矣。此正是字词之连续与一致，及其与诗境之契合也。

三句“此夜曲中闻折柳”，“折柳”，笛曲也，胡仔《苕溪渔隐丛话》曰：“笛者，羌乐也。古曲有《折杨柳》《落梅花》。”盖起先笛声断续，半丝半缕，到此方才听出是《折杨柳》曲。然不说是“听”，而说是“闻”，则其义甚是丰富。一者诚然在听曲矣，二者则由此思亲矣。此由“折柳”一词所蕴有之独特意味导致。盖“柳”者“留”也，故由来有离别之义，如《诗经·采薇》“昔我往矣，杨柳依依”，柳氏《杨柳枝》辞“杨柳枝，芳菲节。所恨年年赠离别”，及王之涣“羌笛何须怨杨柳”之句，皆此类也。唐时灞桥为长安门户，杨柳垂陌，生长繁多，送行之士至此，大多折一枝以赠行人。故韩翃《章台柳》言“章台柳，章台柳，昔日青青今在否？纵使长条似旧垂，也应攀折他人手”，刘禹锡有“长安陌上无穷树，唯有垂杨管别离”。是折柳者，表别离也。故用“闻”字，则非但于耳上得听，亦于心上得闻其旨，因而唤起其情，然后才有下句之思故园也。

末句“何人不起故园情”，接上句而言。“何人”，分明是自家听得，自家解得，而竟言人皆如此，此可谓推己以及人也。个人之私人感情，由此而扩大，由此而容纳众生，一转而为千万人所具之心，千百年所存之物。唯其有此，所以千古之下，吾辈今日读之，犹能感同身受，为之所动也。

二

今言诗境与用字之道。

所谓诗境，即诗人于其所观之物，所含之情，所论之事，能卓然营造一境界也。王昌龄曰："诗有三境，一曰物镜，二曰情境，三曰意境。"虽非确论，而大旨已得。此之诗境，乃直觉所照，而非理性所析；乃诗人自身趣味，与所见、所存意象之浃然融汇，而非只是外物在我心上之单纯映照。一言以蔽之，乃我先有某种意趣，然后遇合于某些物象，从而形成一天然之境，以供吾驰骋也。

而诗境之所蕴，又非一端。王静安《人间词话》曰：

> 有有我之境，有无我之境。"泪眼问花花不语，乱红飞过秋千去。""可堪孤馆闭春寒，杜鹃声里斜阳暮。"有我之境也。"采菊东篱下，悠然见南山。""寒波澹澹起，白鸟悠悠下。"无我之境也。有我之境，以我观物，故物我皆著我之色彩。无我之境，以物观物，故不知何者为我，何者为物。古人为词，写有我之境者为多，然未始不能写无我之境，此在豪杰之士能自树立耳。

又说：

> 境非独谓景物也。喜怒哀乐，亦人心中之一境界。故能写真景物，真感情者，谓之有境界。否则谓之无境界。

其说甚是，而其用语则不甚惬吾意。夫诗必先有我，未有不含"我"之色彩者。盖以我之眼，观此世界，观吾自身；以吾之心，体此世道，体吾自性，岂有无我也哉？如渊明"采菊东篱下，悠然见南山"，若必谓无我，则"悠然"者果谁？"白鸟悠悠下"，若必说无人，则觉其"悠悠"者复何人？故余谓诗有二境，曰"有我之境"，曰"超我之境"。"有我之境"，犹彼我合一，如"明月何时照我还""细数落花因坐久"之类；"超我之境"，犹上帝视角，如"草枯鹰眼疾""寒空澹澹孤鸟没"之属。然超者，涵而超之也，非离也，故实亦有我在焉。

凡论诗者必看其能否成诗境。首先应分清物境与诗境之区别，不然，则难以为进矣。物境未经人趣味之所解，故纯然只是物象之汇聚，芜杂而小大不分；诗境则已然经其拣择，各自安排有当，凑合而成矣。其次则须看其诗境能否成一完整而自足之境界，此则好诗与坏诗之一大区别也。常人作诗，其心中或有一诗境，然当其构造成诗时，却见其意象支离破碎，或相互间略无关系，甚或各意象乖舛矛盾，读者诵读之时，都不能重现一完整之境，此则庸手尔。

朱光潜《诗论》曰："诗的特殊功能即在以部分暗示全体，以片段情境唤起整个情境。诗之好坏亦在看它能否实现这个功能。""暗示""唤起"二词，极堪注意。此之"部分"，则文字上所见者，须以之"暗示"出吾所欲言之微旨，而非只是字面上之意；此之"片段"，即书面上之各个意象，须以之"唤起"吾所观照之全境，而非只是字面上经过裁剪后之境。如王维《山居秋暝》颔联曰：

明月松间照，清泉石上流。

其意象只是月、松与泉、石，其字上之诗境亦止此。而吾人读之，则一个完整世界，厥然显出。在此之外，尚有许多意象、意境。如夜间寒凉之气，风吹松林之响，流水汩汩之声，诸如此类，皆不自觉在全境中出现，而飒飒入心间来。是以用字之法，一在意象间之衔接，二在全体诗境之唤起，若能得此，则其技成矣。

论开合

绝句其三

（唐）杜甫

两个黄鹂鸣翠柳，一行白鹭上青天。
窗含西岭千秋雪，门泊东吴万里船。

一

此为老杜居成都时所作。首二句“两个黄鹂鸣翠柳,一行白鹭上青天”，予人最大感觉，即在干净整洁，而毫无脏乱之感。此洁净，一是意上之洁净，只是鹂鸣鹭上，意象单而纯粹；其次是境上之洁净，二句所营造之境界，乃流动无碍且带有微凉感者，观乎此景此境，正可使人精神为之一振、一清；复次，即是用字上之洁净，如“两个”“一行”“柳”“天”之属，皆见出其干净而不芜杂也。

末二句“窗含西岭千秋雪，门泊东吴万里船”，极好，自是老杜本色。“窗含西岭”，一“含”字，则以小涵大也；“门泊东吴”，一“泊”字，则以静制动也。且其描写由远至近，丝毫不乱，极见次第，堪为诗家择景、造境之法也。“千秋”，时间也；“万里”，空间也。二句之中，时空交转而俱在，陡见其力量之大也。

“万里船”，便使人有飘摇之感。老杜一生所遇，皆“孤蓬万里”之事也。因此虽在草堂，得享于一朝之安，得观于一窗之景，而终究不能久长，亦不欲久长，恐将又起漂泊矣。千秋之雪，若亘古而不变；而万里之船，则仿佛随时可行。一句之间，立时从美好之中，打落下来，而触到茫不可测的未来。

二

诗有字内之意，有字外之意；有字上之韵，亦有字外之韵。字内之意，其本义也；字外之意，其钩连也。字上之韵，韵脚也；字外之韵，味致也。凡诗词者，无钩连即无想象，无味致即无律动。想象无有不至，韵致无有所穷。如摩诘诗《终南别业》中二联曰：

兴来每独往，胜事空自知。

行到水穷处，坐看云起时。

真如弦外之音，妙而不可深言。要之，大率由人之修养而来，如流水之盈科，自然而然，不能强以求之。余不喜宋人哲理诗，即因其韵致殊少，而不能臻于音、义、味三者之谐和也。其说理，则只是说理。若仲尼“逝者如斯夫，不舍昼夜”，渊明“微雨从东来，好风与之俱”，不言理而理自见，不用韵而韵自出，此则真谓有致矣。

老杜此诗，其末二句亦如是。雪本高洁之物，至如“千秋”，则高洁至矣；船本行路之具，至如“万里”，则行路远矣。且时空一物，最能发人幽情。“千秋”“万里”两词一出，即将人卷入永恒之时空中，而生黯然销魂之感矣。故所谓“言有尽而意无穷”者，都在使读者细观之下，复造一境一情；而不同之读者，其所造境又复不同。以此而广之，岂非无穷尽耶？此无限种境，无限股情，或非作者本意，亦或非其所能料，然自是无碍也。要之，只在能引发人思情也。

三

上文已言此诗末二句乃时空交转，故而别有力量。譬犹长河之行，必如三峡之间，水石相激，峰流相排，然后众沤飞扬，卷雪千堆，方见其为天下之美也。故诗特重开合，一开一合，臻妙之道。有上下相开合者，有内外相开合者，有时空相开合者，不一而足。又有首末二句总为开合者，有一联中上下各为开合者，有一句中自为开合者。要之，当如虎跳龙跃，铿锵作色，间有激变也。

如柳恽《捣衣诗》颔联曰：

亭皋木叶下，陇首秋云飞。

此则上下相开合者也。

又如沈佺期《古意》诗颈联曰：

白狼河北音书断，丹凤城南秋夜长。

一为塞外，一为闺中，其开合之力甚大矣。

又如李白《经下邳圯桥怀张子房》诗曰：

惟见碧流水，曾无黄石公。

上句近在眼前，下句则猛然扬到千载之上，真是大开大合，纵横称意。非太白如椽巨笔，何能至于此极耶？

又王勃《送杜少府之任蜀州》：

与君离别意，同是宦游人。

海内存知己，天涯若比邻。

上联“与君离别意，同是宦游人”，离别且宦游，两层渲染，极见悲哀伤感。而下二句“海内存知己，天涯若比邻”，则陡然振起，忽而有无穷豪气，使人奋发。其上下之开合、顿挫，真是极为有力，极为劲健矣。

又如老杜《秋兴》第八首有曰：

彩笔昔曾干气象，白头吟望苦低垂。

此二句，非但是古今之开合，亦是情绪上哀乐之开合。古今之开合，诚难为矣；而情绪之开合，则尤其难矣。

韩退之《送孟东野序》曰：“凡物不得其平则鸣。”诗词之道，亦复如此，盖最忌平铺直叙也。唯曲折可以出其奇，唯流转可以尽其妙。然岳武穆曰“运用之妙，存乎一心”，虽有上法，亦不可拘泥求之也，则又唯在自家善养之尔。

浅说择景

宿石邑山中

（唐）韩翃

浮云不共此山齐，山霭苍苍望转迷。
晓月暂飞高树里，秋河隔在数峰西。

一

诗以合于真为先，此余先时已说。诗中所叙之景，所言之事，皆其所闻、所见、所经历，为其心中所信实者，方可以入于笔下，以形之篇什也。前举汪彦章从徐师川学诗事，即是明证。且唯有己身于某事物，有切身体会，才能知晓其间妙处，而写出无所经历者无法想象之处。

余昔年颇爱作题画诗，即久观某幅山水画作，然后据之冥想一诗境，因以写之。其后外出游山时，偶然得见与某幅画恰相契合之景，当时所感所受，较之往日题画时，全然不同。眼前之景，所能予人者，不仅鲜活，且立体而浑然一片，不可稍分，其间意味，殊非观于山水画者所能想望也。韩翃此诗，便是如此，固非未亲历者所能得之也。

题目“宿石邑山中”，着眼点在一“宿”字，全诗各句之安排、转变，皆从此一字来；石邑，在今河北地，位处太行山边。首二句“浮云不共此山齐，山霭苍苍望转迷”，写眺望之所见也。白云溶溶，飘然浮动，然而却不能到达山巅，而与此山比高也；暮霭沉沉，苍茫一片，且行且望，转折之间，已不知身在何处矣。首句用烘托之法，不直言山之高耸，而以浮云不至侧面托出之也。次句“苍苍”，犹范希文“山之苍苍”意，是山气之神状；“望转迷”，写得极巧妙，非有会者不能道。一者山高云缈，容易迷惑人心人目，二者暮夜将临，天色转暗，是以“迷”之，三者山间林繁云翳，又仿佛处处一样，故而易使人迷也。

末二句“晓月暂飞高树里，秋河隔在数峰西”，则明旦也。此诗各句所写，皆不同时令之景，盖首二句写傍晚时景，末二句则写黎明时景，其手法颇似张继《枫桥夜泊》。夜中宿石邑山中，拂晓时候，又再启程，本见早月高悬天际，而缘山而行，一刹那间，忽地又隐藏于茂林高树中；晓色渐开，一举头，只见秋河一带，被隔断于数峰西边，若隐若现矣。

三句所写，则小景也，末句所写，则大景也。晓月飞树，是一细节上景，故是小景；秋河在西，是一整体上景，故是大景。一小一大，配合得宜，而又相互见之也。又此二句乃至此诗为人所称道者，在于作者善用视角之转换也。人之所见，皆从其眼目而出，视角一转，则先前所见，便陡然不同矣。月非藏于树，而是作者行走之间，视角变化，遂觉其如此尔；秋河非隔于山，而是作者渐行渐远，回头望去，遂觉其如此也。“暂”字，则时时出之，言其隐现变化之快也。“隔”字，则分明不能看见，而又言“数峰西”，可知随步而转，因时而变也。“数峰”，则重峦叠嶂，绵延一片，故远远看去，以为只是数峰而已矣。

二

初学诗者，囿于造诣，拘于生活，其所写景，或破碎支离，不能合成一完整之境界，或不知所择，随意选用，以成芜杂之弊，或前后矛盾，景致不一，春秋混用，悲喜相杂，或忽上忽下，忽远忽近，既非神妙，又无次序。此诸般问题，皆由笔力不足，素养不深，而亦不知择景之要者矣。

择景之要，一在有序，二在依时，三在随情。所谓有序者，即诗中之景，既不止一物，则自然有其不同之位置，如某一幅画面，石在左边，树在中间，花在右边，月在上空，而草在下头，因此描写之时，既须从其位置而写，如不可将草写成上边之物，而当写成下头之物，与此同时，又须有一定之次序，如先写上空之月，次写下头之草也。如无次序，则错错杂杂，容易造成混乱也。

所谓依时，如韩翃此诗，首二句写夜幕降临时景，而末二句写晓色渐出时景，皆依当时之时辰而言也。假若首句写暮夜时，二句写拂晓时，三四句又转写暮夜，则真是使人难以解喻矣。

所谓随情者，物虽无情，而人自有情，且情绪变化，颇无定时，因此择景之时，当注意作者情绪之变化，而有所取舍先后也。

择景之事，具体而言之，又有以下几种，兹为述之。

一则远近之间。景有远近，此之远近，乃相对人之所在而言也。故描写之时，势必有先后之次第也。一种乃是由远及近者，如老杜《登高》首联曰：

风急天高猿啸哀，渚清沙白鸟飞回。

风、天、猿啸，皆较远之物，故只知其急、其高、其哀；而渚、沙、飞鸟，皆较近之物，故可以知其清、其白、其回也。两相比照，前者全是感觉之景，后者则全是明察之景。

又如刘长卿《逢雪宿芙蓉山主人》曰：

日暮苍山远，天寒白屋贫。

苍山为远方之景，白屋为眼前之景，故亦是由远及近写法也。

另一种则是由近至远者。如老杜《望岳》颈联曰：

荡胸生层云，决眦入归鸟。

层云在目，故荡胸也；归鸟在远，故决眦也。

又如李义山《安定城楼》诗：

迢递高城百尺楼，绿杨枝外尽汀洲。

高城层楼，皆义山所在之处，而绿杨汀州，皆义山纵目远望，眼力所至处。唯其如此说，方才可将其思亲怀乡之情，一一引出矣。

二则上下之间。空间上之景物，既有远近，亦必有上下矣。有由上至下者，如李太白《峨眉山月歌》曰：

峨眉山月半轮秋，影入平羌江水流。

山月在上，而月影江流，皆在下头矣。

又有由下至上者，如老杜《水槛遣心》曰：

细雨鱼儿出，微风燕子斜。

鱼儿与燕子，亦一在下，一在上矣。

三则大景与小景。有细节上之景，谓之小景；有整体上之景，谓之大景。诗中以小见大，每每得之。如上所言韩翃此诗，即小景大景之用也。此如叶绍翁《游园不值》诗：

春色满园关不住，一枝红杏出墙来。

用红杏一枝出墙之小景，而写出春色满园之大景，益增人景之效果矣。

又余记王夫之《薑斋诗话》曰：

有大景，有小景，有大景中小景。“柳叶开时任好

风”“花复千官淑景移”，及“风正一帆悬”“青霭入看无”，皆以小景传大景之神。

四则抽离。即诗人以全知之视角，而对眼前之景，作安排、部署也。此如王维《积雨辋川庄作》曰：

漠漠水田飞白鹭，阴阴夏木啭黄鹂。

又孟浩然《宿业师山房待丁大不至》曰：

夕阳度西岭，群壑倏已暝。

松月生夜凉，风泉满清听。

其所写之景，皆从全知之视角而来，无有不至，无有不知也。

另有一类特殊之写法，即四句皆写景，且四句各一景，不相统属，而或构成一幅画，或构成一组画也。如王安石《题齐安壁》诗曰：

日净山如染，风暄草欲薰。

梅残数点雪，麦涨一溪云。

又如老杜《绝句》其二：

迟日江山丽，春风花草香。

泥融飞燕子，沙暖睡鸳鸯。

所写之景，皆各自不同，亦不相统属，而此四句景，亦可以在构成四幅画之时，共同组成一大幅画也。

写景之画面感

马诗

（唐）李贺

大漠沙如雪，燕山月似钩。
何当金络脑，快走踏清秋。

一

此诗乃李贺组诗《马诗》中之第五首，限于时间，兹不对其他四首进行介绍。解读之前，需先对李贺及当时之背景作一简略之叙述，然后始可以得其旨要。

李贺是唐宗室郑王亮之后裔远支，少时即以乐府驰名。后至京师，将应进士第。贺父名晋，“晋”“进”同音，与之争名者遂以此阻之。为此，韩愈曾作过一篇《讳辨》，为之辩说。然而终究不能举进士，其后郁郁不得志，于二十七岁时，即抱病而亡。

安史之乱后，唐室虽最终收复山河，而势力已大不如前。藩镇割据成为常态，并不时威胁京师，如吴元济、朱泚之乱等，并最终由朱温倾覆了唐的统治。诸藩镇中，以异族（如契丹、沙陀）所占领之北方最为强大。对于此点，陈寅恪《唐代政治史述论稿》下篇《外族盛衰之连环性及外患与内政之关系》中，业已详说。如引韩愈《送董邵南之河北序》一文，说明当时北地割裂之情形。又如引杜牧《樊川集》中之《唐故范阳卢秀才墓志》云：

秀才卢生名霈，字子中，自天宝后，三代或仕燕，或仕赵，两地皆多良田畜马，生年二十，未知古有人曰周公、孔夫子者，击球饮酒，策马射走兔，语言习尚，无非攻守战斗之事。

是藩镇割据地区，已然为专习战斗之事矣。故有志之人，莫不以战事为扫清藩镇之要。实则终唐一代，皆特重于此也。如杨炯有《从军行》诗曰：

宁为百夫长，胜作一书生。

是以战士为贵，而不重于有文之书生矣。

又贺另有诗《南园》曰：

男儿何不带吴钩，收取关山五十州。
请君暂上凌烟阁，若个书生万户侯。

知此，则可以解此诗矣。

首二句“大漠沙如雪，燕山月似钩”，上下相对，两用比喻，有比有兴，而呈现出一浩瀚而奇特之诗境。“沙如雪”，描物极确极入微；“月似钩”，气象既阔大又深远。譬喻之道，在使人如见，然亦必不使人皆同于作者所观之景，殆更有所创获矣。余记李益有《夜上受降城闻笛》诗，中有二句“回乐峰前沙似雪，受降城外月如霜”，亦是以“雪”“月”为意象，盖此二物自是北地之特征也。取景、择景，在诗词中，本是一极可堪注意之事，后当详论。

三句“何当金络脑”中“何当”二字，允为全篇关窍所在。虚词之妙，尽在此处。一“何当”，见出良马许多冀望，许多悲哀。“金络脑”，言此良马所配饰之物，亦喻其受主人之重用也。

末句“快走踏清秋”，自上句接续而来，正见长吉炼字之力。“清秋”，秋草正盛，秋风正烈，放马疾驰，快意若何。“快走”者，奔而若飞也。一“踏”字，非但觉其飒飒有声色，亦陡生风姿摇曳之感，将其矫健之态写出；次接“清秋”，则真是一脚踏尽一秋也。且“踏清秋”三字，声音响亮，色彩明艳，读诵之时，极见神采，可谓音、形、义三者俱美矣。夫字稳则句劲，句劲则段落飞扬，段落飞扬则篇有真力矣。故欲使诗若飞若定，非求之于字，不可得也。囿于时限，不可详言，举在《说炼字》篇。要之，能善用炼字，则佳词妙语，汩汩然来矣。

二

写景之句，其意象应具体，毋为模糊；应能形成画面，而毋为概念；其所造诗境，应有完整性，而毋为破碎支离。具体，即是明澈不含混；画面，即是观者如见；完整，即是可以重现诗人所得之境界。故读其诗，立时便能在心中现出一清晰之诗境。此诗境，乃读者自然显现，非作者强行加诸也。此即静安所言之“隔”与“不隔”。《人间词话》曰：

> 陶谢之诗不隔，延年则稍隔矣。东坡之诗不隔，山谷则稍隔矣。“池塘生春草”“空梁落燕泥”等二句，妙处唯在不隔，词亦如是。即以一人一词论，如欧阳公《少年游》咏春草上半阕云：“阑干十二独凭春，晴碧远连云。二月三月，千里万里，行色苦愁人。”语语都在目前，便是不隔。至云“谢家池上，江淹浦畔”则隔矣。白石《翠楼吟》：“此地。宜有词仙，拥素云黄鹤，与君游戏。玉梯凝望久，叹芳草、萋萋千里。”便是不隔。至“酒祓清愁，花消英气”则隔矣。

今不论其惬当与否。而所谓“妙处唯在不隔”“语语都在目前”者，即画面感当下之呈现也。故于意象与意思二端，尤当注意。如言快乐，任你如何说，我亦不知，但说“春风得意马蹄疾”“忽闻涕泪沾衣裳”，便立时得之矣；如言人愁，任你如何说，我亦不觉，但说“而今自是音书绝，相见更无期”“感时花溅泪，恨别鸟惊心”，则当下便解矣。又如稼轩某词有言“点火樱桃，照一架荼蘼如雪”，非但色彩极艳丽，力道极足，且更是一形象之画面也。

至于言情之作，则不必持此律轨。不然，昌龄“犹带昭阳日影来”一语，何得而动人深也？梅尧臣曰：“状难写之景，如在眼前；含不尽之意，见于言外。”揆之诗理，殊为得之。

略谈比喻

渡淮

（唐）武元衡

暮涛凝雪长淮水，细雨飞梅五月天。
行子不须愁夜泊，绿杨多处有人烟。

一

历来诗词中，涉及淮水之作颇多，如刘禹锡“淮水东边旧时月，夜深还过女墙来”，白乐天“何事长淮水，东流亦不闲”等。即以《渡淮》为题者，除却武元衡此诗外，尚有白乐天、范成大等数家也。

本诗首二句“暮涛凝雪长淮水，细雨飞梅五月天”，直作白描尔。向晚时节，江风浩浩，拂来水面，其势转急，卷起沤雪千丛，而潮波涌动，顿使淮水宽长；正是五月之时，梅雨细细，排空而下，绵绵不绝，如此天气，不知几时可尽也。“暮涛”，余记马一浮曾有诗句“日暮风涛急”，晚来风大，吹荡江水，故激而湍急也。“暮涛”二字，不仅点明时间，且亦能为后之句子提供逻辑支持。“凝雪”，此是暗喻之用法也。以雪而喻涛水，他人亦有用者，如东坡《念奴娇》“乱石穿空，惊涛拍岸，卷起千堆雪”，李白《横江词》“浙江八月何如此，涛似连山喷雪来”，皆如此类也。“长淮水”，其情景颇似王湾《次北固山下》“潮平两岸阔”之意，盖水势大涨，故于视觉上察其变宽变长也。次句则唯说“细雨”一物象。南方五月天时，雨季初起，一连数月，雨细密而时久，而此时梅子方由青转黄，故谓之梅雨。由来咏之者甚多，如贺铸《青玉案》“一川烟草，满城风絮，梅子黄时雨”，又如赵师秀《约客》“梅子黄时家家雨，青草池塘处处蛙”，皆久已为人所称道。此二句只是写景，尚未谈到作者之情绪去矣。

末二句“行子不须愁夜泊，绿杨多处有人烟”，则说及情志矣。吾国文学，虽于篇首写景，而大多还是要回归到情事来，此是受《诗经》“比兴”之影响。当此之时，凄风苦雨，极是难熬，因此最能惹人清愁，如秦少游词“自在飞花轻似梦，无边丝雨细如愁”是也。然作者自是不落俗套，乃谓曰：行旅之人，泊舟在渚，当此苦景，亦不须生愁怨之心，试看绿杨深处，人家具在，烟火燎然，终足以使之消愁也。文学最忌陈言，最忌俗意，如蒋捷《虞美人》“悲欢离合总无情，一任阶前，点滴到天明”，虽亦无可奈何，然其意自是落于诗家旧窠也。“行子”，即指作者，羁旅之客也。一“不须愁”，是全诗眼目所在。此二句之好，在诗意新颖，亦在其有力量、理想可言，此吾国诗人多所缺乏者矣。

二

上文已言“暮涛凝雪”四字，乃是用暗喻手法。故今将之拈出，而浅说比喻之事矣。

比喻之法，出于《诗经》。以前曾言诗有六义，曰赋、比、兴、风、雅、颂，故又称“六诗”。其中有关“比”者，朱子《诗集传》释之曰：“比者，以彼物比此物也。”而刘勰《文心雕龙》比兴篇则曰：

> 且何谓为“比”？盖写物以附意，飏言以切事者也。夫“比”之为义，取类不常：或喻于声，或方于貌，或拟于心，或譬于事。故“比”类虽繁，以切至为贵；若刻鹄类鹜，则无所取焉。

比喻之道，在使人如见。若所喻之物，与其所比之体，不相匹配，或为求独特，乃辗转斗折，令人费解者，除却极少数例外之作，要皆不可以为贵也。是以凡用比喻者，必使作者、读者两方所见所识，整然划一，然后始可为也。如韩愈《三星行》诗曰：

> 箕独有神灵，无时停簸扬。

虽有比喻，而近于牵强，非经作者层层解说，不可得也。如此之作，要之作甚？

而比喻复又分为以下数种，今一一言之。

一是明喻。所谓明喻者，指其有明确之喻词，而令人一望而知有所比喻也。如谢朓《晚登三山还望京邑》曰：

> 余霞散成绮，澄江静如练。

又如李白《将进酒》有句曰：

> 君不见，高堂明镜悲白发，朝如青丝暮成雪。

又李益《夜上受降城闻笛》首二句：

> 回乐峰前沙似雪，受降城外月如霜。

三"如"字，一"似"字，皆为明确之喻词矣。

二是暗喻。所谓暗喻者，顾名思义，乃与明喻对比而言，盖无明确之喻词也。本诗"暮涛凝雪长淮水"即是一证。他如古语：

少所见，多所怪，见骆驼，以为马肿背。

以马肿背而喻骆驼，然无喻词也。

又如义山《无题》诗一首曰：

身无彩凤双飞翼，心有灵犀一点通。

三是借喻。乃所比之物，径直代替所喻之物，而使后者不复出现于诗中也。如恋爱之人，欲将此心比作磐石明月，则直说磐石明月即可，而无须明说此心也。如李义山《乐游原》诗：

夕阳无限好，只是近黄昏。

殆以西垂之日，而代己身也。

又如韩翃《章台柳》诗曰：

章台柳，章台柳，昔日青青今在否？

纵使长条似旧垂，也应攀折他人手。

殆以章台之柳，而喻柳氏之境遇也。

四是双关。此是说二物之间，于形、音两者上，有相近甚至相同处，故而加以喻之。如南朝民歌《采莲曲》：

低头弄莲子，莲子清如水。

"莲子"，即怜子也。二者音调相同，故以之喻情郎也。诗词之中，凡用双关，大多有趣非常，若在爱情之事上，则往往显其巧思妙意，与夫深情微意矣。

又如刘禹锡名篇《竹枝词》有句云：

东边日出西边雨，道是无晴却有晴。

"晴""情"二字而同音，以之相代，名为写天气，实为言情，真真巧妙。此双关之用矣。

另有一种喻法，民国以前，绝少有人注意到。及至钱锺书《谈艺录》一出，始得明瞭，此即谓曲喻。所谓曲喻者，即欲说甲物，而乙物有似于丙物，甲物又似于丙物，则径以甲物喻于乙物也。然甲物与乙物之间，初无相似之处矣。如人有白发，白发似于蚕丝，于是乃以蚕丝以喻人之衰老也；二者本无似处，而中间有一白发为之转换矣。钱锺书《谈艺录》论之曰：

> 长吉赋物，使之坚，使之锐，余既拈出矣。夫二物相似，故以此喻彼；然彼此相似，只在一端，非为全体。苟全体相似，则物数虽二，物类则一；既属同根，无须比拟。长吉乃往往以一端相似，推而及之于初不相似之他端。如《天上谣》云："银浦流云学水声。"云可比水，皆流动故，此外无似处；而一入长吉笔下，则云如水流，亦如水之流而有声矣。古人病长吉好奇无理，不可解会，是盖知有木义而未识有锯义耳。

已然解说殆尽。又举李义山《天涯》诗证之曰：

> 莺啼如有泪，为湿最高花。

盖莺啼之声，如人之泣泪，而立时想及此泪将打湿高树之花也。钱氏且谓之"而要以玉溪为最擅此，着墨无多，神韵特远"，确是达人之论。

余者如博喻之属，皆不予论矣。

说用典

安定城楼

（唐）李商隐

迢递高城百尺楼，绿杨枝外尽汀洲。
贾生年少虚垂涕，王粲春来更远游。
永忆江湖归白发，欲回天地入扁舟。
不知腐鼠成滋味，猜意鹓雏竟未休。

一

某年中秋，天气微凉，入夜后，在六楼坐，远望大桥，灯明如昼，而桥下桥外，黯黯一片。适咏刘过《唐多令》词，如“二十年重过南楼。柳下系舟犹未稳，能几日，又中秋”诸句，遂起莼鲈之思，中心茫茫，一时潸然。登高之事，古来常言，佳什亦多，欧阳永叔《踏莎行》曰“楼高莫近危阑倚”，岂非登楼之人，最易有感耶？凭栏远看，重山相接，曲水渐去，天高地广，无有尽时，往来皆蕴，悲喜俱在，是以陈子昂有“念天地之悠悠，独怆然而涕下”之叹，良有以也。

今于义山亦如是矣。开成三年，义山至泾源，娶王茂元小女，嗣后吏部拔举不成，失意而归。义山出令狐门下，而茂元则李党一派，义山居其间，两头不达，惶然无所措，遂见薄于世人。以义山身世，而得配茂元女，亦可谓得志矣。昔元微之弃双文而适韦氏，世论以此为常，不为非之，乃今深责于义山，是有党争在焉。然以余观之义山生平，亦未始无过错矣。吾人于文人才士者流，大多因爱其文章辞赋之美，而于其平生际遇，常不自觉而抱一同情之念，将其置于受害者处境，实则果真如此耶？陆士衡寡识无眼，谢康乐奢靡无度，元稹轻薄乏义，罗隐刻薄少德，此皆先有大疵于身，而后乃招祸取讥，遗笑于后人者。义山本一贫家子，令狐拔之于诸子间，使受学为文，其恩不可谓不大，而今乃因攀得节度使家，遂乃背之，故不独令狐氏绝之，世之知者，亦相与鄙薄矣。出身微贱者，欲有为于仕途，使光耀宗族，有时颇不得不援引贵家之势，此微之义山所以取择，固亦人情之常，然而有亏于道义也。以文为职者，鲜有温厚之德，此可以知之矣。

诗题“安定城楼”，安定，在今甘肃泾城，时为泾源节度使治所也。首联“迢递高城百尺楼，绿杨枝外尽汀洲”，以兴起也。城墙连绵，楼高百尺，今日来登，见远处绿杨一片，纵目所及，尽皆白水汀洲也。此二句颇似梁元帝“登楼一望，惟见远树含烟”，而细节正自不同。绿杨本已使人生愁，而加一“尽”字，则汀洲无边无际、未有终时之貌遂出，此下如许感慨，盖都自此而起矣。

颔联“贾生年少虚垂涕，王粲春来更远游”，取古人事以喻己矣。《汉书》载贾谊言“时事可为痛哭者一，可为流涕者二，可为太息者六”，故谓之“虚垂涕”也；《三国志》载王粲“乃之荆州依刘表。表以粲貌寝而体弱通侻，不甚重也”，又《登楼赋》曰“登兹楼以四望兮，聊暇日以销忧”及“悲旧乡之壅隔兮，涕横坠而弗禁”。此二子之际遇，与义山颇为相近，故其诗每多称引，如《贾生》篇即是。盖先因绿柳、沙汀而起愁思，到此地步，自然想起贾生、王粲两位悲情人物矣。

颈联“永忆江湖归白发，欲回天地入扁舟”，意气为之一转矣。“江湖”，《庄子》曰“身在江海之上，心存魏阙之下”，自此江湖遂指代归隐之地也。“回天地”，《淮南子》载“鲁阳公与韩构难，战酣日暮，援戈而挥之，日为之反三舍。夫全性保真，不亏其身，遭急迫难，精通于天”，此“转日回天”之典也。白发之年，须取扁舟一叶，重归山林，遨游乎江湖之间，然此当在回转天地，力挽乾坤之后方可：此志此愿，长存肺腑，至今不能忘也。二句结构独特，为倒装句法，乃“白发归江湖”者，而劲健紧密，力量充足，兼且意思向上，使人发奋，于全篇当中，正有振起提拔之效矣。

尾联“不知腐鼠成滋味，猜意鹓雏竟未休”，接上而更进之。“腐鼠”“鹓雏”，出《庄子·秋水》：“惠子相梁，庄子往见之。或谓惠子曰：‘庄子来，欲代子相。’于是惠子恐，搜于国中三日三夜。庄子往见之，曰：‘南方有鸟，其名为鹓鹐，子知之乎？发于南海，而飞于北海，非梧桐不止，非练实不食，非醴泉不饮。于是鸱得腐鼠，鹓鹐过之，仰而视之曰：‘吓！’今子欲以子之梁国而吓我邪？’”上联所言，乃说功成之后，远遁江湖，本不以富贵利禄为意也。故此连接之，复又言汝辈以小人之虑，揣君子之腹，以为我亦贪图名利者，岂知吾之志趣，本不在此；尔等之所好，吾视之如腐鼠，又岂有所图耶？此二句意态，颇类于王摩诘“野老与人争席罢，海鸥何事更相疑”句，皆于己身志趣，及乎世之汲汲于利禄者，有所议论，而狷介之质，洁净之心，亦曲折出之矣。

二

义山此诗，除首联外，皆有用典，即首句“迢递”二字，亦出谢朓“迢递起朱楼”句。用典使事，为诗中一极重要显见之内容，昔人已多言之，如沧浪、渔洋、随园诸家，皆有论及，争议亦多。今只稍言其流绪，而特注目于其类别矣。

凡三百篇、楚辞之中，于用典一事，虽有涉足，盖以言意所至，不得不为尔。汉之乐府、古诗十九首者，亦多畅达称意语，一以辞达为要。魏晋相嬗，曹植、张华、潘岳、陆机诸辈，用事渐多，或伤于芜杂，而铺陈开张，约如辞赋。风气浸起，遂至以此为能。张戒《岁寒堂诗话》曰“诗以用事为博，始于颜光禄而极于杜子美；以押韵为工，始于韩退之而极于苏黄”，盖以为用典愈多，而学力愈见矣。诗之至于宋，流而至于今日，不独诗味日淡，诗趣日浅，即达意一端，亦殊少惬心者，则未始非能于用典为其祸机也。

然亦有可称者，盖用典之因，在其能有喻也。心事微曲难言，不得直说，故引前人事、前人书以喻之，此在诗文当中，本是必然之事，且亦是文字妙处，正能增人含咀也。所以用典者，适以达志也，非可以买椟遗珠，使本此而末彼也。若用之太过，反成累积，则非特伤于真气，或有甚者，亦徒为书橱，转而不成诗矣。是以历代颇有排之者，如钟嵘《诗品序》曰：

> 属词比事，乃为通谈。若乃经国文符，应资博古。撰德驳奏，宜穷往烈。至乎吟咏情性，亦何贵于用事？

又曰：

> 颜延、谢庄，尤为繁密，于时化之。故大明、泰始中，文章殆同书抄。近任昉、王元长等，词不贵奇，竞须新事。尔来作者，寖以成俗。遂乃句无虚语，语无虚字，拘挛补衲，蠹文已甚。但自然英旨，罕直其人。词既失高，则宜加事义。虽谢天才，且表学问，亦一理乎。

而严羽《沧浪诗话》则曰：

> 不必太着题，不必多使事。

张戒《岁寒堂诗话》亦曰：

> 后人所谓“含不尽之意”者此也。用事押韵，何足道哉！苏黄用事之工，至矣尽矣，然究其实，乃诗人中一害。

作诗之人，若专以用典为能，徒自矜尚，而反失其旨趣意理之大，则固皆为以上数公所讥也。是以于用典之道，要在能发覆吾之心灵，而启读者之遐思也。此如袁枚《随园诗话》所言：

> 闲居时，不可一刻无古人；落笔时，不可一刻有古人。平居有古人，而学力方深；落笔无古人，而精神始出。

此下又曰：

> 或问：“诗不贵典，何以少陵有读破万卷之说？”不知“破”字与“有神”三字，全是教人读书作文之法。盖破其卷，求其神；非囫囵用其糟粕也。蚕食桑而所吐丝者，非桑也；蜂采花而所酿蜜者，非花也。

而用典之类别，又复有以下数端，今为简单道之。

凡用典使事，自是须抉其事，取其典，故所写所论，必与之相关也。然运用之事，由来厥有万端，殊难为言。可以约论者，一则袭其全义者，一则择其一义者，一则取为代号者，又一则转其反义者，盖四途而已。袭其全义者，如刘禹锡《西塞山怀古》首联曰：

> 王濬楼船下益州，金陵王气黯然收。

又李义山《锦瑟》中二联曰：

> 庄生晓梦迷蝴蝶，望帝春心托杜鹃。
>
> 沧海月明珠有泪，蓝田日暖玉生烟。

又陈子昂《岘山怀古》第二联曰：

> 犹悲堕泪碣，尚想卧龙图。

所谓袭其全义者，凡典事之类，必含有许多内容，必存在许多侧面，故可以使吾人任意取用之，然虽有千义，亦必有一主要之义，以为核心。因此用典使事之时，常取其核心意思，而引至吾诗也。刘诗取王濬灭吴之事，义山言庄生晓梦、蜀帝化鸟、鲛人遗珠、蓝田产玉，而子昂则取羊祜之堕泪碑、孔明之八阵图，凡此种种，皆是其本来且核心之义也。

择其一义者，如王维《息夫人》曰：

看花满眼泪，不共楚王言。

又老杜《秋兴八首》其末曰：

佳人拾翠春相问，仙侣同舟晚更移。

又老杜《咏怀古迹》曰：

一去紫台连朔漠，独留青冢向黄昏。

所谓择其一义者，诗家虽运用典实，而只是择取其某方面之意思，有时或非其主要义也。摩诘诗取息夫人看花落泪事，老杜则取李膺郭泰在河上行舟，及昭君之所在，此三处例子，都只是择取该典故中其中一义或其中一处内容也。

取为代号者，如义山《咏史二首·其二》诗曰：

远去不逢青海马，力穷难拔蜀山蛇。

又许浑《咸阳城东楼》颈联曰：

鸟下绿芜秦苑夕，蝉鸣黄叶汉宫秋。

又崔郊《赠婢》末句曰：

侯门一入深如海，从此萧郎是路人。

所谓取为代号者，有些典实，千百年来相因相袭，约定俗成，已然化为平常用语，抑或诗人所以取用者，只是将之作为某种指代，有时并非涉及相应典故也。如义山诗只是将青海马指代良马良才，将蜀山蛇指代朝中顽固势力，许诗则是将秦苑、汉宫指代前朝宫殿，而崔郊则只是将萧郎指代自家而已。此皆以典故史事为代号者，因其多为名典，故有时都不需解释之也。

而转其反义者，如李白《别内赴征》曰：

来时倘佩黄金印，莫见苏秦不下机。

又李益《塞下曲》第二句曰：

伏波惟愿裹尸还，定远何须生入关。

又王维《山居秋暝》末联曰：

随意春芳歇，王孙自可留。

所谓转其反义者，某典某事，本表示此种意思，而在诗人笔下，则转而为相反之意思也。此类用法，于诗中颇为少见，然一用之即往往为佳作也。李白诗用苏秦典故，《战国策》“苏秦以连横说秦”篇载“苏秦游秦，秦不用之而归，金尽裘敝。至家中，妻不下机，父母不与言”，今则反用之；李益诗用班超故事，《后汉书》载班超上书入奏曰“如自以寿终屯部，诚无所恨，然恐后世或名臣为没西域。臣不敢望到酒泉郡，但愿生入玉门关”，今则言报国守边者，但得纵横沙场，马革裹尸，又何须生入玉关，以居故国耶？

摩诘诗则用屈原《楚辞》中语，《招隐》曰“王孙兮归来，山中兮不可以久留”，今反言王孙自可以流连，而不须遽尔归去也。要之，无论取其义，抑或取其语，皆持有异义，不循常轨，然必非常之人，别具深识远思者可为也，庸者固不足与议焉。

动词之妙用

滁州西涧

（唐）韦应物

独怜幽草涧边生，上有黄鹂深树鸣。
春潮带雨晚来急，野渡无人舟自横。

一

韦应物实是唐代诗人中之一朵奇葩，其诗歌风格亦自成一家，虽称山水派，而与王孟实大不相同。京兆韦氏，为唐时大阀，唐初许多事件，都与此家族有关，如韦后之乱等。韦应物生于此种家族，少为玄宗近侍，出入扈从。早年飞扬跋扈，横行乡里，人皆苦之。不意安史乱起，玄宗幸蜀，而应物一朝流落，顿无所依，始立志读书，颇为勤苦。

李肇《国史补》叙其中年后云："应物为性高洁，鲜食寡欲，所居焚香扫地而坐，其为诗驰骤建安已还，各是风韵。"诗以陶潜为宗，兼学二谢，清新淡雅，然而毕竟后天学成，是以诗中多有锤炼痕迹，天机偏少。五古最佳，余尤爱其《寄全椒山中道士》诗：

今朝郡斋冷，忽念山中客。
涧底束荆薪，归来煮白石。
欲持一瓢酒，远慰风雨夕。
落叶满空山，何处寻行迹。

此诗一联一意，意思反复，情绪跌宕。后二联无论意境，气格，至乎情味，皆堪称绝调。尤其末句“落叶满空山，何处寻行迹”，更是令人有欲说还休、萧瑟清空之感。

此诗首句“独怜幽草涧边生”，“独怜”字佳，盖有某种别有会心之独得也，区区小草，人皆漠然忽之而不顾，我独脉脉察之而深怜；“涧边生”，则居险处而性野，人益不复察亦不能察也。二句“上有黄鹂深树鸣”，接上而言，做一对比，“深树”则高而人易望见，“鹂”“鸣”则声大而人易听闻也。综此二句而言，则其意旨、情调，实从左太冲《咏史》中来。其诗曰：

郁郁涧底松，离离山上苗。

以彼径寸茎，荫此百尺条。

皆以两种事物之上下、轻重、小大相对比，从而见出诗人之倾向也。故左太冲诗接后又曰：

世胄蹑高位，俊才沉下僚。

地势使之然，由来非一朝。

是悲愤于门第之拘制人才也。然韦诗有“独怜”二字，是不以作涧边小草为耻，而于深树鸟鸣，自然亦并无悲愤、怨怒之意也。

三句“春潮带雨晚来急”，正见动词炼字之要。一“带”字，而境界都出矣。近江之处，到晚时风尤大，春雨微下，被风斜带，涧水如潮涌动，湍急流来。唯有一“带”，方有一“急”，逻辑上极见匠心。末句“野渡无人舟自横”，野水深涧，平日已少人在，至此风起雨来之时，则更是无人矣。唯有小舟一叶，自在自然，随潮涌而纵横摆动。“自横”二字，见出多少闲云野鹤意味。此二句历来奉为绝句，不仅在其诗境之美之如生，在其情味之高之入微，更在于能触动人心中欲求而不可得之事也。吾人生世网之间，拘迫辗转，常不得伸发，日汲汲于细末，心思渐枯，情志渐卑；一见此二句，则心中立时升起一幅天然好景：春日，傍晚，风来，雨微下，四野无人，一舟空横。此时此际，心怀顿为此种意境所覆盖、充满，回味咂摸，但觉其味无穷；而过后又徒黯然失落，不能自已者。一切诗篇，尤其山水之作，其能动人者，率皆由此。如玄真子《渔歌子》“青箬笠，绿蓑衣，斜风细雨不须归”之类，都如应物此诗，最能使人从滔滔浊世间，忽然拔出，得体会一无上之境界也。

二

吾国诗歌，一句之中，主要由实词组成。其中，大约名词表物象之实（如雨、花、树、草），形容词表物、人之色彩（如淡、浓、漠漠、轻轻）。若虚词之类，多表作者之取向（如但使、不教、如何、只怕）。至于动词，则多表物象相互之关系及其本质特征，因而最是诗家炼字之法窍。然则动词之用，复能使诗章如何哉？

一者能使形神之显。物象本在兹，而须以相应动词，使其状貌乃至神味，能得一生动展现，此是动词首要之义。如周邦彦《苏幕遮》曰：

叶上初阳干宿雨、水面清圆，一一风荷举。

一“举”字，风荷之形貌、神采，顿时显出。故王静安亦赞此语“真能得荷花之神理者”。

二者能使物有人情。物本无情，而一遇合我心，则其亦仿佛有情起来，随吾之意，或悲或喜，或哀或怒；实则非其有情也，乃吾有情矣。如李太白《闻王昌龄左迁龙标遥有此寄》诗曰：

我寄愁心与明月，随君直到夜郎西。

昌龄远谪龙标，身为挚友，无能相从，故将此愁心，付托明月，愿其能相随而去也。明月本亦无知，而于诗家笔下，则焕然而有情，如曹子建《七哀诗》“明月照高楼，流光正徘徊”，《子夜吴歌》有“仰头看明月，寄情千里光”之句，皆如此类。

三者能使死有生机。有许多事物，如水石者，都无生机可言，而我则可赋之以生之色彩，生之味道。如冯延巳《谒金门》曰：

风乍起，吹皱一池春水。

“皱”字故佳。满池春水，如人玉颜，而微风忽起，顿时变皱，生机于是显出。

又如张先《天仙子》下阕：

沙上并禽池上暝。云破月来花弄影。

王国维人间词话曰：“‘云破月来花弄影’，着一‘弄’字，而境界全出矣。”同时又说宋祁《玉楼春》词曰：“‘红杏枝头春意闹’，着一‘闹’字，而境界全出矣。”一“弄”一“闹”，皆人之所为，故而生机毕现，其动人处亦正在此。

夫动词之用，存乎一心，变化万端，难求一定之法。有名词作动词者，如“莲动下渔舟”，有形容词作名词者，如“春风又绿江南岸”“微波澄不动”，有动词而绝妙者，如“石破天惊逗秋雨”。所能为之者，一在平日之酝酿，如钟嵘《诗品》曰：

康乐每对惠连辄得佳语。尝在永嘉西堂，思诗竟日不就，寤寐间忽见惠连，即成“池塘生春草”。故常云：“此语有神助，非我语也。”

竟日思索不成，及至梦中，始如有神人相助般得此佳句。实则何有神人？只是寤寐之间而已。

除此之外，雕琢动词，虽贵于生动新奇，而毕竟不能离开本体太远，须新奇而妥帖，生动而确定。而无论妥当、确定，总是不离道理二字。是以锤炼字句，必先求理意之合节也。

说炼字

绝句其二

（唐）杜甫

江碧鸟逾白，山青花欲燃。
今春看又过，何日是归年？

一

杜甫在入川后，曾居住于成都浣花溪畔，又建草堂，终于过得一段较安静之岁月。此段时光，与其之前之流离、落魄相比，实是难得。在此期间，佳作迭出，如《水槛遣心》《春夜喜雨》《蜀相》《闻官军收河南河北》《登高》《秋兴》等，亦颇有许多悠闲之作，如“两个黄鹂鸣翠柳”“迟日江山丽”“黄四娘家花满蹊”之类，以及本诗。

吾国上乘诗人，其心虽时时怀负家国，而所到之处，犹能安住于当下，做一番静观、容纳之功夫。如刘禹锡贬谪巴蜀，而有融合当地民歌之《竹枝词》；东坡至儋州，而亦有许多描写琼地风土之诗文。孔子曰：“无可无不可，莫适莫不适”，斯正读书人应从之言。

首二句“江碧鸟逾白，山青花欲燃”，起句便好。一是物象选择极好，“江”“鸟”与“山”“花”一动一静，饶为得宜。二是用四个有关色彩之词，“碧”“白”“青”“燃”，将此副热烈而明丽之画面，勾画出来。此四字，色彩浓烈，极具刺激性，最能夺人眼目；而整体意象之选择与配置，又显得简洁、精练，绝不拖泥带水。碧水东流，素鸟横飞其上，愈显其白；青山起伏，春花盛放其间，红艳欲燃。此副画面，极是优美，且略无寻常人热烈而流于燥，明亮而失于嘈之弊。“燃”字最佳。一般诗人，在此囿于对仗，常会用一色彩词以对应上句“白”字，而老杜则用一动词。此一“燃”字，将山花在青山映衬下，鲜红如火，至欲燃似燃之状，栩栩写出矣。

末二句“今春看又过，何日是归年”，陡然来一转折。上二句之景，乃最优美、最使人愉悦之好景，寻常来说，必是诸如“一年好景君须记”“动人春色不须多”者，而乃转而言之曰：今年春色，固是美丽，而如此整日看着，忽忽又是一季，不知何年何月，方可以回归故园，慰问旧时老友，又或得归朝廷，一展平生夙愿？以乐景写哀情，正是此诗手笔所在。

此种手法，于诗中亦颇有见，如老杜《春望》、许浑《解亭送别》。王船山《薑斋诗话》曰：“以乐景写哀，以哀景写乐，倍增其哀乐。”是在其反向之对比，可以产生强烈之矛盾与冲突，从而益增其哀乐之情绪矣。老杜，可谓纯儒也。一生不遇，身遭离乱，虽暂得安宁，而犹不忘其家国之事，孟子曰：“勇士不忘丧其元，志士不忘在沟壑。”曾子曰：“死而后已，不亦远乎？”，皆当指如此人也。唯其如此，所以始能于诗中蕴具莫大力量，如《秋兴》诸篇，真真是南山铁案，丝毫不得移动，则孟氏所谓养气之说，固于老杜有之矣。

二

上文言“山青花欲燃”之“燃”，造语极好，此正是老杜炼字之功。夫制作诗词，自当求其精妙，故必经锤炼，始得其上，岂可信口而出，便可谓之佳句耶？历来好诗，多朗朗上口，略无晦涩、生僻之言，然此只是仿佛信口而出者，实则观其所成之时，亦必经一番艰难，而最终乃可至于浑然、天然，仿若无人力之作为也。钱锺书《谈艺录》曰：

> 王子安腹稿，文与可胸有成竹之类，乃不在纸上起草，而在胸中打稿耳。胸中所位置安排，删削增改者，亦即纸上文字笔墨，何尝能超越迹象，废除技巧！纸上起草，本非完全由手，胸中打稿，亦岂一切唯心哉！

已说文艺创作，皆当有相当之“删削增改”，此即炼字之事也。纵如鼓吹性灵之袁枚，亦在其《随园诗话》中言道：

> 老年之诗多简练者，皆由博返约之功。如陈年老酒，风霜之木，药淬之匕首，非枯槁闲寂之谓。

夫陈年之酒，风霜之木，淬药之刀，非锤炼而为何？只是于此之中，固当时刻葆有人之性灵，而不可以随一时之风尚，一人之毁誉而改之也。

炼字之结果，要为一“工”字。所谓工，即端整、稳定而浑然一体。端整，则芜杂之境、繁乱之语，皆得修剪、删削，而使其变得洁净、整齐矣；稳定，则如磐石之在江，流水激荡而不能改移矣；然如此尚觉其有人力之用，多见其痕迹，所以犹须至于浑然之境，使其如若天然，此则上品矣。欲至于此极，乃须用水磨功夫，使其力浸润至深也。宋何薳《春渚纪闻》卷七“作文不惮屡改”条曰：

> 自昔词人琢磨之苦，至有一字穷岁月，十年成一赋者。白乐天诗词，疑皆冲口而成。及见今人所藏遗稿，涂窜甚多。欧阳文忠公作文既毕，贴之墙壁，坐卧观之，改正尽善，方出以示人。故知虽大手笔，不以一时笔快为定，而惮于屡改也。

是知贾岛“二句三年得，一吟双泪流”之语，殊非虚言矣。至于洪迈《容斋随笔》载王荆公改“春风又绿江南岸”句，凡十余字，乃得“绿”字之事，更是尽人皆知，传为美谈。炼字之要，于斯为大矣。

而此所谓“工”者，无非两端，即一在意上，一在语上也。如严羽《沧浪诗话》言曰：

意贵透澈，不可隔靴搔痒；语贵洒脱，不可拖泥带水。

斯正炼字为工之细目也。“透澈”以意言，谓其意思明确，“洒脱”以语言，谓其用字自然不滞。直起直落，不拐弯抹角，扭扭捏捏，自不会隔靴搔痒；打落浮华，删剪芜叶，自不会拖泥带水。夫大凡文人，多器小心狭，而时时以些许文艺，自相矜尚，以此而为诗，安见其入妙耶？故裴行俭曰“士必先器识然后能文学”，讥文士之无术也。文章，以表情志也。故主于意，行乎情，而辞令以昭晰无疑为尚，不可模糊含混，亦不可有浮心矫态，斯诚一切炼字之所归也。

炼字之事，常在表示动态与感受之字词处。表示动态者，如上所言“春风又绿江南岸”之“绿”，“撩乱边愁听不尽”之“乱”；表示感受者，如“故园花自发，春日鸟飞还”之“自”“还”。此等言语，或是副词，或是形容词，或是动词，皆无一定之理，然于诗词之中，常有无比重要之意义，盖因其能将事物、人情之特质、状态，蕴含于关节、枢机之间也。如李义山《落花》诗：

高阁客竟去，小园花乱飞。

“竟”“乱”二字，便将人去楼空，花凋乱飞之景，与其幽愁愤怨而寂寞孤独之情，一泻而出也。

而此等字词之锤炼，则常自其形、声、义三者而来。盖吾国文字，偏于象形、形声，于声音、形象及节奏之属，最见精妙。故历来诗家，皆注目于此等处，以其为至要也。于形象上特见其动者，如孟浩然《省试骐骥长鸣》曰：

微云淡河汉，疏雨滴梧桐。

“淡河汉”“滴”皆水字旁，以象水也；“梧桐”二字为木字旁，以象木也。故才一读诗，便觉滢滢水波，荡于云间，沾于树上，而作者所描之景，所造之境，更无待于思议矣。

于声音上尤见超拔者，如杜甫《旅夜书怀》：

星垂平野阔，月涌大江流。

字字读来，皆觉其声音响亮清越，立时与当时星野阔远、江月浩大之境，契然相合，而起一增强之效果，非纯粹文意上如此可比也。

声音之事，有别于双声者，以前讲《积雨辋川作》时已言。今取叶梦得《石林诗话》一席以明之：

诗下双字极难，须使七言五言之间除去五字三字外，精神兴致，全见于两言，方为工妙。

此双字，即双声也。如叶氏所言，则“精神兴致，全见于两言，方为工妙”，是其锤炼亦极见难处矣。

而于意义上能见精妙者，如王绩《野望》颔联曰：

树树皆秋色，山山唯落晖。

一“皆”一“唯”，自是意蕴深远，气质全出矣。

说虚词

瑶池

（唐）李商隐

瑶池阿母绮窗开，黄竹歌声动地哀。
八骏日行三万里，穆王何事不重来。

一

自始皇重方士，遣徐福东渡日本后，历来皇帝，于此求仙不死之事，络绎不绝。武帝尤为其特出者，于是有西王母事。唐朝重道教，盛行炼丹修仙，而太宗、宪宗、穆宗、武宗、宣宗五帝，皆以此取死，正可知其风气之烈。义山身处其时，有感于斯，深以愤戒，许多篇章，都为此而发，如《华岳下题西王母庙》《过景陵》等，本诗亦是如此。而《穆天子传》《汉武帝内传》等书，又适为咏求仙者之渊薮也。

首句“瑶池阿母绮窗开”，“瑶池”，又称天池，在昆仑山，仙人之所居也；“阿母”，即西王母，《武帝内传》称之为玄都阿母；“绮窗”，绘图于窗，光彩流溢，言其豪华也；“开”字有两功能，皆作引起用，一在意义上，二在声音上。此句述瑶池及王母待穆王之景。

次句“黄竹歌声动地哀”，“黄竹”，地名也，《穆天子传》载：“日中大寒，北风雨雪，有冻人。天子作诗三章以哀民，曰：我徂黄竹。口员閟寒。帝收九行，嗟我公侯。百辟冢卿，皇我万民，旦夕勿忘。”“天子曰：余一人则淫，不皇万民口登，方宿于黄竹。”“歌声动地”，言穆王黄竹之歌，其声动闻天地也；一“哀”字，意味蕴藉，可作穆王之哀，亦可作黎民之哀。一二两句，描写了一幅画面，天上人间，情景不同，哀乐亦不同。若将首句作朝廷、宫闱看，将次句作民间、下层看，亦说得通，且其格调更高，思想性亦更好。

三句“八骏日行三万里”，另起一意，新开一层生面。此是唐人咏史诗本色处，如杜牧之《赤壁》、义山《贾生》、刘梦得《台城》者。“八骏”，穆王从骑也，《穆天子传》：“天子之骏：赤骥、盗骊、白义、逾轮、山子、渠黄、华骝、绿耳。”“日行三万里”，言其迅捷也，《列子》曰：“乃观日之所入，一日行万里。”

末句“穆王何事不重来”，是全诗题意所在，盖图穷则匕现也。《穆天子传》曰：“西王母为天子谣曰：‘白云在天，山陵自出。道理悠远，山川间之。将子无死，尚复能来’。”此句盖化用此事也。然一“何事”，疑问之中，乃带许多讥诮，许多否定，此正虚词之妙用也。人不能无死，故穆王终不能重来瑶池；而照应首句，则王母纵然等待良久，亦势必不能守得穆王之来。以此足见求仙之无稽，故义山《贾生》诗曰“可怜夜半虚前席，不问苍生问鬼神”，才士之悲哀，生民之痛惨，于斯可见。

神话传说，因其如梦如幻，美丽无方，于咏怀咏史之作，诚是天然素材。如“刘晨、阮肇入天台山”“王质烂柯”“裴航蓝桥”“烟中怨”，及本诗所用之王母事，皆是古人诗中常用之物。暇时当论之。

二

文学之中，于虚词之使用，极为重要。古称《左传》长于叙事，风姿摇曳，尤以虚词辗转以见其妙。至于诗词，更不复待言。如词中常有五言、三言句，则多用虚词，如“问篱边黄菊，知为谁开”“风乍起，吹皱一池春水”。今且言诗。

诗中（尤其绝句）之虚词，大多在节奏变化处，最能见其特效。此些情形，大约有以下数端。

一则表假设者。盖以某虚词，来描述事件之某种状态，从而于下文写出作者之判断。如杜牧《赤壁》曰：

东风不与周郎便，铜雀春深锁二乔。

“不与”一词，正将现实中之赤壁一战，作一反转、假设，而问使无东风，周郎无以功成，而其后则“铜雀春深锁二乔”矣。

又如王昌龄《出塞》诗曰：

但使龙城飞将在，不教胡马度阴山。

龙城飞将，早已死去，今已不复存矣。而若使其复生，再披袍骑马，据守边关，则“不教胡马度阴山”矣。皆无中生有，从空处发议论也。

二则表疑问者。事情本是真实，而作者适以一疑问，来点出其情感之倾向，与其臧否之取择。如义山《马嵬》诗曰：

如何四纪为天子，不及卢家有莫愁。

“如何”者，何以也。四纪者，一纪十二年，而明皇在位则四十四年，近四纪矣。何以身为天子四纪，而犹不及卢莫愁之幸福耶？以一“如何”，而义山之取舍可知矣。

三则表转折者。一诗之上文已然说好，而至此忽然来一巨大转折，欲扬先抑或欲抑先扬之法，于斯得之。如长江之流行，先一段平流，偶然遇见山脉、阶梯，则激而为飞瀑，为三峡，为九曲，无限美景，皆自此中出来；前后反差，气象顿改，则曲尽其妙者，都在善用转折性之虚词矣。如义山《乐游原》曰：

夕阳无限好，只是近黄昏。

一“只是”，将前之美好意象，立时打破，而令人有无可奈何之感。古诗有“生年不满百，常怀千岁忧”之句，盖人皆有深所遗憾者，则常在美好之不久易逝也。

四则表想愿者。人于其所欲求而不可求、不得求之事，常生幻想。既生幻想，即在其间营造一秘境，终而沉溺其间，不复得出。文人心中，自有桃源，自有瑶池胜境，所谓“游心之所在，莫不与存焉”。又或于过往时光，蹉跎虚度，或于已发生之事，有所不惬，无以释怀，而时生悔咎，于是徒作一念想，以期纾解其郁闷矣。如李端《听筝》诗：

欲得周郎顾，时时误拂弦。

一“欲”字，而少女错拂筝弦，以盼得情郎回顾之心，微微点出矣。

又义山《谒山》曰：

欲就麻姑买沧海，一杯春露冷如冰。

麻姑，古之仙人。沧海者，时光也，晋葛洪《神仙传·王远》：“麻姑自说云：‘接侍以来，已见东海三为桑田。’”“欲就”，则愿向掌管时光之麻姑买之也。时之易去，人之易老，陶渊明诗曰“一日难再晨，盛年不复来”，而李太白曰“朝如青丝暮成雪”，纵然豁达如渊明，豪杰如太白，而于时间一事，终究是难以豁然。一“欲就”，而许多缅怀，许多悔悟，都在其中，诚如其《锦瑟》诗“此情可待成追忆，只是当时已惘然”，义山于人生之事，只是一“悔”而已。

说移情

移家别湖上亭

（唐）戎昱

好是春风湖上亭，柳条藤蔓系离情。
黄莺久住浑相识，欲别频啼四五声。

一

余昔读吴文英词，至《唐多令》一阕，其末句曰：“垂柳不萦裙带住。漫长是、系行舟。”吾校内有一湖，湖边有长堤，堤边遍植杨柳，四五月间，枝条垂蔓，优美异常。余当时正坐于湖畔，举头一望，在微风之下，柳丝缕缕，轻轻拂起，乍一看，正似女子牵人春衣，婉娈可爱。

于是始知梦窗所写之为传神，而吾国文士体物功夫之得力。然尤有更可说者，即在人心灵之微妙与伟大，实为一切文明之核心要素，亦是人类于此茫茫浊世唯一聊可自慰之存在。世间之美好处，皆赖此物之点化而得发也。唯其如此，方才将吾身吾心，与彼世界联系起来，而不可一日或离也。故难于感物、薄于用情，而不能将心灵之力，贯穿于其生命之中者，为人则为麻木之人，为诗则为虚假之作，都不能知真实之质，解风人之味也。

本诗正是有心灵者之所为作也。题目“移家别湖上亭”，已点出诗句之缘由，重点在一“别”字上。诗中写别情者多矣，如“与君离别意，同是宦游人”“寒雨连江夜入吴，平明送客楚山孤”“仍怜故乡水，万里送行舟”等，盖文学中重要之一支也。

首句“好是春风湖上亭”，表明时间地点，“好是”，犹今人所谓“最好的是”之意。次句“柳条藤蔓系离情”，殆诗人至湖上亭之所见也。今日之时，将移家别居，心念最好之处，乃是春风习习，春气熏荡之湖上亭；缓缓前来，举目四望，只见微风之中，柳条盈盈，藤蔓夭夭，随风而起，仿佛伤于离情，而不断牵扯我衣。此情此景，令我动怀。“系”字绝好，正自使无意识之杨柳，一变而有人之情绪也。

文艺当中，谓之拟人手法。诗词中极为常见，如东坡“春江水暖鸭先知”、张先“云破月来花弄影”，皆为拟人之用也。此二句从容叙出，任心而写，绝不见苦思精构，只是感于眼前之景，而自然流露矣。

末二句“黄莺久住浑相识，欲别频啼四五声”，转说一物，而递进一层矣。坐于亭中，眼望湖上，但见黄莺出入其间。此湖此亭，原是黄莺久居之所，我因常来，竟成好友。值此离别之时，两两相对，不觉泪眼蒙眬。此地一别，不知旧日相识，何时得见也。而你亦频频啼鸣，声有余哀，仿佛也不舍我之离去矣。“浑”字作全然解，言黄莺已与我全相识矣。“频啼”义绝佳，非但言黄莺之鸣叫，亦使人想到人之眼泪也。

此句亦如“柳条藤蔓系离情”般，是用的拟人之法。综而观之，则末二句较之一二句，尤为出色。因其更能动人心弦，且移情之术，亦更为高明也。

二

本诗所以为美者，即在其有移情之用也。所谓移情，即在高度之宁静与凝视之中，观者与景物互相交融，于是遂致物我两忘，而己之心灵，亦仿佛流传于外物之上，使之如我一般，而具备人所特有之情绪、好恶及乎判断也。此如朱光潜《诗论》所言：

> 移情作用是极端的凝神注视的结果，它是否发生以及发生时的深浅程度都随人随时随境而异。欣赏自然，即在自然中发现诗的境界时，移情作用往往是一个要素。大地山河以及风云星斗原来都是死板的东西，我们往往觉得它们有情感，有生命，有动作，这都是移情作用的结果。

又言曰：

> 凝神观照之际，心中只有一个完整的孤立的意象，一无比较，无分析，无旁涉，结果常致物我由两忘而同一，我的情趣与物的意态遂往复交流，不知不觉之中，人情与物理互相渗透。

故移情之用，必在凝注于某种事物之基础上，而产生往复之交流，终使物我两忘，再无彼此之别矣。若得如此，则外物之于我，犹亲友之关系，此时孔子所谓“鸟兽不可以同群”之言，已不复适用也。或言之，此时外物已与吾同群，而具备共同交流理解之能力矣。诗之灵性，自此而生矣。如《诗经·采薇》曰：

> 昔我往矣，杨柳依依。
>
> 今我来思，雨雪霏霏。

当日吾之来也，柳条吹荡，仿佛依依不舍。“依依”，不仅状柳条之形，亦言其离别难舍之情矣。

又老杜《薄游》末两联曰：

> 病叶多先坠，寒花只暂香。
>
> 巴城添泪眼，今夜复清光。

树叶为病，树花愈寒，已然移情矣。而乃曰“巴城添泪眼”，则其哀愁愈加甚矣。月下堕泪，是人情之有，而为物之所无，今乃有之，岂非移情之效用乎？

欲求移情，首在心灵力之为用。心灵力既得用，则易感于事物，于是人之深情蕴矣。凡文艺之属，必求其能具深情。苟无深情，则人之视物，即只是物，而永不会如我一般有情矣。戎昱此诗，即是因常来湖上，常坐亭边，久而久之，已自有情，故离去之时，不免于深情之发也。如杜牧《赠别》诗曰：

多情却似总无情，唯觉樽前笑不成。

蜡烛有心还惜别，替人垂泪到天明。

蜡烛自燃自灭，岂有情绪在耶？而自诗人看来，则忽为有心，故替人垂泪也。使诗人先自无有深情，又何能觉此蜡烛亦有情耶？

又周邦彦《六丑》词曰：

长条故惹行客。似牵衣待话，别情无极。

此如戎昱之诗，亦移情于柳，使之由客观而化为主观，赋予之生命与情感，而觉其牵扯吾衣，欲与吾一叙离别之情矣。

而在凝神注视之时，常会不期然有一种战栗之感生矣。经极端之凝注，人忽会觉得无相关之事之物，尽皆退散，只余所凝注之物在，此时不自觉而生战栗之心，既而仿佛此物之一举一动，皆为吾而发；吾之心思，彼皆知晓，是吾之知己也。如唐君毅《人生之体验》所言：

在凝视之始，你的心灵与外境间，渐渐起了朦胧的轻雾。

世界带着面纱，向迢迢的天边退走。

你也似乎随着世界退走，忘掉了你的立脚之地。

忽然轻雾散开，日光映照下的万物，对于你分外的亲密。

作者能至于此极，则其移情之用，将自然而至，毫不费力矣。

说通感

乘风过洞庭

（宋）孔武仲

五鼓乘风过洞庭，日高，已至庙下。
半掩船篷天淡明，飞帆已背岳阳城。
飘然一叶乘空度，卧听银潢泻月声。

一

《世说新语》载王修龄至吴兴印渚中看，归而叹曰："非惟使人情开涤，亦觉日月清朗。"自然之美，其施惠于人者，即在能使人之心灵，提升至某一个平常所无法想象之境界，而顿然变得晶莹剔透，玲珑明澈也。张孝祥有一词名《念奴娇》，其上阕曰：

洞庭青草，近中秋、更无一点风色。玉鉴琼田三万顷，著我扁舟一叶。素月分辉，明河共影，表里俱澄澈。悠然心会，妙处难与君说。

明月之夜，飘然湖上，四际无人，唯有扁舟划波声，响于耳旁。此时此刻，不自觉而感"表里俱澄澈"，仿佛此心如水如霜，纤尘不染，一片皎然。此种情形，人一生之中，虽只得一次，亦足称幸运，况久居其中者耶?

孔武仲此诗，即是如此。诗前小序"五鼓乘风过洞庭，日高，已至庙下"，五鼓，即五更，拂晓时分也；洞庭，今在湖南地，离岳阳、常德不远；"庙下"，指黄陵庙，旧传湖南湘阴之黄陵山有舜之二妃娥皇、女英庙，古称黄陵庙；过洞庭诗本三首，此是第一首，写黎明时候也。首二句“半掩船篷天淡明，飞帆已背岳阳城”，开篇即是实际之描写。从半掩着之船蓬上望出去，曙色渐开，天光微明；此时风帆翩飞，疾驰之舟，已离岳阳城飞快而去矣。“半掩”，非全掩亦非不掩，若是全掩，则不能看见，若是不掩，则微明之情趣顿失矣。“船篷”，旧时舟船，以布、苇等物掩于船上，以防日光、风雨也。“天淡明”，天色之美，尤在半暗半明间，所谓熹微是也，若待全明，则无足观矣。“飞帆”，表疾驰貌，风大且顺水，故船帆翩然飞翔。此二句先写景，后叙事，起句颇好，且亦将时间、地点之类要素，予以交代矣。

末二句“飘然一叶乘空度，卧听银潢泻月声”，以实入虚，赋予当下无限巧妙之想象。扁舟如蒲苇一叶，飘然渺然，凌空而行，而我长卧于船舱之上，静听银河水流，月色溶溶其间，随之直泻。此二句绝妙，正有许多如梦如幻意味在。

“一叶”，将小舟比作一叶，为吾国诗文中常用之事，如范仲淹“君看一叶舟，出没风波里”，以此则可以见出江湖之浩淼阔大也。

“乘空度”，明月之下，乘舟湖上，最能有凌虚度空之感，此时真如苏轼所说“浩浩乎如冯虚御风，而不知其所止；飘飘乎如遗世独立，羽化而登仙”（《赤壁赋》）也。

“乘空”二字典出郦道元《水经注》“绿水平潭，清洁澄深，俯视游鱼，类若乘空”，后柳宗元《小石潭记》亦曾用之。“卧听”，人作睡卧状时，心最是平静，最能安闲，故而亦最易体察外界，知其细微之处，如陈与义《襄邑道中》即有“卧看满天云不动”之句也。而“银潢泻月声”五字，更是令一篇光明大放也。

“银潢”即银河，“潢”是水深之貌。银河与月身为星云，本皆无声之物，而作者竟横生奇想，于梦幻真实未辨间，恍然以为天上银河流动有声，而月亮亦融入其中，随之倾泻而下矣。此是用的通感手法，即视听移觉也。“泻”字摹声传形，最为一篇诗眼所在。纵观全诗，真是“不知天上人间”也。

二

上文言本诗末句“卧听银潢泻月声”是用的通感之法，今为简述之，聊备一节。

关于通感，历来诗论，罕有注意，故于诗中用通感者，或知其美而不知其妙，或因其难解而弃之，及至近世，钱锺书于《管锥编》中专作一篇《通感》，议论甚详，发见极高，足可以补前人之阙，故今为录出，以飨诸位。

对于通感之情形，钱先生《通感》一书有曰：

> 在日常经验里，视觉、听觉、触觉、嗅觉、味觉往往可以彼此打通或交通，眼、耳、舌、鼻、身各个官能的领域可以不分界限。颜色似乎会有温度，声音似乎会有形象，冷暖似乎会有重量，气味似乎会有锋芒。

此即是说，人有各种感觉，而这种种感觉，平常往往隔离而不予相通，只有在一些特定之情形下，才可以彼此打通，融为一片。此时视觉可转为触觉，听觉可转为视觉，触觉亦可转为视觉，两者之间，再无差别矣。此种手法，钱氏称之为“通感”，认为所谓通感者，即种种感觉间之转移也。又举宋祁《玉楼春》上阕末句曰：

> “红杏枝头春意闹。”方中通说“闹”字“形容其杏之红”，还不够确切，应当说：“形容其花之盛(繁)”。“闹”字是把事的无声的姿态说成好像有声音的波动，仿佛

在视觉里获得了听觉的感受。这句里的“闹”就相当于“闹妆”的“闹”，也恰像西方语言常把“大声叫吵的”“呼然作响的”等形容词来称太鲜明或强烈的颜色。

又举《礼记·乐记》为例：

> 我们的《礼记·乐记》有一节极美妙的文章，把听觉和视觉拍合。“故歌者，上如抗，下如队，止如槁木，倨中矩，句中钩，累累乎端如贯珠”，孔颖达《礼记正义》对这节文章的主旨作了扼要的解释：“声音感动于人，令人心想其形状如此。”

并进一步释之曰：

> “端如贯珠”是说歌声仿佛具有珠子的“形状”，又圆满又光润，构成了视觉兼触觉里的印象。

此二例中，宋祁“红杏枝头春意闹”即将其视觉转而为听觉，而《乐记》“累累乎端如贯珠”则将其听觉转而为视觉矣。

人能知觉外界，即在其有眼、耳、鼻、舌、身、意六根，各依其途，而做相应之接触也。然于人而言，眼耳之所感，最能捕捉，鼻、舌、身较难，至于一闪而逝之意，则更难矣。是以历来诗文中，大多以作者眼目之所见为主。然有些时候，不得不触及到气味、味道、肉体乃至幻觉时，有才情者，往往能将之转化为较能捕捉叙写之眼目。而眼目之间，因其皆最易捕捉，故两者中亦最能有知觉之转移也。此揆之诗什，大多准之。如钱锺书所举诗例曰：

> 李贺《胡蝶飞》：“杨花扑帐春云热，龟甲屏风醉眼缬。”《天上谣》：“天河夜转漂回星，银浦流云学水声。”杨万里《又和二绝句》：“剪剪轻风未是轻，犹吹花片作红声。”《过单竹洋径》：“乔木与修竹，相招为

茂林，无风生翠寒，未夕起素阴。”王灼《虞美人》：“枝头便觉层层好，信是花相恼，觥船一醉百分空，挤了如今醉倒闹香中。”

所画线处，皆通感手法之运用也。此等句子，昔人常不知其理，而常以之为晦涩难解之语，如李贺《天上谣》之“银浦流云学水声”，即有论者直斥其非也。孔仲武“卧听银潢泻月声”一句，其法即从李贺此语来，将所见之银河，转而为所听之流水声，遂造成一种似真非真、如梦如幻之妙境矣。要之，诗人于某种特殊情形下，能将其感官知觉偶然打通，互相勾连，而不复受其限制也。

第四卷
诗之体类

咏怀诗引论

题都城南庄

（唐）崔护

去年今日此门中，人面桃花相映红。
人面不知何处去，桃花依旧笑春风。

一

己丑秋初，某日下午，余依例在湖边读书。风日和畅，景物可喜。纵目四望，不觉心怀开涤。蓦然见一女子，盈盈走来。容色绝丽，体态修美，发髻高盘，素裙飘曳。仿佛天上朗星，忽地爆开，散在满空。如此风姿，见所未见。可惜转瞬之间，即隐没不见。次日，复在湖边坐，则芳踪杳然矣。心中不禁怅然，惜之不已。盖美好之物，本天地所钟，万灵所聚，偶一遇之，自然深印于心也。此后数年，都不复遇见矣。如今讲崔护桃花诗，忽而想起此事来，姑记之在兹焉。

人面桃花之事，天下尽人皆知，其本事具载于孟棨《本事诗》中，今稍拣数句以述之："博陵崔护，清明日，独游都城南，得居人庄。（女）独倚小桃斜柯伫立，而意属殊厚。崔辞去，送至门，如不胜情而入。崔亦睠盼而归，尔后绝不复至。及来岁清明日，忽思之，情不可抑，径往寻之。门院如故，而已扃锁之。崔因题诗于左扉云云。"流风所及，后之文士，颇有称引，如晏几道《御街行》"落花犹在，香屏空掩，人面知何处"，及蔡伸《点绛唇》"人面桃花，去年今日津亭见”，皆是也。盖爱而不见，思而不得之情，人之所不得已，而又最流连向往者也。我亦如此，故昔曾有词曰：“桃李年年开满路，几回人面折枝”，殆今已不遇年余矣。

首二句“去年今日此门中，人面桃花相映红”，思绪扬到去年矣。首句说明时间地点，略作引起；而次句即描绘一场景矣。《诗经·桃夭》曰：“桃之夭夭，灼灼其华。之子于归，宜其室家”，殆以桃花夭夭之色，以喻新婚少女矣。崔语固自此出，而乃曰“相映红”，更进一层而言矣。少女倚树而立，其美好之容与，与桃花之艳丽，焕然相照，斯正春日间最上乘景致也。作者之选景，及其对美好事物之捕捉力与解悟力，确乎极为难得，而自心之目眩神移，双方之脉脉含情，亦厥然出之矣。

末二句“人面不知何处去，桃花依旧笑春风”，一下拽到今日来矣。旧地重游，多能使人如此，即回忆旧情旧事，尔后终要回转到今时今地来。此如欧阳修《生查子》所云“去年元夜时，花市灯如昼”及“今年元夜时，月与灯依旧”，而情感之流泻，亦大致相同矣。今年再来，则春光倾照，桃枝掩映，而当时倚柯伫立，眉目微盼之人，乃不复见在，只留桃花满树，含笑于春风之中矣。

“依旧”二字极佳，盖物在人非，时消情没，最是令人黯然惆怅。然而纳兰曰“当时只道是寻常”，当吾人身处其间时，虽亦觉其美好可爱，然唯其有所失去，而不复再得时，方能真正理解该种情味，此种情味。非特有相关之景色人物，而尤源于当时之时空，及乎颤然跃动之心灵也。

二

今且说咏怀诗，囿于篇幅，故仅略略言之矣。

吾国咏怀之作，毛诗已有之，然自阮籍以《咏怀》作题，始得成一种诗类。实则一切作品，皆可视为咏怀也。即如全未涉及情性之山水诗，亦不可谓之无情性，故虽若无我，实亦有怀也。至于咏物之什，如陆龟蒙《白莲》，林逋《山园小梅》者，名为咏物，实抒己怀，非漠然不关人情也。故由物至心，由心至手，然后章翰迭出，是心之力为大矣。既出其心，必合其怀，虽摹写物态，亦必暗藏怀抱也。

而究其类别，单从内容着眼，约为三类。一则顺世者，一则超世者，一则遁世者。今稍稍言之。

人生世间，必有所遇合，而其怀抱遂各异。既须生存，则必对此世界、人生，有某种特定之态度。行之于事，咏之于诗，亦必有所显现。所谓顺世者，即其对于此生此世，殆存一无可奈何之认识，故不如随之而去者。孔子曰“不知命，无以为君子”孟氏曰：“君子行法以俟命”，皆顺世者也。故吾国诗人，大多循安命之教，而常有“流水落花”之叹也。此如蒋捷《虞美人·听雨》词曰：

悲欢离合总无情。一任阶前、点滴到天明。

经少年、壮年、老年之境遇，而今两鬓星星，一心守道，于世间事，殆已随顺之也。“一任”，只是任阶前细雨，点滴至天明，而不复有行矣。

又如郑协《溪桥晚兴》曰：

一川晚照人闲立，满袖杨花听杜鹃。

杨花落袖，杜鹃悲啼，然而闲然而立，安然而听。亡国之人，孤臣孽子，虽有心复国，然而无可奈何矣，寂寞不言矣。

又陈与义《临江仙》下阕曰：

二十余年如一梦，此身虽在堪惊。闲登小阁看新晴。

古今多少事，渔唱起三更。

故国旧事，当年胜游，今已不存，适如梦幻，徒使人心惊哀然。而结局忽转入豁达、解脱去，如杨升庵之“古今多少事，都付笑谈中”也。殆虽为顺世，然亦与泄气灰心者不同矣。

而所谓超世者，觉此世寒冷，此生无聊，故超然出之，别造胜境，抑或奋然而起，与之争抗。超然出之者，多能恒久存之；奋然而起者，则鲜见其终始如一，至死不改也。如屈原《远游》篇曰：

因气变而遂曾举兮，忽神奔而鬼怪。

时仿佛以遥见兮，精皎皎以往来。

超氛埃而淑邮兮，终不反其故都。

免众患而不惧兮，世莫知其所如。

又如陶渊明《归园田居》其一曰：

少无适俗韵，性本爱丘山。

误落尘网中，一去三十年。

羁鸟恋旧林，池鱼思故渊。

久在樊笼里，复得返自然。

二诗虽意态不同，一言修仙，一言隐居，然皆为超世者也。奋然而起，与天地人生作抗争者，亦常有之，且可以取之入超世者。如屈原《离骚》曰：

吾令羲和弭节兮，望崦嵫而勿迫。

路漫漫其修远兮，吾将上下而求索。

又曹孟德《步出夏门行·龟虽寿》曰：

老骥伏枥，志在千里；

烈士暮年，壮心不已。

二公皆昂然而立，与苦难相抗衡者，故能有如此铿锵之声。然观乎诗史，能具此莫大心气者，不为多矣。如左太冲、老杜、子瞻诸人，始得有之焉。

所谓遁世者，即遭逢世变，无力遣之，遂生颓丧消极之念也。此种情形，虽能奋然慷慨者，有时亦不免之，盖世事艰难，常使人不自觉而有颓败之情矣。如李义山《嫦娥》诗曰：

嫦娥应悔偷灵药，碧海青天夜夜心。

嫦娥悔其当日偷取灵药，凌空而去，致使今时今日，犹孤身一人，与碧海青天为伴。于是知义山在种种孤立、鄙弃之下，心中悔恨，而无限颓丧，亦借嫦娥写出矣。人生至此，夫复何言耶？

又老杜《登高》末联曰：

万里悲秋常作客，百年多病独登台。

艰难苦恨繁霜鬓，潦倒新停浊酒杯。

到此田地，虽欲“哀鸣思战斗”，而体衰身老，形影相吊，亦无可奈何，唯惨然生叹而已矣。

又陶渊明《怨诗楚调示庞主簿邓治中》曰：

夏日长抱饥，寒夜无被眠。

造夕思鸡鸣，及晨愿乌迁。

渊明虽能解脱，能协调，使自己得以与世界和平相处，所谓“结庐在人境，而无车马喧”者，然饥寒交迫，幼子啼哭，有时终不能免俗，而烦闷顿出，只觉如此世道，居之无益，不如早日活完了事也。

咏史与诠释

赤壁

（唐）杜牧

折戟沉沙铁未销，自将磨洗认前朝。
东风不与周郎便，铜雀春深锁二乔。

一

咏史之作，于唐人为多能。而唐人之中，又以中晚唐为众多。盖非无因也。唐代风气开放，思想开明，虽朝廷宫闱之事，亦时有咏之，无所顾忌，如乐天《长恨歌》、微之《连昌宫词》及乎义山《马嵬》、牧之《华清宫》之属，皆如此也。咏当时之事，犹且不避，况隔代之人，远世之事耶？复次，中唐以后，政治黑暗腐败，宦官之专权，牛李之党争，如甘露之变、王叔文改革等，亦足震动人心；且藩镇割据，唐室号令之所在，不过关畿之地而已。哀于今日，鉴于时事，不由追思前世，有以咏歌，实则讽喻今之人事矣。苟能解此，则知唐人之咏史，犹其咏怀，必有为而发，有哀而论也。

赤壁所在，有“文赤壁”与“武赤壁”两说。文赤壁在今黄冈地，如东坡前后《赤壁赋》及《念奴娇·赤壁怀古》之所云也。武赤壁在今蒲圻县（今更名赤壁市）境，是赤壁之战真正所在，杜牧此篇所咏，当在此地也。首二句“折戟沉沙铁未销，自将磨洗认前朝”，以叙述而引出事件也。路过江头，看见有折断之戟，沉埋于沙土中，尚未被消磨殆尽，拾捡清洗，却发现是前朝赤壁之战时所用之物，细细观摩，不禁慨然矣。“折戟”，则预示其为战争之物也。“沉沙”，一切事物，皆悄然逝去矣。“铁未销”，岁华不再，物是人非，而世间万事万物，无论有情无情者，皆有其腐朽之时也。而由上之“折戟”，亦得以推出下之“前朝”，盖虽未明言，而人皆知赤壁之戟，则非三国时赤壁之战而为何？而用一“前朝”，立使人神飞千载，且下二句之所写，便可以说通矣。诗句非无因而至，无端而作，必有其联想之自然性及逻辑性所在焉。

末二句“东风不与周郎便，铜雀春深锁二乔”，咏史之法在此矣。斯正唐人手腕，后人无以预之焉。赤壁一战，孙刘所以胜者，全以火攻之故，而用火之机，又尽在东风之来，是以论赤壁者，常不免谈及用火之事，而归之于东风，杜牧此诗，亦是如此。然神思陡转，竟从普遍之中，反向下笔，翻出如许新意，如许手段，是诚为难矣。余以前说虚词时，曾言虚词有一用法，即转折之用。今以一“不与”，即将史事重写，而予以一虚拟假设之境像也。假使东风未至，不与周郎方便，则邺下春来，铜雀台中，更深锁江东二乔矣。

此二句关节只在“不与”二字，以下诸字，皆自此而发也。末句全用烘托，虽不直接说出，而已然得之。“铜雀台”，曹操建于邺下之行宫，此即代指曹氏；“二乔”，大乔为孙策之妻，小乔为周瑜之妻，二乔既入铜雀，则孙周之败，东吴之亡，不言而自明矣。“春深”，赤壁之战，时在冬季，至春深之日，而二乔已入，言其迅速也。“深”字令人想起崔郊“侯门一入深如海”，此与铜雀台内之情形相合。“锁”字绝佳，锁者关闭也，有囚禁之意，则二乔及吴人所遭受之耻辱命运，可想而知矣。此句用一细节描述，以小见大，而表现出战争之根本状态来，可谓风流蕴藉，情味深永矣。

二

咏史之作，重在诠释。寻常之人咏史，大多只是就事论事，将之议论品评一番，该史事于他，殊无意味。上乘诗人之咏史，却又不然。必于此史事之中，有所解释，有所发明，而深有所寄寓在焉。观之前史，莫不如此。唯有如此，才使得所咏之史，并非纯粹之复制、摘抄，而是充满主观情志之再创造。亦唯有如此，故一事一物一人，虽经千万诗人叙写，而家家不同，篇篇不一，盖此史事非彼史事，此认识非彼认识也。所以能如此者，全在其诠释之效，而使每一篇诗作，皆带有独特而难以复制之个人色彩矣。

咏史之诠释，自余粗浅看来，约分三类。

一是就其本身，而基于客观之议论。如诗人经过某地，想及某事，而径直加以议论、诠释，所论之事，所诠释之物，皆客观之存在也。此又分两端。一则做正面之议论者。如老杜《蜀相》曰：

> 丞相祠堂何处寻，锦官城外柏森森。
> 映阶碧草自春色，隔叶黄鹂空好音。
> 三顾频烦天下计，两朝开济老臣心。
> 出师未捷身先死，长使英雄泪满襟。

其所议论，都是历史中已然存在之事，如“三顾频烦”“两朝开济”“出师未捷”之语，皆是如此。而其所论，又从正面出发，而予以赞扬也。

又李义山《隋宫》诗：

> 紫泉宫殿锁烟霞，欲取芜城作帝家。
> 玉玺不缘归日角，锦帆应是到天涯。
> 于今腐草无萤火，终古垂杨有暮鸦。
> 地下若逢陈后主，岂宜重问后庭花。

"紫泉""芜城""玉玺""锦帆""后庭花"诸事诸物，皆客观之事，而所论者，亦皆从正面出发，而予以贬斥也。

二则做反面之议论者。如李义山《贾生》曰：

宣室求贤访逐臣，贾生才调更无伦。

可怜夜半虚前席，不问苍生问鬼神。

由来说文帝访贾生于宣室者，大多为颂扬明君贤臣而发也。义山此作，乃从"不问苍生问鬼神"一语，对此事加以否定，而含无尽之悲哀于其中也。

又陆龟蒙《吴宫怀古》诗曰：

香径长洲尽棘丛，奢云艳雨只悲风。

吴王事事堪亡国，未必西施胜六宫。

前人说吴越之事，大多于西施持批评态度，而予以讥刺。陆龟蒙此诗，则云"吴王事事堪亡国"，是亡吴之祸，罪在夫差自己，而实非西施所致也。

二是凌虚而起，做一主观之假设也。真实历史如何如何，然吾必不作如此想，反以为假使不如此发展，又当如何者。历史本无假设，而文艺可以有假设，即因其主于诠释，而非真实也。杜牧本诗，即是如此手法。又如杜牧《题乌江亭》诗有曰：

胜败兵家事不期，包羞忍耻是男儿。

江东子弟多才俊，卷土重来未可知。

真实之历史上，项羽兵败垓下，自刎乌江，而牧之乃假设其返回江东，则"卷土重来"，亦未可知也。

三是超越史事本身，而从一长期以至永恒之周期上，来对历史进行观察。此则须有历史眼光，因其不仅涉及对史实之判断，更需要有周期中之历史之辨析与解释。如此方能超出一时一事，而跨越时空，做出一带有历史感之诠释也。孔尚任《桃花扇》有曰：

> **俺曾见，金陵玉树莺声晓，秦淮水榭花开早，谁知道容易冰消！眼看他起朱楼，眼看他宴宾客，眼看他楼塌了。这青苔碧瓦堆，俺曾睡过风流觉，把五十年兴亡看饱。那乌衣巷，不姓王；莫愁湖，鬼夜哭；凤凰台，栖枭鸟。**

此一段文字，层层推进，反复言说，尤其通过“眼看他起朱楼，眼看他宴宾客，眼看他楼塌了”几句，从一周期性之过程上，揭示出“风流总被雨打风吹去”之哲理，极能有时空永恒之致矣。

又韦庄《台城》诗曰：

> **江雨霏霏江草齐，六朝如梦鸟空啼。**
> **无情最是台城柳，依旧烟笼十里堤。**

亦是通过一“台城柳”，将从六朝以来至于今日之数百年历史，拉近凝聚着来看，又以“依旧”二字，而寓以永恒之意味，以揭示出历史之本质矣。

咏史诗中之时间

越中览古

（唐）李白

越王勾践破吴归，战士还家尽锦衣。
宫女如花满春殿，只今惟有鹧鸪飞。

一

春秋时期，吴越世为大仇，吴占今苏皖一带，以苏州为都，越在今浙江一带，以绍兴为都。至春秋末，吴王阖闾称霸，攻越大败，重伤而死。三年后，其子夫差攻越，越几乎灭亡，越王勾践被迫于会稽山签订城下之盟，以求苟活。其后卧薪尝胆，十年生聚，十年教训，终于灭掉吴国，夫差自杀。此即是“勾践灭吴”，乃吾国妇孺皆知之事，而载于《国语》。

此诗是李白游览越中时所作，历来诗人，每游一地，总爱以当地史事作引，而歌咏之。如刘禹锡至金陵，作《台城》《乌衣巷》，杜牧至长安，作《过华清宫》，皆此类也。而越州史事，其最具传奇性者，莫过于勾践之事。此篇殆为此而发也。

首句“越王勾践破吴归”，点明事件本身也。“破吴归”，则战胜归来矣。一“归”字，引出下文场景，此起句所应有之作用也。

次句“战士还家尽锦衣”，接上句而来，而进行具体之描述。咏怀之作，若在律诗尤其是绝句中，最忌笼统而写，故往往以一点表全局，即通过一典型性之画面，而表出整个事件之特征来，如杜牧《赤壁》“东风不与周郎便”、刘禹锡《石头城》“淮水东边旧时月”与元稹《行宫》“宫花寂寞红”之类，都以一细节为落笔之地也。“尽锦衣”三字，将越王及其战士因灭吴而生之得意情绪，展露无遗。鲜衣怒马，带刀在身，此时最是春风得意之时也。

三句“宫女如花满春殿”，更进一层来写矣。上句“战士还家尽锦衣”，乃是统言战士之得意，至此句则将镜头拉近，而专择取作为核心人物之越王，放映出其当时之境况也。越王归来，而宫女如花，空阁而出，满列于宫殿之上。此时卧薪尝胆、生聚教训之事，则不复听闻也。“花”“春”二字，从字形上，从字义上，皆极是鲜艳，能予人以光明、灿烂之感，亦深契合于当时热烈之场景，再比之下句，则其刺眼之感愈浓矣。

末句“只今惟有鹧鸪飞”，陡然来一巨大转折矣。凡文艺中用对比之法者，皆注重前后之差异，前愈浓，后即愈淡；前愈热烈，后即愈失落；前愈明亮，后即愈晦暗。唯有如此，方能有强大之张力显出，而收不凡之效果也。戏剧、小说当中，尤其如此。对比产生矛盾冲突，而矛盾冲突即为文艺所不可缺也。故上句“宫女如花满春殿”，极为热烈，极见繁华，今则极为冷清，极见萧条矣。千载之前，宫女满殿；千载之后，鹧鸪独飞。前后之对比，甚为强烈，亦见出历史之无情也。读者至此，当知一切功名利禄，全不可据，都逃不过时间之笼罩矣。则人生之于吾辈，固是不知将如何解之也。

二

咏史之作，既以史实为其材料，必然涉及时间，且须以之为诗中爆点也。所谓爆点，即不确定处，盖无限变化，皆从此物而生。故唯有从时间上下工夫，方才使一同样之史事，常写常新，而不嫌陈旧雷同也。而于此时间中，往往要抱一认识，即命运无常，而人皆有死，物皆有坏，天地之间，从无不朽之人之物存在矣。如马可·奥勒留《沉思录》曰：

> 那些曾经赫赫有名的人物都到哪里去了，他们像一缕青烟消失了。

又说：

> 人生短暂且必有一死。看看吧：曾告知病人已无法救治的医生，死了；预言了别人死期的占星家，死了；论辩过死亡与不朽问题的哲学家，死了；杀人不眨眼的英雄，死了；连那自以为不死的暴君，那曾以残暴手段剥夺了他人生命权的暴君，最后也死了。这样生前煊赫而最终也不

免一死的人的名单，还可以列出很长很长。刚埋葬过别人，转眼间就又被别人埋葬，人生确实短暂多变。曾经的血肉之躯，明朝就可能化为尘土。

而圣奥古斯丁《忏悔录》则曰：

时间究竟是什么？没有人问我，我以为自己知道。但当细细去想时，却又茫然不解。

如存此心，则诸位作咏史诗，先已在境界上超越常夫一步矣。

关于咏史诗中之时间，大约有以下几种用法。

一是古今之对比，遥想千年之前如何，复观及今日如何，于此种对比中，而见出时间之流逝，及人事之易朽，与夫吾人之惘然。无论千载之前，亦或千载之后，都有细节之描写。历来咏史之诗，大多为此类。如刘禹锡《台城》曰：

台城六代竞豪华，结绮临春事最奢。

万户千门成野草，只缘一曲后庭花。

首二句言当时之情状，以“结绮临春”作景，而末二句则转而言今日之状况，以“万户千门成野草”为景，都有相关之细节描写也。

二是纯就今日所见做材料，而只遥想古时之情状也。既未对古时做细节性之描写，亦未有相应之说明，只是做一古今之对比而已。此如刘禹锡《乌衣巷》曰：

朱雀桥边野草花，乌衣巷口夕阳斜。

旧时王谢堂前燕，飞入寻常百姓家。

朱雀桥之草花，乌衣巷之斜阳，固诗人今日所见。而燕子之来去，亦当下眼前之景，而只是虚想之以南朝之时，实则此燕子哪得存活如此久矣。

三是只言古事，而不涉及今日之事，今日之景。故无所对比，而怀古之情顿出矣。此如杜牧《过华清宫》其二曰：

新丰绿树起黄埃，数骑渔阳探使回。

霓裳一曲千峰上，舞破中原始下来。

只是设想当日杨妃与明皇居华清宫，而安史之乱起，探查情形之军吏，驰马而归矣。末二句更进一步描写杨妃舞霓裳羽衣一事，皆只是当时之事也。

四是只言今事，而古意自然显出。此亦未有对比，然以今日之凄凉、荒芜，自然使人想到当年之繁华盛景，而油然生出思古之幽情也。如元稹《行宫》曰：

寥落古行宫，宫花寂寞红。

白头宫女在，闲坐说玄宗。

行宫寥落，红花自开自落，只有白头之宫女，萧然闲坐，言说当时玄宗与杨妃之事矣。语少意足，有无穷之味。全篇之中，只绘今时今地之景，只说今时今地之事，而今古情景之不同，与时光之流逝，自然显出，此实足使人黯然销魂者矣。

略说宋人诗法

襄邑道中

（宋）陈与义

飞花两岸照船红，百里榆堤半日风。
卧看满天云不动，不知云与我俱东。

一

余幼时读《宋词三百首》，至陈与义《临江仙·夜登小阁忆洛中旧游》一篇，尤为喜爱。今为摘抄如下，以飨诸君。其辞曰：

忆昔午桥桥上饮，坐中多是豪英。长沟流月去无声。杏花疏影里，吹笛到天明。　二十余年如一梦，此身虽在堪惊。闲登小阁看新晴。古今多少事，渔唱起三更。

宋人于诗，多有学而无情，然而人岂无情耶？是其情感心思，皆在词之一道上矣。可知文学之事，欲求超越前代，总须于文体上下工夫，而另辟新境，若文体未变，只是做一内容、结构上之改进，则虽亦可观，然殊未可为屹立之峰壁也。故宋人之真正精神、意趣，都在词上。如秦少游词为千古上品，而其诗则多不成样。

余前谓诗有种种风格，种种主张，然取而观之，则知向来为人传诵者，大多是明白如话、清新自然者也。韩愈重锤炼、奇僻，然流传至今人皆诵之者，则“天街小雨润如酥”之类也。后之学韩愈者，如东坡、鲁直、后山、简斋诸子，其学力充足、专求用事奇崛之作，竟不如自然亲切、任情而发者，是可知矣。今简斋之《襄邑道中》一篇，即是如此。

诗题《襄邑道中》，襄邑，在今河南睢阳，离宋都开封百余里地。此时诗人正自开德府入京述职，等待升迁，而途径襄邑也。

首二句“飞花两岸照船红，百里榆堤半日风”，写所见两岸胜景也。两岸百花，落英缤纷，随风而起，映照于船间，使得行船亦如染上淡淡红色一般；江边榆柳成堤，船顺风而下，才半日时光，便已疾行百里矣。此二句颜色鲜明，一片灿烂之感，“红”“榆”二字皆表色彩，红绿相衬，明丽非常。“飞花”，则必有风，全诗题旨在一“风”字也。“照”，花自是红，然此却说船红，只加一“照”

字，表映照也。飞花繁多，红得灿然，乃使船帆之上，亦仿佛显得红艳也。诗中用“照”字，往往有意外之致，如朱熹“五月榴花照眼明”，苏轼“故烧高烛照红妆”，皆如此也。“半日风”，顺风而行，其速为疾，最要紧是诗人此时正处愉悦之中，所谓“春风得意马蹄疾”者，故路长时短，将百里榆堤，置之身后矣。

末二句“卧看满天云不动，不知云与我俱东”，另开一生面，正诗家常法也。上二句之意境，乃显出诗人内心之愉悦，而兼有某种轻微之得意，若依常人之心，则此时距离京城已近，心情大多急迫而充满期待；而诗人则不然，乃静卧船中，仰看满天白云，久久不见其流动，蓦地恍然，原是风速太快，非但推船而行，亦吹云而从，故竟不知白云与我，实一同往东行也。此二句所以特出者，一在心灵之淡然安闲，如陈继儒所说“去留无意，看天上云卷云舒”也；二在用思巧妙，此正宋人擅场。云本流动之物，而此说“不动”，说“不知”，皆独特之语，然用心一想，则知全是风之所致，立时敬服于作者之巧思也。“不知”二字绝佳。

二

作诗当避熟就生。寻常诗人，其取古人之作愈多，而其失也愈大。作诗或喜用俗语，或常化用前人成句，或虽自出，然只是自家一向之言，是易于出手也。凡大家必非如此，故韩愈曰“惟陈言之务去”，老杜曰“语不惊人死不休”，皆能自出其机杼间也。人当力求突破常轨，突破自身，向自家容易处下手，如此方能有奇能妙意炼出。若懒惰之心横塞，整日食其旧饭，则亦只是屋上架屋而已。此不仅是修辞功夫，于思想、情志及乎取材，皆当如是矣。

近体之诗，唐人已然写尽。迨至宋时，却当如何？必另辟一径而走，然后始得有一头之地，故宋人之诗，所以成如此样子，正自有不得已处也。孟子曰：“五谷者，种之美者也，苟为不熟，不如荑稗。”与其袭唐人之语，唐人之貌而出之，不如自立面目，自树一帜，虽不如彼，而犹能存吾之体性，使万世不得磨灭也。若能知此，则于宋人之诗，当会多一番理解之心也。

宋人诗法，约有以下数端，今为简说之。

一者重于观照，而少于感觉。此是唐宋诗人差别所在也。唐人以才情二字为诗，宋人以学理二字为诗。重才则灵于心，重情则敏乎感；重学则博于事，重理则穷乎思。而欲求思之巧妙，非但须解于知理，尤须有对事物极细致之观照方可。余以前曾言，上好之诗，其写景言情，往往有烟云迷离之致，大约如乐天所谓“花非花，雾非雾”者，故观唐人以前之诗，大多予人朦胧之感。此之朦胧，乃一种感觉，非模糊之谓也。而宋人之诗，有时乃看得太过清晰，纤毫毕露，使诗之情味，不复有矣。唐人之重感觉，如老杜《倦夜》中二联曰：

重露成涓滴，稀星乍有无。
暗飞萤自照，水宿鸟相呼。

宋人之重观照者，如东坡《惠崇春江晚景》曰：

竹外桃花三两枝，春江水暖鸭先知。
蒌蒿满地芦芽短，正是河豚欲上时。

二者重于使事也。前云宋人以学理为诗，此之学者，即学力也。求学力之深，故于使事用典，自是十分在意与擅长。唐人之中，善用事者，以老杜为最工。是以宋人如东坡、后山之属，皆推重老杜，以之为祖也。如黄庭坚《登快阁》曰：

痴儿了却公家事，快阁东西倚晚晴。
落木千山天远大，澄江一道月分明。

朱弦已为佳人绝，青眼聊因美酒横。

万里归船弄长笛，此心吾与白鸥盟。

用典极多，如“晚晴”“落木”“澄江”及“朱弦”“青眼”“白鸥”等，皆涉及相应典故，然情感、思想则皆缺乏也。

故严羽《沧浪诗话》有言曰：

诗有别才，非关书也；诗有别趣，非关理也。然非多读书，多穷理，则不能及其至。所谓不涉理路，不落言筌者，上也。

沧浪非不重视读书，只是以为诗道之事，有非书理所能得者，故虽读书求理，亦须以不为其所拘制为上也。故一面要以性灵为上，而不受事典之束缚；一面虽不以使事为贵，然亦不可以流于师心自用也。

三者于锤炼工夫特佳也。宋人之诗，其所以不为磨灭者，一在哲理之作迭出，说理透澈明晰，故能使后人一用再用，其次即在炼诗之力甚巨也。陈师道为江西诗派巨擘，而山谷谓之“闭门觅句陈无已”，可知其作诗之苦也。张戒《岁寒堂诗话》曰：

诗以用事为博，始于颜光禄，而极于杜子美。以押韵为工,始于韩退之，而极于苏黄。

非但苏黄，即放眼他人，如陈师道、陈与义及乎永嘉四灵，莫不以锤炼为第一要义也。如黄庭坚《题落星寺》其三曰：

小雨藏山客坐久,长江接天帆到迟。

又如黄庭坚《又答斌老病愈遣闷》其二曰：

鱼游悟世网，鸟语入禅味。

可见其锤炼功夫，确是坚固如磐石之难移矣。

宋人哲理诗浅说

登飞来峰

(宋)王安石

飞来山上千寻塔，闻说鸡鸣见日升。
不畏浮云遮望眼，只缘身在最高层。

一

余少时读王荆公《游褒禅山记》，于其“夫夷以近，则游者众；险以远，则至者少。而世之奇伟、瑰怪、非常之观，常在于险远，而人之所罕至焉，故非有志者不能至也”数句，深为叹赏。

后未几年，偶得梁任公《王安石传》，此书对荆公一生学术、政事、思想，皆大有所发明，诸位可以一看。虽或稍有溢美，而惺惺相惜之情，是亦可知也。盖二公同当危急之秋，断然变法，其心契合，其志可比，一见而如故，尊之极深也。

去年夏中，尽得安石集而读之，乃知其人之堪怜，而尤嘉其心志之终始如一，所谓“君子死而不改其度”者，荆公确可以当之矣。千载以来，责之者众，矛戟所指，唯在改革之事，而于其文章、德量、气节诸般，终不能移动分毫，以此可见其为人也。且当非常之世，行非常之事，毁誉俱至，势有所不免，岂可以此为口实耶？故世之有识者，多悲其志，而痛其事之不成也。

荆公自青年时，即已发愿改革。且常将其改革之志，咏于诗文、尺牍中。本诗亦是如此。题目“登飞来峰”，飞来峰在今杭州，又名灵鹫峰，传说当年一印度僧人慧理来杭，见此山而惊曰：“此乃天竺国灵鹫山之小岭，不知何以飞来？”自此遂名为“飞来峰”也。

首二句“飞来山上千寻塔，闻说鸡鸣见日升”，径直予以说明。“千寻”，言其高也，一寻为八尺，老杜有诗曰“酒债寻常行处有，人生七十古来稀”，此“寻常”即作尺度单位解，故能与“七十”对仗也。“鸡鸣”，《荆楚岁时纪》曰“桃都山有大桃树，盘屈三千里，上有金鸡，日照则鸣”，此以桃都山喻飞来峰也。二句言飞来峰上，有一千寻高之塔，曾听人说，鸡鸣之时，即可见得朝日初升矣。

末二句“不畏浮云遮望眼，只缘身在最高层”，是宋人哲理诗之典范也。“浮云”，暗喻朝中之小人奸佞也。李白《登金陵凤凰台》诗有句曰“总为浮云能蔽日，长安不见使人愁”，即以浮云喻朝臣，以日喻玄宗，言己身不得重用也；安石诗意，当由此而出矣。然太白之诗，黯然消沉，落眼在一“愁”字上，安石之诗，奋然自期，落眼点在一“不畏”上。虽有小人之盘踞朝廷，使国事日以败坏，然吾因身在最高之地，故彼辈亦不能拗折吾之志向，阻挡吾之作为也。

“只缘身在最高层”，一句作结，而旨意截然见出，是宋人诗法也。此荆公壮年时所作，若其晚年，则心绪日静，所谓“细数落花因坐久”矣。

二

诗以言人情志，情志之中，又复有哲理存焉。宋人于此，用功甚足，而创作亦甚多也。

一则宋代禅学发达，极尚说理，后且有禅诗一体，而如严羽之《沧浪诗话》，更多以禅宗用语来说诗，可见其于宋诗之影响。

二则理学兴起，时代风气，为之一变，于是哲理之诗盛极矣。自此以后，诗学渐死矣。词尚未有涉足哲理，故生机勃勃，意态万方，宋人文学之生命，其实在此。如欧阳修词为上品，而其诗罕有能称名篇者，即在词有新鲜之生命而诗无有也。

今限于时间，不谈人物，只略说其相关之特点及作品也。

宋人哲理诗，一者重于说明，而少于表现也。余前谓诗之胜境，乃情理俱备，诗哲合一者，因上好之诗，常有哲理存之。如陶渊明《读山海经》其一“微雨从东来，好风与之俱”，曹孟德《短歌行》“对酒当歌，人生几何？譬如朝露，去日苦多”，如何无丰富之哲理在？然全然是诗，即在诗情之中，不自觉而渗入哲理也。

今宋人则不然。其言理之名篇甚多，然大多只是说明，而非表现。盖表现者，寄情于景，喻理于情也；而说明者，但直述其理，而不必假于情景，如言“花暮春时凋落”，或“堂中有一耄耋老翁”也。如言愁，若说明者，则曰：“吾甚忧愁”；而说表现者，则曰“新滩莫悟游人意，漫作风檐夜雨声”矣。此如苏轼《琴诗》曰：

若言琴上有琴声，放在匣中何不鸣？

若言声在指头上，何不于君指上听？

又如卢梅坡《雪梅》诗：

梅雪争春未肯降，骚人搁笔费评章。

梅须逊雪三分白，雪却输梅一段香。

即是有说明而无表现者也。

复次，则所谓以文为诗者。诗与文之差别，一在结构，二在节奏，三在气味，此余于《诗家语》一篇，已然述之，今不烦言。要之，诗自为诗，文自为文，诗可以含蓄蕴藉，言之不尽，而文可以酣畅淋漓，一泻千里。迨至宋时，则诗人以制文之意为诗，以作文之法造语，如在长篇之中，此事尤剧。如黄庭坚《丙申泊东流县》曰：

前日发大雷，真成料虎头。

今日伐鼓出，棹歌傲阳侯。

沧江百折来，及此始东流。

东流会宾客，建德椎羊牛。

野语尚信然，小市黄芦洲。

惟有采薪翁，经营往来舟。

槠枥尽斤斧，山童烟雨愁。

又苏轼《绝命诗》其一曰：

圣主如天万物春，小臣愚暗自亡身。

百年未满先偿债，十口无归更累人。

是处青山可藏骨，他年夜雨独伤神。

与君今世为兄弟，更结来生未了因。

观此二诗，若扩而充之，则正是一篇上好文字也，岂可谓之真诗耶？

有关悼亡之诗

离思

（唐）元稹

曾经沧海难为水，除却巫山不是云。
取次花丛懒回顾，半缘修道半缘君。

一

陈寅恪《元白诗笺证稿》第四章《艳诗及悼亡诗》中曾言：

元微之以绝代之才华，书写男女生死离别悲欢之情

感，其哀怨缠绵，不仅在唐人诗中不可多见，而影响及于后来之文学者尤巨。

寅恪所谓“哀怨缠绵”者，一指《会真记》，后世因之而推衍者，有《莺莺传》《西厢记》等，确是影响后来文学甚巨；一则指其《离思》五首及《遣悲怀》三首，皆情致绵绵，哀婉动人。虽经寅恪考证，知微之于丧妻之后，未有几时，即已纳妾，且其后更娶继配裴淑，可知微之与韦氏之关系，固非如其诗中所言之永挚贞笃也；然由来才子，激于一时，虽则事后即变，犹不得谓其当时之情不真不切，而断然否定之也。

夫“山无棱，江水为竭，冬雷震震，夏雨雪，天地合，乃敢与君绝”之语，亦出于一时之间也，人心易变，岂可因其所言，便以此信之、责之耶？是不能也。诚如《诗经·氓》篇所言“靡不有初，鲜克有终”，则自是可以解之也。故读其诗，但求其诗意、诗情可也，固不须因其言行不符而弃之也。

《离思》凡五篇，今取其第四首，亦是最为人传诵者。首二句“曾经沧海难为水，除却巫山不是云”，是用的曲喻手法。于曲喻一法，余在《略说比喻》一篇已述，今不赘言矣。要之，是以“沧海”“巫山”“云”比喻爱妻韦氏，复以此而喻己身之忠贞不渝也。经历过沧海之美，便不复再觉别处之水，有何引人；见过巫山灿然之烟云，便知别处之云，都黯然无所道矣。两句皆用典。

首句之典，出自《孟子》尽心篇“孔子登东山而小鲁，登泰山而小天下。故观于海者难为水，游于圣人之门者难为言”，言其阔大深远而不可测，此处偏以作情感之述也。

次句则典出于宋玉《高唐赋》“妾在巫山之阳，高丘之阻。旦为朝云，暮为行雨，朝朝暮暮，阳台之下”，指巫山神女事。此二句横空而来，截断众流，又用暗喻之法，使其深情陡然发出，热烈而又含蓄，神秘而又形象，无怪乎为千古名句矣。

末二句“取次花丛懒回顾，半缘修道半缘君”，上句复用比喻，结句则终正面述说。“取次”，路过之意；“缘”，因为之意。言纵然经过花径，亦漠然而去，懒于回顾，所以如此者，一因看透世事，勤于修道，一因爱妻已丧，万念俱灰，故不复有他想矣。此是接首二句而言者，因唯其见过沧海、巫云之美，而于他物再无兴趣，于是方有“懒回顾”之语也。上句以花喻人，而下句则正面点出，揭示主题，结构并不复杂，然正因如此，方才有质朴动人之效也。

二

陈寅恪于《元白诗笺证稿》中，复有言曰：

> 吾国文学自来以礼法顾忌之故，不敢多言男女间关系，而于正式男女关系如夫妇者，尤少涉及。

余观诸典籍，知言男女间事，如闺怨之类者，亦颇多矣。如《诗经》之“自伯之东，首如飞蓬”“桑之未落，其叶沃若”及《桃夭》《绸缪》者，古诗之“明月照高楼”“冉冉孤生竹”，及唐人之闺怨诗如“燕草如碧丝”“打起黄莺儿”者，真不胜其数矣。然论及夫妇之间者，则固是鲜见矣。考之诗史，得之不过十余篇而已焉。

于夫妇之事，凡哀悼之作，皆足以动人。盖吾国传统，于情爱一事，由来羞于启齿，何况闺阁之间，有所告白耶？然情动于衷，势有不能禁者，一旦而发之，则尤为寻常言情说爱者所不及也。此等作品，启于潘岳《悼亡诗》三首，其一有句曰：

> 流芳未及歇，遗挂犹在壁。

如彼游川鱼，比目中路析。

安仁向以至情专一为后人所称道，读此数诗，可见其一斑矣。自此之后，悼亡一词，全为夫妇而发，安仁之力也。

又沈约亦有《悼亡》诗，其中有句曰：

悲哉人道异，一谢永销亡。

游尘掩虚座，孤帐覆空床。

万事无不尽，徒令存者伤。

钟嵘《诗品》谓沈约“不闲于经纶，而长于清怨”，此诗凄怆可怜，适足可以当“长于清怨”之评矣。

又李义山《悼伤后赴东蜀辟至散关遇雪》曰：

剑外从军远，无家与寄衣。

散关三尺雪，回梦旧鸳机。

义山出身寻常，少年失怙，及读书令狐门下，乃知文艺一事。其后长大，以其文章之美，始得王茂元小女作妻，论之身份、地位，犹一步而登天也。后陷于牛李党争，终生沉沦下僚，而夫妇之间，情好甚笃。而今不幸死矣，于义山之打击，亦可想见。遂以无人寄衣为事，而寓其哀悼之情也。

又白乐天《为薛台悼亡》曰：

半死梧桐老病身，重泉一念一伤神。

手携稚子夜归院，月冷空房不见人。

亦以一具体之事，而道出妻死后之不堪境遇矣。“半死梧桐”，指己身之老病将亡也，后世哀悼之篇常用之。

又陆游之《沈园》其二曰：

梦断香消四十年，沈园柳老不吹绵。

此身行作稽山土，犹吊遗踪一泫然。

陆放翁与唐婉之事，为世人所习闻。盖放翁为深情之人，故沈园一会，良人遽逝，而己心为之深以愧悔，八十之年，犹自念惜，非唯爱之深，亦是悔之甚矣。此诗之述，详在《情感及其悔悟》一篇。

又清人王士祯有《悼亡诗》曰：

陌上莺啼细草薰，鱼鳞风皱水成纹。
江南红豆相思苦，岁岁花开一忆君。

唐人边塞诗简述

陇西行

（唐）陈陶

誓扫匈奴不顾身，五千貂锦丧胡尘。
可怜无定河边骨，犹是春闺梦里人。

一

余少时读书，见“普天之下，莫非王土；率土之滨，莫非王臣”，以为是称颂国君、周室语，又见“死生契阔，与子成悦；执子之手，与子偕老”，以为是情人之盟誓语。

及至年岁渐长，翻阅《诗经》原本，乃知此二句一出自《小雅·北山》，实为大夫因行役繁重而有控诉，一出自《邶风·击鼓》，实为战士相互勉励而隐有反抗也。此殆为《诗经》所谓“温柔敦厚，诗教也”哉？然论及战争之事，本不须有讳言，而应径直书之也。若积极之意，则李贺“男儿何不带吴钩”是也，若消极之意，则李益“一夜征人尽望乡”是也，此皆任其情志而写，固无丝毫含蓄蕴藉存矣。陈陶此诗，即是后者之属，而于战争之事，所写尤震动人心矣。

诗题“陇西行”，为乐府旧题，多写边塞、战争之事。首二句“誓扫匈奴不顾身，五千貂锦丧胡尘”，先写作战场面，次则叙述其结果也。“匈奴”，唐人诗中，常以汉比唐，如以汉家代指唐室，此如白乐天《长恨歌》开篇“汉皇重色思倾国”，又如卢纶《华清宫》“汉家天子好经过”；又有以匈奴代指当时北地异族者，如张籍《征妇怨》“九月匈奴杀边将”，及陈子昂《感遇》诗“汉甲三十万，曾以事匈奴”，后之咏者，亦多用之，如岳武穆《满江红》“笑谈渴饮匈奴血”，即是如此。

“不顾身”，言战士奋勇杀敌之情，犹曹植“捐躯赴国难，视死忽如归”之语也。“貂锦”，汉时羽林军战袍，余记得左思《咏史》诗有“七叶珥汉貂”，大约即是此物。

“胡尘”，此指北地胡人所居之地，陆游有诗曰“遗民泪尽胡尘里”，亦此意也。虽奋不顾身，誓扫敌人，而不幸败北，五千貂锦，一时尽丧胡人之地，永不得归也。

末二句“可怜无定河边骨，犹是深闺梦里人”，堪称绝妙，亦真令人涕下。一则时空之开合，一在北疆，一在内郡，两相斗转，极见力量，此点余在论开合时已说之矣。二则以两个片段，一河边之骨，一梦里之人，而对比之下，反差尤为强烈矣。三则一虚一实，一近一远，两般情形，两种诗境，正自有力也。

最可怜者，是那无定河边，堆积漂浮而无人收拾之尸骨；而这些尸骨之主人，正是春闺之中，妇人夜梦里所时时出现之人矣。“无定河”，在今陕西地，正边塞所在。“河边骨”，使人触目惊心矣。“春闺”，春日多愁，易有哀思，如李白即有句“春风不相识，何事入罗帏”。“梦里人”，则浑然不知，此尤使人悲哀，而觉其无限残酷也。最要紧是“可怜”“犹是”，用两虚词，相继荡开，感慨至深，而沉痛之极矣。

二

边塞之诗，于唐人诗中，极有分量。吾国之边塞诗，亦造极于此世。实则先代亦常有之，如陈琳《饮马长城窟行》（青青河畔草，绵绵思远道）、蔡琰《悲愤诗》（汉季失权柄，董卓乱天常）及陆机《苦寒行》（北游幽朔城）者，此类作品，多出于《文选》，然论及数目、范围，皆不及唐人也。一则唐人国力强大，对外战争较多，二则处处以汉人自比，开疆之欲浓厚，而自安史乱后，藩镇崛起，唐室无能，则诗人之崇武重汉，亦自有因矣。故有唐之世，安史之前所作边塞诗，大多意气昂扬，不可一世，而中晚唐所作边塞诗，则大多意气沉晦，写战争之残酷者。

诗家之表现时代，而亦受限于时代者，于斯为显然。前者之作，如《白雪歌送武判官归京》《从军行》《塞下曲》之类；后者之作，如《征人怨》《出塞》《夜上受降城闻笛》之类也。

其风格分属，约有以下几种，今一一浅述之。

一是壮怀激烈，以说其爱国之情者。凡士大夫之属，大多欲垂功名于当时后世，如班超平定西域，陈汤悬匈奴王首于藁街一般，此皆战争之事也。故辛弃疾词曰“了却君王天下事，赢得生前身后名”，亦可知士人之所求矣。此等诗作，如李长吉《雁门太守行》曰：

> 黑云压城城欲摧，甲光向日金鳞开。
>
> 角声满天秋色里，塞上燕脂凝夜紫。
>
> 半卷红旗临易水，霜重鼓寒声不起。

报君黄金台上意，提携玉龙为君死。

又长吉有句云：

男儿何不带吴钩，收取关山五十州。

长吉生长中唐，而其诗则奋然向上，颇类盛唐之人，然观其诗，乃有许多悲哀在，与初盛唐边塞诗人气象，盖绝然不似也。

又《哥舒歌》曰：

北斗七星高，哥舒夜带刀。

至今窥牧马，不敢过临洮。

此真盛唐人气象也。以之比于两汉，岂不宜乎？

二是写北地之自然者。诗人至北方，观北地之风物，感于其形胜之壮美，形诸笔端，故成此类诗也。此如王维《使至塞上》颈联：

大漠孤烟直，长河落日圆。

又如王之涣《凉州词》曰：

黄河远上白云间，一片孤城万仞山。

三是思亲怀乡之作。范仲淹有词曰“羌管悠悠霜满地。人不寐，将军白发征夫泪”，道尽千古征戍劳役者之情也。古之行役，或有远自两湖，而至于辽东山西，有时数年不得归家者。思亲怀乡，虽将军者流，亦势所不能免矣。此等作品，于边塞诗中，尤为感人，因最是出自人之至情，而易动于人之至性也。如李益《夜上受降城闻笛》一诗，尤其特出：

回乐峰前沙似雪，受降城外月如霜。

不知何处吹芦管，一夜征人尽望乡。

又岑参《逢入京使》诗：

故园东望路漫漫，双袖龙钟泪不干。

马上相逢无纸笔，凭君传语报平安。

读之至此，都不知将如何言说也。

四是写征人之怨，及乎战争之苦者。如陈陶《陇西行》一篇，即是此类。实则边塞之作，本当以此等诗为最常见，因戍边之人，其所感者，以怨为主，而所历之事，又多以战争为主也。如老杜《兵车行》曰：

君不见，青海头，古来白骨无人收。

新鬼烦冤旧鬼哭，天阴雨湿声啾啾。

又李太白《关山月》曰：

由来征战地，不见有人还。

戍客望边色，思归多苦颜。

高楼当此夜，叹息未应闲。

又王昌龄《从军行》诗其二曰：

琵琶起舞换新声，总是关山旧别情。

撩乱边愁听不尽，高高秋月照长城。

王小波曾言“沉默的大多数”，谓一集体中，最占多数之人，往往无法抒发其意愿，而集体之意志，又总是由极少数控制之人所做出也。今人之看古典时代，观其文艺制度器物之属，以为古代极好。

余有一友，感于时事，尝言道“若能穿越回古代便好了”，余对之曰：“若穿越过去，为一农民、铁匠、渔夫，甚或为一贱民、奴隶，又复如何？”伊闻之大笑。余由是知人多惑于此也。若取诸史料，自是知古之平民，其所过者，竟是何等生活矣。后来文人，多“白手白心”，向不注意此处，又安见其能为之咏、为之写耶？唐人之边塞诗，乃多有所及，已是吾国诗中之少见者也。

闺怨诗浅说

春怨

（唐）金昌绪

打起黄莺儿，莫教枝上啼。
啼时惊妾梦，不得到辽西。

一

此是一首闺怨诗。古典时代，女子沦为附庸，依附男性，并无独立之地位。因此女性之情绪变化，主要由其夫其子之事而来，而尤以丈夫为多。古代之闺怨诗，大多由男性诗人所写，盖模拟女性口吻者，其情志或只是女子事，或以寄寓自身遭遇，不一而足。此诗亦是如此。作者金昌绪一生事迹无考，只知是唐时余杭人。仅余此一诗，然千古以来，为人传诵，所谓孤篇留名者矣。

首句“打起黄莺儿”中“儿”为四支韵，而后几句之“啼”“西”却是八齐韵。此种用法，以前称为临韵，即当第一句亦押韵时，可以使用与主韵相近者，如杜牧《清明》诗首句“清明时节雨纷纷”中“纷”是十二文，而后之“魂”“村”两韵，却是十三元韵。临韵之法，大约起于中唐，至晚唐后始兴起。今日之新韵，则大多已将之合并，可以通用矣。“打起”，犹今日盛行之“搞起”“走起”，即用口语，真漫然成章者。何以用“黄莺儿”而非“黄莺”，是前者意味更佳，且节奏亦因之拖长，显得更为蕴藉也。

次句“莫教枝上啼”，接首句来。谓所以“打起黄莺儿”者，在使其不复啼叫于枝头也。“教”作平声，诗词中多用，如王昌龄“不教胡马度阴山”、白乐天“谁教一片江南兴”。

末二句“啼时惊妾梦，不得到辽西”，揭出打起之缘由矣。黄莺啼鸣枝上，声入帷帘，则惊醒妾梦，而使妾不得在梦里去到辽西，与夫君相会矣。至此一片心曲，绵绵泻出，几令人为之堕泪也。辽西，今辽宁地，自古以来，即为边关之地，则知其丈夫为征夫而久不得归矣。

此诗非但情味含蓄深永，用语几近民歌，且其要尤在于结构之独特。诗有一句一意，有数句一意，有全体一意。一句一意者，如老杜《绝句二首》其一“迟日江山丽，春风花草香。泥融飞燕子，沙暖睡鸳鸯”；数句一意者，如李义山《安定城楼》尾联“不知腐鼠成滋味，猜意鹓雏竟未休”；全体一意者，即如此诗矣。其语义连续，环环相扣，不可截取一句，而整体浑然成一意思也。故俞陛云《诗境浅说》论之曰：“此诗虽分四句，实系一事，蝉联而下，脱口一气呵成。”盖称其句法严整也。

二

闺怨之诗，其来已久。如《诗经·伯兮》“自伯之东，首如飞蓬。岂无膏沐，谁适为容”，即此类诗之滥觞也。其后有班婕妤之《团扇歌》：

新裂齐纨素，皎洁如霜雪。
裁为合欢扇，团团似明月。
出入君怀袖，动摇微风发。
常恐秋节至，凉飚夺炎热。
弃捐箧笥中，恩情中道绝。

这应是汉魏间闺怨诗之最杰出者，故钟嵘《诗品》称其“词旨清捷，怨深文绮”。

曹植《七哀诗》，亦是闺怨诗之上佳者，其首四句曰：

明月照高楼，流光正徘徊。
上有愁思妇，悲叹有余哀。

此则是文人作闺怨以寓己身，而托怨于妇人者。

南朝民歌，涉闺怨者极多。如《西洲曲》末数句曰：

卷帘天自高，海水摇空绿。
海水梦悠悠，君愁我亦愁。
南风知我意，吹梦到西洲。

此则是少女之怀思诗也。

洎乎唐时，则是闺怨诗之集大成矣。一则唐人以诗为贵，无物不可入于诗，无事不可形诸诗，二则唐朝重进取，男子在外求功名者多，且边境辽远，战事多发，故其闺怨诗流传至今者，佳作如林，吟哦不尽。其间特佳者，如王昌龄《闺怨》诗：

闺中少妇不知愁，春日凝妆上翠楼。
忽见陌头杨柳色，悔教夫婿觅封侯。

又如张籍《节妇吟》末四句：

知君用心如日月，事夫誓拟同生死。
还君明珠双泪垂，恨不相逢未嫁时。

晚唐诸家，如韩偓《别绪》：

菊露凄罗幕，梨霜恻锦衾。
此生终独宿，到死誓相寻。

真是咬牙切齿，毅然决然矣。

又李义山《为有》诗曰：

为有云屏无限娇，凤城寒尽怕春宵。

无端嫁得金龟婿，辜负香衾事早朝。

诸如此类，皆有可观之处。宋代以后，闺怨之情，即转入词中去，诗中虽亦有描写，而佳作则少有也。故不赘言。

观其类型，则有如下几种：

一是弃妇。妇人依赖男性，不得自主其命运，而规条极多，如七出之类，一有冒犯，则身遭处罚，甚至被休。《诗经·氓》一篇，最能见其可哀。如王昌龄《长信秋词》末二句曰：

玉颜不及寒鸦色，犹带昭阳日影来。

二是思妇。古时重功名，《大学》所谓“修身、齐家、治国、平天下”者。或为官他乡，妻儿不得同行者；或寄食异县，终生不遇，遑论与妻子通信者；或战事频发，戍守边地，不知生死者；或商人重利，四处贩卖，而留妻独守空床者。诸如此类，皆思妇诗盛行之源也。如李白《春思》：

燕草如碧丝，秦桑低绿枝。

当君怀归日，是妾断肠时。

春风不相识，何事入罗帏。

及沈如筠《闺怨》诗：

雁尽书难寄，愁多梦不成。

愿随孤月影，流照伏波营。

与边塞有关之闺怨诗，乃唐代闺怨诗中最特出者，盖因其最能说尽唐人本色处也。

三是怀春诗。少女思春之作，如《离骚》“思公子兮未敢言”、《越人歌》“山有木兮木有枝，心悦君兮君不知”之类，皆能见出其珊珊可爱，令人顿生怜意。如崔颢《长干曲》：

君家何处住？妾住在横塘。

停舟暂借问，或恐是同乡。

正能见出女儿家巧思，及其羞怯欲言之情态矣。

另更有一类，即宫怨诗。宫廷之中，妃嫔对皇帝偶有触怒，即为长门之人，终日惶惧泪流而已。如刘长卿《长门怨》：

何事长门闭，珠帘只自垂。

月移深殿早，春向后宫迟。

蕙草生闲地，梨花发旧枝。

芳菲自恩幸，看著被风吹。

又朱庆余《宫词》诗：

寂寂花时闭院门，美人相并立琼轩。

含情欲说宫中事，鹦鹉前头不敢言。

大约闺怨之诗，其用语偏于人情，或含蓄，或决绝，或直接，然皆蕴藉情味。而其心思又极细腻，常于不经意之微小处，写出精妙之神采、情绪，如李端《听筝》者。且既是妇人之事，则虽为男性作者，而诗之气质，终究显得阴柔。有时观之，则此等男子，其心思、气象之柔性，乃殊胜于女子也。

然则吾国之闺怨诗，何以如此发达？而众作者中，又以男子为多？究其因由，实繁杂而难言。今仅说一端，余谓此盖出于士人之侍妾心理也。上古之时，儒者多“游于艺”，即以一身技艺，服侍于贵族也，故孔子有“沽之哉！沽之哉！我待贾者也”之言。士之一字，本就指无有恒产者，又非耕作之农夫、打鱼之渔父，孟子曰：“士之仕也，犹农夫之耕也”。以是而观之，固知其不得不依附于人也。而屈原《离骚》，乃以芳草喻己，以美人喻楚王。自此以后，蔚然成风，诗人之流，或以草木寄寓，或以夫妇暗托，或以宫娥自喻，而乞怜于君王，如白乐天《太行路》自注云“借夫妇以讽君臣之不终也”，辛弃疾《摸鱼儿》“千金纵买相如赋，脉脉此情谁诉”，皆见出吾国士大夫人格不能独立之本质。故而历来读书之人，其最高目标，乃出将入相之类，是自比为贤臣良将，而欲求明君良主之支配与驰骋也。如此者，亦不过寄人篱下，仰其鼻息，而以为自身只堪作一辅助性之工作而已。

时至今日，士已绝矣。然正自是有为之时，盖读书人再不必依赖于某一人、某一集团，而可以有独立之经济来源，独立之事业，至乎独立之人格也。是今时之读书人，终不复再屈膝，而能站立行走矣。

有关少女心理的诗

听筝

（唐）李端

鸣筝金粟柱，素手玉房前。
欲得周郎顾，时时误拂弦。

一

李端是中唐时人，师从于皎然。其闺情诗颇有味，名列大历十才子之一。观乎此诗，其心思之细腻、巧妙，虽较之女性，尤有过之。此种情形，余在《闺怨诗浅说》篇时，业已叙说。

首二句“鸣筝金粟柱，素手玉房前”，寥寥十字，描写出一女子弹筝之情景。言“鸣”而不言“弹”“拨”，正是妙处所在。盖本诗之主人公，非是诗人，亦非是听者，而是弹筝之女性；由彼而言之，非鸣而何？“金粟柱”，桂枝所制之筝柱，言其精美贵重也；“素手”，则美人也；“玉房”，则此女子之闺室也。此二句要在于意境之营造上，其用语遣词与整体之色调亦能一致，如“金粟”“玉房”，皆见得华丽而契合于女性特征，颇令人想起李义山“瑶池阿母绮窗开”一句也。

三四句“欲得周郎顾，时时误拂弦”，“欲得”二字，正见其想愿。余以前讲虚词之用，曾举义山“欲就麻姑买沧海”句，以说明想愿之要，今亦如此。“欲得”，则现时仍未得之，而须求之也。未得者，未以回顾之也。故下文接续而言之曰：“周郎顾”。

《三国志·吴志·周瑜传》曰：“瑜少精意于音乐，虽三爵之后其有阙误，瑜必知之，知之必顾，故时人谣曰：‘曲有误，周郎顾’。”后即以此作善识音乐之典实。此之用“周郎”，非指周郎，直作一代称尔，犹崔郊“侯门一入深如海，从此萧郎是路人”之“萧郎”也。想来此“周郎”应是妙解音律之士，故而方有下句“时时误拂弦”矣。“时时”，言其频繁也；一者心不在兹，二者欲得其顾，两相推衍，于是始“误拂弦”矣。“欲得”二字，是全诗心眼所在，将此女子心思，巧妙揭出，则李端对于女性心理之把握，确是观察入微，透析入木矣。

二

梁羽生小说《冰河洗剑录》中有言：

> 谷之华心里轻轻念着两句诗：“中年心事浓如酒，少女情怀总是诗。”金世遗已踏进中年，而她也将近中年了，她深深的感觉到，金世遗对她的感情比以前更为深厚，像酒一样的浓，也像酒一样的醇！如果说金世遗以前的感情令她激动、令她颤抖，如今则是令她感到醇酒的芳

香了。而她自己呢，也离开了少女的时代了，缺乏少女那“诗”般的幻想，谜样的情怀，但现在却是把握得住的感情，那是另一种“美妙”，并不逊于令人心弦颤动的诗。

“少女情怀总是诗”，少艾之人，其心如诗，其情如谜，而于男女间事，常有心弦颤抖之举。然而，渐渐地，她们变得成熟了。于是失掉了这极美好、极难得之物。而此种幻想，又常指的是其对于世间一切事物，尤其爱情，能够失去幻想，而注目于实际，她们因而得以观察到这世界真实之面貌，并能将之牢牢把住。但是，人生不正是要朦胧如画，不正是要战栗如花，方才见出其美好吗？真实则不复有梦，牢固则无所变化。无梦不变，而此生何必？今时今日，此种情怀，已颇少见，唯求之于古，求之于诗矣。

《嘉泰会稽志》引南昭嗣《烟中志》文，其辞曰：

越渔者杨父，一女，绝色，为诗不过两句。或问：“胡不终篇？”曰：“无奈情思缠绕，至两句即思迷不继。”有谢生求娶焉。父曰：“吾女宜配公卿。”谢曰：“谚云：‘少女少郎，相乐不忘；少女老翁，苦乐不同。’且安有少年公卿耶？”翁曰：“吾女为词多不过两句，子能续之，称其意，则妻矣。”示其篇曰：“珠帘半床月，青竹满林风。”谢续曰：“何事今宵景，无人解与同？”女曰：“天生吾夫！”遂偶之。后七年，春日，女忽题曰：“春尽花宜尽，其如自是花！”谢曰：“何故为不祥句？”杨曰：“吾不久于人间矣。”谢续曰：“从来说花意，不过此容华。”杨即瞑目而逝。后一年，江上烟花溶曳，见杨立于江中，曰：“吾本水仙，谪成人间；后倘思之，即复谪下，不得为仙矣。”

此杨氏女，虽谓之非常之人，可矣。然后毕竟是少女中异类，如李易安《点绛唇·蹴罢秋千》词，方可称真正少女心思也：

见有人来，袜刬金钗溜。和羞走，倚门回首，却把青梅嗅。

含羞而走，才到门前，便回首偷觑，犹借鼻嗅青梅以掩其心。羞怯之中，又满含期待；韫而不露，咸自矜持：真是可爱又复可喜也。

又吴均有《青溪小姑》一曲曰：

开门白水，侧近桥梁。

小姑所居，独处无郎。

以其词与《搜神记》中所载赵文韶与清溪小姑事，相互参看，则其情味尤佳也。

古时男女，相见不易。若全借之于媒妁，而先无丝毫之情感，则亦殊失于浪漫。是以凡上元、庙会、春游之类，皆未婚男女寻觅良配之佳节也。有些女子，性格极烈极决绝，于是有韦庄之《思帝乡》：

春日游，杏花吹满头。陌上谁家年少足风流。　妾拟将身嫁与，一生休。纵被无情弃，不能羞！

真是纵情肆意，酣畅淋漓，故贺黄公论之曰："小词以含蓄为佳，亦有作决绝语而妙者。如韦庄'谁家年少，足风流。'之类是也"。

余曾读鹤见佑辅《思想·山水·人物》一书，其中有一片段，至今尤不能稍忘，故记之于下：

饭后，走出后院去，在槐、楸、枣、柏等类生得很是繁茂的园里散步。偶然走进一间屋子去，帘后就发了轻笑声；隔帘闪烁着的四个眸子，于是映在我回顾的眼里了。这是当招饮外宾的那天，长育在深窗下的少女的好奇心，成了生辉的四个眸子，在珠帘的隙间窥伺着。

第五卷

诗与人生

对人生之认识

嫦娥

(唐)李商隐

云母屏风烛影深，长河渐落晓星沉。
嫦娥应悔偷灵药，碧海青天夜夜心。

一

秋夜露凉，独坐庭间，仰望天中，小星黯黯，大星寥寥，三三两两，疏落而散居。悲怅之情，油然而生。大约是宇宙冥冥，茫不可测，抑或是夜气回收，寒意入怀，使人顿生反省，只觉吾之一生，殆亦如此寒空般，茫茫一片，名为存在，实则蒙昧未觉，沉沉不清也。

义山此诗，象征之意味极浓，盖以嫦娥寓自身处境也。首句“云母屏风烛影深”，一“影”字，一“深”字，下语极好。暗室之中，烛影摇动，光焰四照，映在屏风之上。此“影”字，非仅是实写，亦有一种幽幽之感。居室幽幽，而我心亦幽幽。如此尚不够。则复加一“深”字，一者时辰已晚，一者时逝已久，而斯人不寐之情，于兹而显矣。

次句“长河渐落晓星沉”，一“渐”字，知时间之延续与流逝矣。寂寞之人，别有心事，仰观银河，环顾四壁，不觉久之。“落”字，水落石出，在此尤为传神。乃说明“长河”渐渐缩小，而终至于消失。“沉”接上而言，见出满天星辰如石子般沉入河中。此一句，乃作者之目光，由内而外，由下而空也。

观此二句，真是精察入微，所谓“造语无一字为虚”者。且由此开端，始得想及月中嫦娥，点出题目，而其身世之悲，遇合之难，遂因之而发矣。

三句“嫦娥应悔偷灵药”，一“悔”字，而情志全出矣。余先时已说，此诗名为咏嫦娥，实是述己之怀。然则其悔于何事何物耶？“灵药”又指何物？此则义山之本色处也。揆诸史实，或可以知之也。或有谓义山、牧之无志气者，故诋之甚力。夫岂如是耶？

吾国士子，日读圣经贤传，岂有不欲治平家国者乎？二子亦何能例外？观其《感怀》《宣室》之篇，殆可知矣。夫国衰时危，势不能不有所整顿，有所树立。且漫漫世途，如黯黯长空，寒寂难耐，若不嘘气取热，则将更难过活矣。故袁中郎曰：“吾儒说立达，禅宗说度一切，皆赖些子暖气流行宇宙间，若直恁冷将去，恐释氏亦无此公案。”然而年华虚度，终不能有为，遂使一腔赤心，空付与诗酒文章，亦可哀矣。

余闻诸前人曰：“曩昔少年，颇欲转移世风，梳理时弊；今则蜷身敛足，吞声闭舌，只愿不为世流所没耳。”斯正以证义山之“悔”也。是“灵药”者，治平之策也；非己之物，妄然取之，是为“偷”也。

末句“碧海青天夜夜心”中“碧海青天”四字，令人有一浩瀚感，亦有一无尽感。无尽，故而无力，于是失落而欲弃矣。“夜夜”，则无始无终，亦无间断，如此而下，大约如西西弗斯推石之事一般，可谓难熬矣。其次是“心”，上文已言“悔心”，此心此情，都无人可会，吾亦未得排遣，是明夜、后夜乃至无穷夜，都复有此悔咎之心来，而终无望于解脱矣。庄生曰“哀莫大于心死”，于斯则心死矣。

余尝读叶嘉莹《迦陵论诗丛稿》，于其解《嫦娥》一篇，尤为叹赏，以为自是达人善诂；由来解此诗者，少有过之。故多采其意，缀而成之。乃记之在此焉。

二

人生世间，大略是孤独寂寞。西哲叔本华有云“人生即是痛苦”，佛氏亦曰“人生一切皆苦”，俗语亦有说：“人生不如意事，十之八九”，是快心之难寻也。唐君毅曾述欧阳竟无先生语曰：“七十年来，黄泉道上，独来独往”，是人之往来，本是独自，都无人相从矣。马可·奥勒留《沉思录》里说：“那些曾经赫赫有名的人物都到哪里去了，他们像一缕青烟消失了。”是功名之不可为据也。

虽则如此，而犹可以有所奋起。盖世道诚艰难，然亦不可以徒坐而兴叹，空恨而待死。于少保《石灰吟》诗曰：

粉身碎骨浑不怕，要留清白在人间。

及孟德《龟虽寿》诗：

老骥伏枥，志在千里；
烈士暮年，壮心不已。

此等文字，于文人中，那可轻易见得？必如豪杰之士，昂然能自树立者，始能言之行之。犹记得梁任公称王荆公语曰：“古之君子，必有所养；观其所养，而其所树立可知。”而孟子云：“吾知言。我善养吾浩然之气。”夫气足者力赡，言达者行高，故必使能养者，得充盈其体，然后用语造意，卓然而出，自与别辈不同。非技之为难，气之为难也。又有极少见者，如黄仲则《癸巳偶成》诗曰：

悄立市桥人不识，一星如月看多时。

黄氏一生极潦倒，虽怀胜才，未得丝毫施用。卅五之年，即于贫病交加中死去。较之义山，相去何止百里？然而观乎此诗，其情致极深切，意态极洒然。“悄立市桥”四字，其境界颇类稼轩词“众里寻他千百度，蓦然回首，那人却在灯火阑珊处”一段。而人不识我，我亦无有不快。但缓缓举头，看天际一星如月，高高垂空；愈觉此时此景，有不可言说之美感，于是相望移时，不知更漏之长。此句之情趣，与摩诘诗“行到水穷处，坐看云起时”相仿，而余尤爱黄作。

摩诘之诗，闲则闲矣，然而只是淡；其又为有闲阶层，终生无生活之累，故有此情趣，实不甚难。景仁之诗，于萧然旷达中，复更有一番惨然味道，如正遭哀恸之人，泪眼盈盈，而犹能微笑而立，淡然而行。如此之人，如此之境，亦极难矣。比之义山《嫦娥》一篇，则其色调、生机，自是殊胜一筹也。

性格之于际遇

江雪

（唐）柳宗元

千山鸟飞绝，万径人踪灭。
孤舟蓑笠翁，独钓寒江雪。

一

始者吾读太史公书，见其于《伯夷列传》一章，颇有所议。以为夷齐善士，竟尔饿死，颜渊好学，卒至早夭。而盗跖横行，杀人食肝，乃得寿终。如此视之，则所谓“天道无亲，常与善人”者，岂非虚语耶？其后读史书，略观古之卓绝特出，有垂名于后世者，其所不能安然端处，而必历屈辱之地，茕茕孑立，甚或身死槛狱者，殆亦多矣。

而论史之人，多不能解，则一委之于“命”。如韩愈即曰“天者诚难测，神者诚难明”，是无以反之也。既推之于命，当其遭逢祸端，流远窜极之时，若有悔意于心，则沉溺怨尤，而终不能得久存矣。今观之柳宗元一生，盖亦足使人为之落泪，而悲其终不能豁然也。

宗元此诗，极凄绝，极寒滞，令人几不能卒读。其晚年心境，于斯可见矣。首二句“千山鸟飞绝，万径人踪灭”中，“千山”“万径”，气象阔远，其视角所到之处，如今世以直升机俯拍一般，正见出一带江山状貌。其手法与杜工部“窗含西岭千秋雪，门泊东吴万里船”略同，只一为纯空间，一则兼时空而言者。

庄生曰：“哀莫大于心死。”若人于世间一切事物，都再无眷恋之心，而一与之以冷眼，与之以绝望，则其所见所闻，所知所感，皆成一片枯寂，了无润泽，而不复觉其有色彩和暖意矣。

如王维诗“雨中山果落，灯下草虫鸣”，虽彼自彼，我自我，外物如何，仿佛与我不相干系，而细细去看，毕竟亦有许多生机在。今则无矣。一“绝”字，一“灭”字，便将此枯槁若死之世界，刻画出来。

柳州少负异才，得预王叔文永贞革新事，方欲展翼高翔，而一朝谴谪，遽为丧犬，窜伏南地，莫知所从。岁时良久，而不闻召还归京之声，心已痛极；且膺家国之重，乃无以有为，其杜鹃啼泪之态，亦可知矣。故于《寄许京兆孟容书》中言：“兀兀忘行，尤负重忧，残骸余魂，百病所集，痞结伏积，不食自饱”，及“每当春秋时飨，孑立捧奠，顾眄无后继者，茕茕然唏嘘惴惕，恐此事便已”，则其言无可言、恋无可恋，而实又悔咎莫能自遣，乃终至于取死者，岂不使人悲而涕下哉！

“孤舟蓑笠翁，独钓寒江雪”两句，一“孤”字，一“独”字，即解得天地之间，只此一人，踽踽而行矣。此与宗元当时之处境，契然合辙。盖僻处远地（永柳二州），与亲旧音书隔绝，而己身更沉疴在体，不知何时便撒手西去。此时真是茫茫宇宙，一无所往；尽日所见，一无所亲，安得不感“孤”、不觉“独”？

言“钓”“雪”者，非钓鱼也。一者平平望去，只见一翁一杆，别无所见所获：盖实写也。二者所说“钓雪”者，寂寞无聊之举也。若是钓鱼，则知其有所求也。于是以知钓翁觉此世间，已无关于己事矣。余少时曾读某书，其中讲一老人忽语出悲怆，惨然道：“这世界，终究是青年的时代了。”初读不觉其如何，及至长大，偶然得见，殊觉其凄凉如此。人之可悲者，乃在烈士暮年，壮心犹存，而其职责已尽，只能归家了事。宗元于此，想来亦当颔首矣。

一二句是全无生机，故用“绝”“灭”二字；三四句则因一无聊之老翁，而现出一缕生机。虽云“孤”“独”，毕竟是有而非无也。正因此一线之机，使宗元幸而未死。然而冰寒枯寂之间，独有此翁，则其生机之弱，正似风中之烛，汤中之鸡，其危亡可知矣。

元和十四年，宪宗敕招宗元入京，然未及动身，即在柳州死去。千秋事业，万里悲思，皆随其人之陨落，尽付与黄埃绿树，长丘矮碑。庄子《知北游》曰：“人生天地之间，若白驹之过隙，忽然而已。”追怀其事，良有以也。

二

有际遇相同而结局相异者，柳子厚、刘梦得是也。当猝然得罪，远谪天涯之时，一为朗州，一为永州，其情则一也，而其诗则殊乖也。柳州《南涧中题》首二联曰：

秋气集南涧，独游亭午时。
回风一萧瑟，林影久参差。

真是凄清绝人，而宗元却能久坐不去，相看移时。此种意境，如《小石潭记》中所言“坐潭上，四面竹树环合，寂寥无人，凄神寒骨，悄怆幽邃。以其境过清，不可久居，乃记之而去”，而萧瑟乃过之。

而梦得则有《再游玄都观》诗曰：

百亩庭中半是苔，桃花净尽菜花开。
种桃道士归何处，前度刘郎今又来。

及《酬乐天扬州初逢席上见赠》曰：

巴山楚水凄凉地，二十三年弃置身。
怀旧空吟闻笛赋，到乡翻似烂柯人。
沉舟侧畔千帆过，病树前头万木春。
今日听君歌一曲，暂凭杯酒长精神。

较之柳作，其生人之气，殆不可同日而语。梦得另有《陋室铭》一篇，中有句云“谈笑有鸿儒，往来无白丁。可以调素琴，阅金经。无丝竹之乱耳，无案牍之劳形”，可以与上二诗相证焉。故宝历二年，自和州归洛阳。会昌间，加检校礼部尚书，年七十始卒。以此视诸子厚，尤使人哀而怜之也。孟子曰“君子，行法以俟命而已矣”，验之前史，岂非如此耶？

情感及其悔悟

沈园（其一）

（宋）陆游

城上斜阳画角哀，沈园非复旧池台。
伤心桥下春波绿，曾是惊鸿照影来。

一

人之于情，殊难为言。即以男女之情而论，其初或起于相感，或迷于容色，或激于内外，因而求之。血气之所至，无有不为。

然此些情绪，其所构成，往往源于各种要素，交缠混杂，譬如河水之中，鱼虾龟鳖，草絮沙泥，各各裹挟而居。

以此而行之，常自见其易起而速消也。久而处之，渐感其倦，于是则相离矣。若幸而能持，使缔结婚约，诚是妙事，然其最初所以相接者，则多不复有矣。纳兰《木兰花》词“等闲变却故人心，却道故人心易变”，卓文君《白头吟》诗“愿得一人心，白首不相离”，是皆可知其为难得矣。

所以为难能者，人多惑于似是而非之情，而常混淆激情与爱情之别也。此点俟后再论，今不予言之矣。虽如此，然愈加咀嚼，愈是咂摸不尽，但觉其意味深永，无穷况味，都自黯然中来。且如晏同叔所云“天涯地角有穷时，只有相思无尽处”，与日月同在，与古今上下，而特以彰吾人之存在者，亦唯此情此感而已矣。

陆游与唐婉之事，允为凄美，而久布天下，世所共知。周草窗《齐东野语》卷一《放翁钟情前氏》条载曰：

> 陆务观初娶唐氏，闳之女也，于其母夫人为姑侄。伉俪相得，而弗获于其姑。既出，而未忍绝之，则为别馆，时时往焉。姑知而掩之，虽先知挈去，然事不得隐，竟绝之，亦人伦之变也。唐后改适同郡宗子士程。尝以春日出游，相遇于禹跡寺南之沈氏园。唐以语赵，遣致酒肴，翁怅然久之，为赋钗头凤一词，题园壁间。

又曰：

> 翁居鉴湖之三山，晚岁每入城，必登寺眺望，不能胜情。尝赋二绝云：“梦断香消四十年，沈园柳老不吹绵。此身行作稽山土，尤吊遗踪一怅然。”又云：“城上斜阳画角哀，沈园非复旧池台。伤心桥下春波绿，曾是惊鸿照影来。”盖庆元己未岁也。

此其本事也。

题中“沈园”，昔年与唐婉相见处也。故地重游，殊不免于触怀，而遂以之为题矣。首二句“城上斜阳画角哀,沈园非复旧池台”，殆以引起其绪也。凡诗家之为诗，仿似无端而起，实则皆有其端也。心间久蕴其事，偶然触物，即予以感发矣。还过小园，蓦然举头，见斜阳一簇，流照城头之上；到黄昏，有人吹角盈耳，其声凄恻，闻之不觉怅然；而眼前所见之沈园，已非是旧日之景矣。“画角”传自西羌，多以竹木、皮革制成，加之彩绘，故称之。其声哀厉，古时常在暮晓时吹奏。

诗词之中，多有摹写，且每有特殊之意蕴在，如秦观《满庭芳》：“山抹微云，天连衰草，画角声断谯门。”姜夔《扬州慢》词：“渐黄昏，清角吹寒，都在空城。”故写画角之声者，皆表凄婉不乐之情也。“非复”二字，正自使人黯然不禁，如李易安“物是人非事事休，未语泪先流”也。大约情动于衷者，不须假以结构、锤炼，而只是随其所感，就地写去，自然成章，便足以是动人心曲矣。

末二句“伤心桥下春波绿,曾是惊鸿照影来”，由今忆旧，抚此追昔也。斜阳桥下，春水绿波，春草正长，然而自吾观之，满是伤心一片。犹记当时，伊人曾据桥而坐，流水泛波，照出倩影如画，今日则无矣。“伤心”二字，点出诗中旨意。景无哀乐，而人有哀乐，故一切景物，皆随人心而转，见出不同面目，此文艺之无上妙处也。“惊鸿”，出曹植《洛神赋》“翩若惊鸿,婉若游龙”句，本写洛神，今引之以摹爱人之体态也。美好之人，美好之景，美好之事，竟以得之，此尤难为怀矣。少游《江城子》有云“犹记多情，曾为系归舟。碧野朱桥当日事，人不见，水空流”，其间意态，虽大为不同，而伤今怀旧之思，则皆是矣。

二

上文言激情与爱情之别，今为揭出之。人于异性，大体皆因色而起。色而悦之，故有所思，有所求，此即诗经所说“窈窕淑女，君子好逑”者。追求之时，甚有一股热血在，使其发狂，使其颠倒，且生无穷之力，无穷之胆气。

在此情形中，有性欲之冲动，有虚荣心之喷涌，有繁衍之需要，亦有心灵之交感，不一而足。构成既不一，于是鲜有能持久而不改者。此可解释何以青年人在追求异性时，可如此投入，如此热情，然而在得手或久居之后，又觉得如此寻常，甚或变得淡漠，盖以气血推动者，绝无恒定之可能也。

若为爱情，则又不然。其间总无性欲之涌动，亦绝无虚荣之存在，而纯然只是心灵上之悸动与战栗，都不复顾及其余也。然观乎世间，能为此事者，几不可求，故只可于梦中望见矣。其他情感，如夫妇、友朋之类，较之儿女事，虽或更为纯粹，然究其实质，殆亦有不堪深言者，并非全然为神圣也。

吾国诗词中，涉足情感者，不知凡几。即在山水咏物之什中，亦多所见之。于此一道，尤当辨析。殆有偏于性者，有偏于爱者。偏于性者，见而悦之，伏而写之也；偏于爱者，发乎人情，因而咏之也。偏于性者，如刘向《列仙传》载郑交甫事曰：

> 郑交甫常游汉江，见二女，皆丽服华装，佩两明珠，大如鸡卵。交甫见而悦之，不知其神人也。谓其仆曰："我欲下请其佩。"……手解佩以与交甫，交甫受而怀之。即趋而去，行数十步，视佩，空怀无佩。顾二女，忽然不见。灵妃艳逸，时见江湄。丽服微步，流眄生姿。交甫遇之，凭情言私。鸣佩虚掷，绝影焉追？

又乐府诗《陌上桑》曰：

> 使君从南来，五马立踟蹰。
> 使君遣吏往，问是谁家姝？
> "秦氏有好女，自名为罗敷。"
> "罗敷年几何？"
> "二十尚不足，十五颇有余。"
> 使君谢罗敷："宁可共载不？"

又崔护《题都城南庄》首二句曰：

去年今日此门中,人面桃花相映红。

以上三篇，皆因色而起，由貌而发，故所重者多在性欲也。吾国文学中，论及男女之事，凡不合于正统途径，即非由媒妁之途者，大都为偏于性者，如裴航与云英事，步非烟与赵生事，襄王与神女事，皆如此也。

属男女而偏于爱者，诚为难得，然亦有之。余尤爱朱彝尊《桂殿秋》一阕：

思往事，渡江干，青蛾低映越山看。 共眠一舸听秋雨，小簟轻衾各自寒。

虽言儿女事，而发乎于情，止乎于礼，极克制又复极美好，真纯粹之情也。

其他偏于爱者，则又分以下数端。

一则夫妇之爱。古之人多由媒妁以成婚约，故唯在婚后，始得培养情感。又束于礼仪，故张畅画眉，每为人笑；荀粲卧冰，徒招世讥。即有所写，虽亦自然流露，而毕竟不敢张皇也。如何逊《为衡山侯与妇书》曰：

掩屏为疾，引领成劳。

镜想分鸾，琴悲《别鹤》。

心如膏火，独夜自煎。

思等流波，终朝不息。

又归有光《项脊轩志》末段曰：

庭有枇杷树，吾妻死之年所手植也,今已亭亭如盖矣。

又李义山《夜雨寄北》曰：

君问归期未有期，巴山夜雨涨秋池。

何当共剪西窗烛，却话巴山夜雨时。

上三篇皆言夫妇之爱，而其情不同，一为缠绵，一为凄绝，一为欢喜也。

二则友朋之爱。朋友之谊，每存高义，如管鲍、钟期、范张之属，皆如此也。诗中咏之者，亦不可谓不多矣。如元微之《闻乐天授江州司马》曰：

残灯无焰影幢幢，此夕闻君谪九江。

垂死病中惊坐起，暗风吹雨入寒窗。

又老杜《天末怀李白》曰：

凉风起天末，君子意如何。

鸿雁几时到，江湖秋水多。

三则家国君父之爱。吾国士大夫，自进学起，莫不有修齐治平之念，而此皆系于君王之重用也。而屈原贬逐，流窜三湘，犹不改其志，念兹在兹。嗣后士夫，要皆以此为事，或以感遇，或以尚志，而执之为咏矣。如太白《登金陵凤凰台》尾联曰：

总为浮云能蔽日，长安不见使人愁。

又陆游《十一月四日风雨大作》曰：

僵卧孤村不自哀，尚思为国戍轮台。

夜阑卧听风吹雨，铁马冰河入梦来。

又老杜《闻官军收河南河北》首二联曰：

剑外忽传收蓟北，初闻涕泪满衣裳。

却看妻子愁何在？漫卷诗书喜欲狂。

观以上三篇，或忧于奸佞之在君侧，或悲于年老之不能报国，或喜于战事之告捷，而爱国尚君之情，皆满溢诗前，正堪使吾辈奋然欲起也。诸般情感中，尤以此君国之爱，为纯然不杂矣。

三

陆放翁之作《沈园》，其情致绵邈，及乎惘然自失之状，皆足使人动容。然人情之幽微，岂止如此而已耶？盖亦有尤悔在焉。沈园一会，本已伤怀。岂料壁间一阕，乃致人于死，遂使韶龄朱颜，一朝香谢，遭此噩事，心中如何不为惊颤耶？是以垂暮之年，犹且不敢忘却，而常存悔悟于脏腑之间矣。

且人之悔悟，多只是以结果而论，而非是源于情事之缘由。以果推因，而非由因推果。故往往只在事情败露，或遭受不可逆转之祸难后，方始有深沉之悔咎。若未曾遭受困苦、失败，则大多不予回省，甚或以此为得意者。如《世说新语》尤悔篇载陆机事曰：

> 陆平原河桥败，为卢志所谗，被诛。临刑叹曰："欲闻华亭鹤唳，可复得乎？"

又《史记》卷八十七《李斯列传》曰：

> 二世二年七月，具斯五刑，论腰斩咸阳市。斯出狱，与其中子俱执，顾谓其中子曰："吾欲与若复牵黄犬俱出上蔡东门逐狡兔，岂可得乎！"遂父子相哭，而夷三族。

顾昔年走马看花时，畅然得志，曾不知他日有族诛之祸，及至此时树倾巢覆，乃喟然而叹，悔不当年，岂不悲哀也哉？此皆有关政途，如庄生所谓鸱鸮腐鼠，故取死之道，自为致之，固不足与言也。其他种种悔悟，亦有友朋之悔，有夫妇之悔，有平生之悔，兹为稍言之。

友朋之悔，如《世说新语》尤悔篇载王敦事曰：

> 王大将军于众坐中曰："诸周由来未有作三公者。"有人答曰："唯周侯邑五马领头而不克。"大将军曰："我与周，洛下相遇，一面顿尽。值世纷纭，遂至于

此！”因为流涕。

又李义山《撰彭阳公志文毕有感》颈联曰：

百生终莫报，九死谅难追。

而夫妇、情侣之悔，如王昌龄《闺怨》诗曰：

闺中少妇不知愁，春日凝妆上翠楼。

忽见陌头杨柳色，悔教夫婿觅封侯。

又元微之《遣悲怀》诗末二句曰：

同穴杳冥何所望？他生缘会更难期！

惟将终夜长开眼，报答平生未展眉。

余昔已言微之诚薄情寡恩者，然才子之心，往往触怀于当下，而无待于后日也。夫生时不予亲爱，死后始痛心沉悔，欲为“报答”平生未展之眉，何得至于此极耶？悔则悔矣，又与所悔者何预耶？今则晚矣。

而平生之悔，如李义山《嫦娥》诗末二句乃曰：

嫦娥应悔偷灵药,碧海青天夜夜心。

又李煜《子夜歌》下阕曰：

高楼谁与上？长记秋晴望。

往事已成空，还如一梦中。

又贺铸《踏莎行·杨柳回塘》则曰：

当年不肯嫁春风，无端却被秋风误。

上三篇中，义山因与令狐绹决裂、娶王茂元小女等事，为牛李两党所恶，新唐书称“恃才诡激，为当涂者所薄。名宦不进，坎壈终身”；李煜国灭家破，兼身囚幽宫，日怀忧惧，所谓“无奈朝来寒雨晚来风”者；至于贺铸，则史书谓之“少不中意，极口诋之无遗辞。人以为近侠。竟以尚气使酒，不得美官，悒悒不得志”，亦可见其为人也。故比及他情，此平生之悔，尤为沉痛。李义山《无题》诗“此情可待成追忆，只是当时已惘然”，李煜《相见欢》词“别是一番滋味在心头”。吾国诗人，当其回首往昔时，所觉所感，往往百味杂陈，有家国之忧愁，有己身之不遇，有人事之变幻，而尤为强烈者，即在生命意识之关注上。因此之故，于此生之追悔，常是其回顾之主题，如陶渊明《杂诗》“盛年不复来，一日难再晨”，古诗“生年不满百，常怀千岁忧”，皆如是也。而世间一切悔悟，究其实质，亦都与此有关也。

参考文献

[1] 何文焕. 历代诗话【M】. 北京：中华书局，1981.

[2] 宗白华. 美学散步【M】.上海：中华书局，1981.

[3] 刘义庆，徐震堮. 世说新语校笺【M】. 上海：中华书局，2006.

[4] 吉辛，小达. 四季随笔【M】. 哈尔滨：黑龙江科学技术出版社，2011.

[5] 陶潜. 陶渊明集校笺【M】. 上海：上海古籍出版社，2011.

[6] 谢榛. 四溟诗话【M】. 北京：人民文学出版社，1970.

[7] 王国维. 人间词话【M】. 上海：上海古籍出版社，2008.

[8] 王夫之. 薑斋诗话【M】. 北京：人民文学出版社，1970.

[9] 沈德潜. 古诗源【M】. 北京：中华书局，1970.

[10] 况周颐. 蕙风词话【M】. 北京：人民文学出版社，2006.

[11] 王力. 诗词格律【M】. 北京：中华书局，2009.

[12] 朱光潜. 诗论【M】. 北京：三联书店，2012.

[13] 吴梅. 词学通论【M】. 南京：江苏文艺出版社，2008.

[14] 陈继儒. 小窗幽记【M】. 上海：上海古籍出版社，2000.

[15] 马可·奥勒留，何怀宏. 沉思录【M】. 北京：中央编译出版社，2008.

[16] 唐君毅. 人生之体验【M】. 南宁：广西师范大学出版社，

2005.

[17] 梭罗，徐迟．瓦尔登湖【M】．长春：吉林人民出版社，1997.

[18] 国木田独步．武藏野【M】．上海：文汇出版社，2011.

[19] 袁宏道．袁中郎小品【M】．北京：文化艺术出版社，1996.

[20] 叔本华．作为意志和表象的世界【M】．北京：商务印书馆，1982.

[21] 爱默生，蒲隆．爱默生随笔【M】．上海：上海译文出版社，2010.

[22] 熊十力．十力语要【M】．长沙：岳麓书社，2011.

[23] 皎然．诗式校注【M】．北京：人民文学出版社，2003.

[24] 钟嵘，周振甫．诗品译注【M】．北京：中华书局，1998.

[25] 徐复观．中国文学精神【M】．上海：上海书店，2006.

[26] 俞陛云．诗境浅说【M】．北京：北京出版社，2011.

[27] 叔本华，范进．劝诫与格言【M】．北京：西苑出版社，2004.

[28] 德富芦花，陈德文．德富芦花散文【M】．北京：人民文学出版社，2008.

[29] 严羽，郭绍虞．沧浪诗话校释【M】．北京：人民文学出版社，1961.

[30] 陈廷焯．白雨斋词话【M】．北京：上海古籍出版社，2009.

[31] 荣格，徐德林．原型及集体无意识【M】．北京：国际文化出版公司，2011.

[32] 赵翼．瓯北诗话【M】．南京：凤凰出版社，2009.

[33] 清少纳言，林文月．枕草子【M】．南京：译林出版社，

2011.

[34] 朱熹. 诗集传【M】. 北京：中华书局，2011.

[35] 叶嘉莹. 迦陵论诗丛稿【M】. 北京：中华书局，2005.

[36] 王谠. 唐语林【M】. 北京：中华书局，2007.

[37] 洪迈. 容斋随笔【M】. 郑州：中州古籍出版社，2010.

[38] 周振甫. 诗词例话全编【M】. 重庆：重庆大学出版社，2011.

[39] 钱锺书. 谈艺录【M】. 北京：生活·读书·新知三联书店，2007.

[40] 刘勰. 文心雕龙义证【M】. 上海：上海古籍出版社，1989.

[41] 袁枚. 随园诗话【M】. 杭州：浙江古籍出版社，2011.

[42] 葛洪. 神仙传校释【M】. 北京：中华书局，2010.

[43] 孟棨. 本事诗【M】. 北京：中华书局，2014.

[44] 陈寅恪. 元白诗笺证稿【M】. 北京：生活·读书·新知三联书店，2001.

[45] 鹤见佑辅，鲁迅. 思想·山水·人物【M】. 北京：人民文学出版社，2007.